Research in Classics No.11

重读阿里斯托芬
Reread Aristophanes

古典学研究
刘小枫 主编
第十一辑

主办单位：中国社会科学院外国文学研究所

华夏出版社
HUAXIA PUBLISHING HOUSE

主办单位：中国社会科学院外国文学研究所

主　编：刘小枫

执行主编：贺方婴

编辑委员会（以姓氏笔画为序）

　　王焕生　甘　阳　刘　锋　刘小枫　李永平

　　吴　飞　谷　裕　张文江　林志猛　贺方婴

　　梁　展　彭小瑜　彭　磊

目 录

专题：阿里斯托芬与民主政制（胡镓　颜荻　策划）

胡　镓　阿里斯托芬的《鸟》与自由的新神话 / 1
叶　然　云中的阿里斯托芬：《云》两种意图的冲突 / 14
章丹晨　重思阿里斯托芬《蛙》的诗人之争 / 30
王瑞雪　《地母节妇女》中的《忒勒福斯》：演出、图像与戏剧
　　　　接受 / 47
萨克森豪斯　男人、女人、战争与政治：阿里斯托芬和欧里庇
　　　　得斯笔下的家庭与城邦（段奕如译）/ 69
林　登　透过《云》思索：黑格尔与施特劳斯的谐剧（段奕
　　　　如译）/ 85

论文

李明真　鲁礼郊禘与周公摄政：郑玄君臣观浅析 / 107
周春健　真德秀《大学衍义》在元代的流传及其影响 / 126
李　贺　潘神的祈祷：《斐德若》279b8-c3绎读 / 145
程茜雯　阿里斯托芬和他的弟子路吉阿诺斯 / 162
李亭慧　意志的分殊：博斯《尘世乐园》释义 / 181

书评

陈　湛　犹太学人与死海古卷的不解之缘：评维摩斯的《死
　　　　海古卷》/ 195
魏子扬　巫术、好奇、忧郁：《叙事模糊性》对早期浮士德素
　　　　材的研究 / 202

（学术编辑：张培均、潘林）

CONTENTS

Topic: Aristophanes' Comedy and Democracy Regime

Hu Jia Aristophanes' *The Birds* and the New Myth of Freedom / 1

Ye Ran Aristophanes in the Clouds: The Conflict between the Two Intentions of *The Clouds* / 14

Zhang Danchen Rethinking the Battle between the Poets in Aristophanes' *Frogs* / 30

Wang Ruixue Telephus in *The Smophoriazusae*: Performance, Image and Theatrical Reception / 47

Arlene W. Saxonhouse Men, Women, War, and Politics: Family and Polis in Aristophanes and Euripides / 69

Ari Linden Thinking through *The Clouds*: Comedy in Hegel and Strauss / 85

Essays

Li Mingzhen Lu's Rites of Jiaodi and Regent of Duke Zhou: Zheng Xuan's View of Monarch-Subject Relationship / 107

Zhou Chunjian The Spread and Influence of Zhen Dexiu's *Da xue Yan yi* in Yuan Dynasty / 126

Li He The Prayer to Pan: An Interpretation of *Phaedrus* 279b8-c3 / 145

Cheng Qianwen Aristophanes and His Disciple Lucian / 162

Li Tinghui The Separation of Wills: Interpretation of Bosch's *Garden of Delight* / 181

Reviews

Chen Zhan On *The Complete Dead Sea Scrolls in English* by Géza Vermès / 195

Wei Ziyang Witchcraft, Curiosity, Melancholy: A Review of Münkler's *Narrative Ambiguität* / 202

Abstracts / 217

(Academic Editor: Zhang Peijun, Pan Lin)

阿里斯托芬的《鸟》与自由的新神话

胡 镓

（扬州大学文学院）

摘 要：阿里斯托芬的《鸟》长期被视为"乌托邦文学"的早期代表。实际上，剧中两位主角欧厄尔庇得斯与佩瑟泰洛斯期待生活于其中的城邦，并非一般意义上的"理想城邦"。欧厄尔庇得斯耽于安逸，只想生活在一个衣来伸手、饭来张口、有人服侍的纵欲之邦。佩瑟泰洛斯的期许则比欧厄尔庇得斯更加独特且具体。他渴望一个不受传统礼法约束、完全迎合其个体欲求的政治体制。通过谐谑的笔法与触及灵魂的生动刻画，《鸟》呈现了以佩瑟泰洛斯为代表的一类特殊人群及其政治行动。这个群体以寻求普遍福祉为借口，在"普罗米修斯冲动"的指引下，试图对普通民众进行思想改造。在这一过程中，修辞学起到至关重要的作用。这也就使阿里斯托芬《鸟》中的批判意旨，与《云》形成内在的继承关系。

关键词：阿里斯托芬 《鸟》 普罗米修斯 理想城邦

一 逃离或远征

捷克裔旅法作家米兰·昆德拉讲过一个关于逃离的故事：据说有一个布拉格人要申请移民签证，移民局的官员问他到哪里去，他说哪儿都行，官员给了他一个地球仪，让他自己挑，他把地球仪缓缓地转了几个圈，然后对那个官员说："你还有没有别的地球仪？"①

那位布拉格人终究可算幸运，至少他还能通过现代科技制成的地球仪来鸟瞰整个世界。不过他也是不幸的，因为即使见识过世界的广袤与多样，他仍然找不到自己心仪的所在。昆德拉的故事没有开头，也没有结尾，我们不知道那个捷克人为何要离开祖国，也不知道他最后能去向何处。这个故事戛然而止，以未解的困局结束，出路的阙如让读者对一种现代人的生活感觉心领神会。

捷克人的故事在人类历史上并非特例。古希腊的谐剧诗人阿里斯托芬创作的《鸟》恰好可以看作这类故事古典形态的代表。但阿里斯托芬毕竟不是昆德拉。他这出关于逃离城邦和追求自由的故事，远比一个捷克人消极且缺乏目标的逃离要惊心动魄得多。《鸟》在伯罗奔半岛战争的休战期间上演。这场战争爆发于公元前431年，到《鸟》上演的时候，已经打了差不多17年。不过从公元前421年开始，交战双方——提洛同盟和伯罗奔半岛同盟——达成一个维持8年的休战协议。《鸟》就创作和上演于这段被后世称作"尼西阿斯和平"的休战期。这部精彩绝伦的剧作上演一年之后，即公元前413年，双方再次开打，又缠斗了10年，最终以雅典战败结束。

在这段来之不易的和平时日里，阿里斯托芬创作了多部作品，几乎每年一到两部，但是留存下来的只有《和平》与《鸟》。《和平》创作于停战协议达成的同年，剧作标题毫无疑问透露出作者对时局的关注。②《鸟》则创作于战火重燃的前一年。此间雅典和斯巴达的摩擦加剧，小型战斗不时出现。阿里斯托芬难免会察觉到战端重启的忧虑。但《鸟》这部剧奇怪的地方就在于，它并未直接谈论战争——虽然我们完全可以推测，两位主人公想要逃离的未必只有烦人的公民大会和法庭诉讼。

《鸟》是现存阿里斯托芬剧作中篇幅最长的一部，全剧超过1700行。剧本结构精巧、完整，人物众多，舞台气氛热烈，以诗

---

① 米兰·昆德拉，《本性》，张玲、汤睿译，海拉尔：内蒙古文化出版社，1999，页1。
② 《和平》一剧更准确的译法应为《和平女神》（Eiρήνη）。这部剧是阿里斯托芬现存剧作中唯一不以歌队的身份来命名的剧作。

行写就的剧本即使今日读来也不令人觉得闷。不难猜测,该剧在上演时的舞台效果也应颇佳。不同于《云》《骑士》或《地母节妇女》中直接对雅典城邦中的名人——苏格拉底、克勒翁、欧里庇得斯——展开激烈的嘲弄与讽刺,《鸟》因其突出的幻想风格和奇妙剧情,显得缺少一些日常性;它也不同于《马蜂》《和平》以及晚期的《财神》等剧着力于呈现雅典城的某些具体政治生活的弊端。《鸟》因戏剧地点显得远离城邦,似乎缺少些政治性。所以历来不乏学者将《鸟》看作一部"乌托邦式的"幻想文学作品。① 然而,这些评语未免失之轻率,除非我们真的清楚《鸟》中的佩瑟泰洛斯(Peisthetairos)宣称要创建的那个国家具有怎样的品质:

> 佩瑟泰洛斯:你们占据这里,做起城堡,建立国家,你们就可以像蝗虫那样统治人类,而且就像墨洛斯人的饥荒那样毁灭天神。②

理解《鸟》这部剧的另一个重要语境来自柏拉图的《会饮》。我们知道《会饮》这部对话设置的戏剧时间是公元前416年,即《鸟》上演的两年前。阿里斯托芬作为《会饮》中的重要角色,为响应斐德若赞颂爱欲之神爱若斯的提议,在一场由哲人、诗人和医生参与的宴饮中讲述了一个迷人的神话。阿里斯托芬的爱欲讲辞描述了一种比人族出现更早的特殊族类,他们是介于人族与神族之间的圆球人族,"力量和体力都非常可怕,而且有种种伟大的见识,竟然打神们的主意"。自认为智识和力量皆强大的圆球人竟然"打主意登上天去攻击诸神"。③ 狂妄的僭越之举给圆球人招致巨大的灾祸。宙斯将之切成两半,后来虽经过阿波罗的手术医治不至于毁灭,然而这群圆球人却从此弱化成了凡人的样子。不过,圆球人非分的欲望终究得到了医治,原始的自然冲动让位

---

① 谢永新,《乌托邦理想社会的文化底蕴》,《学术论坛》,1999年第2期;亦见张波波,《从谐剧幻想到乌托邦:论柏拉图"美好城邦"之构想的切实可行性》,《浙江学刊》,2022年第2期。
② 阿里斯托芬,《鸟》181-186,《鸟·凶宅·牧歌》,杨宪益译,上海:上海人民出版社,2019,页59。下引《鸟》均据此译本,仅随文注行码。
③ 柏拉图,《会饮》189e-190c,《柏拉图四书》,刘小枫译,北京:生活·读书·新知三联书店,2015,页201-202。下引《会饮》均据此译本。

于情爱之欲,这种爱欲与对诸神的畏惧共同造就了他们对城邦诸神的虔敬,自此之后,人族与神族的世界方才变得秩序井然。

若依《会饮》中阿里斯托芬讲述的这个神话来理解《鸟》的主角佩瑟泰洛斯,那么他应该属于"太阳的后裔","天性最具有男人气",只有这类人才会在成熟时主动"迈入城邦事务"(柏拉图,《会饮》190b、192a-192b)。佩瑟泰洛斯在剧中最为突出的两个特点完全符合阿里斯托芬在"圆球人神话"中对这类拥有特殊天性之人的描绘:他爱欲男性,善于用说服的方式来实现自己的政治主张,尤值一提的是,他似乎尚未得到宙斯和阿波罗的充分医治,依然像其先祖圆球人一样,保存着推翻诸神、建立新秩序的野心:

> 佩瑟泰洛斯:你要明白宙斯要是再跟我捣乱,我就叫带着火的鹞鹰烧光了他的宫殿跟安菲昂大楼。我可以派六百名以上的穿着豹皮的仙鹤到天上去对付他。(《鸟》1240-1250)

与昆德拉笔下那个面对自由选择却仍然无所适从的捷克人相比,佩瑟泰洛斯毫无疑问有更为显著的"男子气"和政治雄心。他从雅典出走,与其说是"逃离",不若说是"远征"。而他意图通过远征来获得的自由,究竟是一种怎样的自由呢?

二 个体欲望与政治行动

《鸟》一开场,两位主角各手持一只鸟儿上场。两只鸟儿是他们从雅典的市场上买的寒鸦和乌鸦。此时我们尚不知道这两位主角的名字。要到戏剧的行 640 之后,也就是在第二场(对驳场)中,通过戴胜鸟忒瑞斯的询问,我们才知道,这两人一个叫佩瑟泰洛斯(Peisthetairos),另一个叫欧厄尔庇得斯(Euelpides)。在进场和开场部分,这两人的对白篇幅相仿,甚至欧厄尔庇得斯还稍多一点。但过了戏剧中段,即行 838 以后,欧厄尔庇得斯就被佩瑟泰洛斯派遣去筑城,从此离开舞台。所以很明显,这两人中佩瑟泰洛斯是更为关键的角色。他贯穿全剧始终,是戏剧事件发生的直接推动者。通过对戏剧整体结构的观察,我们在阅读和理解戏剧前段对白的时候，自然就需要根据整体来理解细节。也即是说，虽然在戏剧的前半段，欧厄尔庇得斯与佩瑟泰洛斯的对白篇幅相近，但前者的言辞就其重要性而言，远远无法跟后者相提并论。比如在行40，欧厄尔庇得斯这样解释两人逃离雅典的原因：

> 欧厄尔庇得斯：雅典人是一辈子告状起诉，告个没完；就因为这个我们才走上这条路。(《鸟》40)

欧厄尔庇得斯可能确实出于这个理由决定逃离雅典。阿里斯托芬的《马蜂》展示的正是令欧厄尔庇得斯难以忍受的生活。这种充斥着陪审和诉讼的生活让耽于享乐的欧厄尔庇得斯避之唯恐不及。但佩瑟泰洛斯却未必因为同样的理由离开雅典。遇上变成戴胜鸟的忒瑞斯之后，忒瑞斯问两人想要找怎样的城邦开始他们的新生活。欧厄尔庇得斯表示，自己只想找个好吃好喝、能睡大觉的地方过安逸日子。佩瑟泰洛斯却表示，自己向往的是个有搞男童恋风气的地方。显然，佩瑟泰洛斯与欧厄尔庇得斯虽然看上去做出了类似的政治行动——逃离城邦——两人的出发点却并不一致。那么，该如何理解阿里斯托芬对佩瑟泰洛斯的欲望的描述？

比《鸟》早10年（公元前424年）上演的《骑士》或可帮助我们探察诗人对这一特殊欲望的态度。在《骑士》的行875-880，阿里斯托芬也曾带着调侃的语气称热衷于搞政治的男人都"有男同性恋倾向"，因为他们的热情不是朝向美食和美女，而是朝向城邦事务。又因为当时的城邦政治只有男性公民能参与，所以热衷于参加公民大会和法庭审判的男人就天天和男人混在一起。这可能是阿里斯托芬用"喜欢男人"来指代"喜欢搞政治"最表面的原因。[①]

在柏拉图的《会饮》中，阿里斯托芬暗示，之所以在那个宴饮的场合，斐德若等一众青年提出要赞颂爱欲神爱若斯，目的正是

---

① 阿里斯托芬，《骑士》302-312、875-880，《阿里斯托芬谐剧集》，张竹明译，南京：译林出版社，2008，页138-139、178-179。下引《骑士》均据此译本。

为自己的同性恋行为争取天然合法性。要想在当时的风俗礼制环境下摆脱对男同性恋的压制与鄙视，斐德若等人就有必要通过参与城邦政治来为自己发声、争取支持，最后为其个体的性取向谋求法律和道德的正当性。①这可能就是阿里斯托芬称"喜欢搞政治"和"喜欢男人"的是同一类人在实践层面的原因。

总之，让我们回到《鸟》的故事，这两位向往远方的雅典公民希望借助鸟儿的目力来寻找一个理想的归宿。鸟儿能够飞翔，能够在高处俯瞰人间，自然对世上的城邦所知更多。这是两人寻求鸟儿指引的逻辑起点。但是，我们难道不该多问一句：诸神同样也能御风飞翔，他们甚至寓居在比鸟儿的居所更高处，他们的目力更能统摄整个尘世，为何佩瑟泰洛斯与欧厄尔庇得斯不去祈求诸神的指引？他们不可能不知道神能飞翔于天际这一点，因为剧中他们数次提到神是有翅膀的（571-580）。那么答案只有以下几个可能：要么他们不信神，自然也就不会去求助神的力量；要么他们知道自己的欲求不会得到神的认可，所以也不会去寻求神的帮助。

这两个假设其实并不冲突。甚至还有第三种可能——他们既不信神，也不认为自己的欲求能为诸神所容忍。所以，他们要去远方寻找一个理想的国度。但是，鸟儿显然也不可能知道哪儿有符合他们要求的国家。突然，佩瑟泰洛斯表示，自己想出一个"专为鸟类的伟大计划"（162）。为了实现这一计划，他需要全体鸟儿的帮助。而在获得鸟儿帮助之前，佩瑟泰洛斯首先得说服戴胜相信自己的计划。

佩瑟泰洛斯的计划基于他对世界构造的观察。他引导戴胜认识到世界可以分成三个部分，自下而上分别是属于凡人的尘世、属于鸟儿们的中枢地带，以及属于诸神的天界。佩瑟泰洛斯对世界的三分法与赫西俄德等神话诗人对世界的二分存在差异。②传统诗人对世界构造的二分与其说是一种基于自然观察的区分，不如说是一种基于政治观念的区分。天与地分别对应属神的秩序和

---

① 柏拉图，《会饮》184a-184e，尤其见泡萨尼阿斯的讲辞。
② 对比赫西俄德，《工作与时日》5-10，张竹明、蒋平译，北京：商务印书馆，1991，页1-2；以及赫西俄德，《神谱》95-105，《神谱笺释》，吴雅凌撰，北京：华夏出版社，2010，页98-99。

属人的秩序。居于天界的诸神对地上的事务有绝对的统治。神界与人世之间的天空，作为诸神前往人世的通路，自身并不是一个具有独立意义的居所。但在佩瑟泰洛斯眼里，这一居间的部分，却是既未被人染指、也不为神掌控的真空地带。这一地带的特点正是去政治化的绝对自然状态。佩瑟泰洛斯的计划正是基于这种对自然的全新认识——物理意义上的空白地带意味着新政治制度奠基的最佳基础。他要将鸟儿们这群天然占据这一空白地带的群体纳为己用。而这一全新世界观的推行，端赖于兼具人与鸟智识的戴胜的策应和推动。作为传说中忒腊克（旧译"色雷斯"）的国王，忒瑞斯正是因为其打破伦常的举动而招致其妻普罗克涅和妻妹斐罗墨拉的报复。而这两个女人的报复同样也是对伦常的极端破坏。[1]佩瑟泰洛斯要打破既有的政治秩序，似乎必须倚靠同样破坏伦常的忒瑞斯帮助。阿里斯托芬巧妙地将戴胜鸟及其背后的忒瑞斯神话安插于佩瑟泰洛斯的政治行动中，诗人对神话典故的运用，不可谓不精妙。

戴胜应佩瑟泰洛斯之请，唤来众鸟。但众鸟将两个人类看作捕猎者，群起而攻之。两位主人公狼狈招架，在舞台上闹得笑料百出，终于让鸟儿们冷静下来听他们的计划。佩瑟泰洛斯希望鸟儿帮他建立一个居于天地之间的城邦，通过垄断人给神的献祭，同时统治人与神。因为不必再被人统治，也不必再被神约束，所以居住于云中国的他将成为最自由的人。佩瑟泰洛斯逃离雅典的真正意图到此时方才显露。与欧厄尔庇得斯追求安逸生活不同，佩瑟泰洛斯追求的首先是不被统治的自由——既不被人世的礼法统治，也不受诸神约束。要达成这种自由，要么生活于荒野，要么成为一个绝对的统治者。

要说服缺乏政治经验的群鸟接受这样一个异想天开同时又极其狂妄的夺权计划，并不容易。群鸟毕竟与由人变鸟的忒瑞斯

---

[1] 传说忒腊克的国王忒瑞斯诱奸了其妻普罗克涅的姊妹斐罗墨拉，怕她透露，就割去其舌头。斐罗墨拉将自己的遭遇织在一张毯子上，送给普罗克涅。普罗克涅得知后，与斐罗墨拉一起杀死了忒瑞斯的儿子伊图斯，并做成肉食让忒瑞斯吃。忒瑞斯发现后，便追杀她们。最后，神将他们三人都变成了鸟。忒瑞斯变成了戴胜鸟，普罗克涅变成了燕子，斐罗墨拉则变成了夜莺。参修昔底德，《伯罗奔尼撒战争史》2.29，何元国译，北京：中国社会科学出版社，2017，页109，另见同页注释7。

不一样。忒瑞斯首先是人,而且曾经是国王,对人世的政治经验远胜于鸟族。所以佩瑟泰洛斯面对戴胜时,直接亮出了自己的目标。面对群鸟时,他却采取了循序渐进的方式来说服。我们应该充分注意面对不同对象时他采取的不同修辞策略,甚至还可以想象——之前他是如何说服欧厄尔庇得斯跟随自己逃离雅典的?很可能跟此处说服鸟儿的策略相仿。

佩瑟泰洛斯说服群鸟所用的最重要手段,就是"神话"或曰"诗歌"。这个神话明显是对传统神话的篡改。激发佩瑟泰洛斯神话修辞的力量,正是他个人独特的爱欲。① 佩瑟泰洛斯的"新神话"基于这样的线索展开:

他首先指出,鸟儿是最古老的王,然后列举人世中的强大列国,指出在这些一流政治体那里,鸟儿是最初的王,揭示人间的王权其实是鸟儿让渡的,最后提到宙斯神族,揭示奥林波斯诸神的王权也是鸟儿让渡的。②

经过佩瑟泰洛斯这样一番演绎,鸟儿们的生活形成鲜明的古今对比——古时的鸟儿位高权重,如今的鸟儿却沦为烤肉。这样对比下来,试问谁不会悲愤交加,只想奋起革命? 我们可以说,佩瑟泰洛斯利用鸟儿的无知与单纯,以达成建立符合自身爱欲需求的政治共同体的目的。这种典型的民主煽动家行径,无疑会引起当时看戏的雅典民众的异样感受。毕竟,阿里斯托芬就没少在自己的剧作中抨击克勒翁、许佩波罗斯等政客。在《骑士》一剧里,诗人就让歌队对观众说:

民众们啊,你的权力真正大,像个君主人人怕,可是呀,也容易叫人牵着耍。你喜欢戴高帽,受欺骗,老张着嘴望着那些演说家。你并非没有头脑,只是不知想到哪里去了。(《骑士》1111-1120)

佩瑟泰洛斯不正是那样的"演说家"? 他给世间创造了一个

---

① 此处可对比柏拉图的《普罗塔戈拉》中普罗塔戈拉所讲述的神话。参柏拉图,《普罗塔戈拉》320d-323a,《柏拉图四书》,刘小枫译,北京:生活·读书·新知三联书店,2015,页67-73。
② 刘小枫,《城邦人的自由向往》,北京:华夏出版社,2021,页64。

新神族,而他自己则成为"造神者"。佩瑟泰洛斯成了通晓古今,因而有先见之明的"新普罗米修斯"。他将要建立一个比雅典、斯巴达都更加美好的城邦。用现在的话说,他的政治规划将带来人类历史的"终结"。因为人间天国就要实现——对鸟儿们而言,事情正变得愈发严肃与神圣。但对观众和读者们而言,场面却愈发荒谬与搞笑。

三 云中鹧鸪国,或自然的城邦

接下来是戏剧的插曲部分。最值得关注的段落当属685-722这38行诗文,也就是插曲的颂歌部分。这个部分明显是鸟儿们经过佩瑟泰洛斯的新神话启蒙后,世界观和历史观发生变化的体现。这段诗是对佩瑟泰洛斯模仿的赫西俄德《神谱》的二次模仿,其中也包含对当时俄耳甫斯秘教相关语汇的戏仿。[1] 这段颂歌引人注目之处首先在于其文辞的流畅华美。尤其当我们意识到,这段言辞不是出现在肃剧或酒神颂、抒情诗表演的舞台上,而是出现于以嬉笑怒骂粗俗激烈而著称的谐剧舞台上,其优美就更显醒目。舞台上的闹剧刚刚休止,阿里斯托芬就用歌队给我们呈现了这么一出颇有咏唱调般氛围的宗教颂歌。鸟儿们如痴如醉的咏唱本身就显示出佩瑟泰洛斯用诗歌影响民众的巨大魔力。倘若我们联想到柏拉图在《斐德若》中借斐德若这一角色表达对吕西阿斯言辞之美的迷恋,就不难理解阿里斯托芬此处安排的深意与妙处。美妙的言辞往往先于寄寓于言辞之中的道理,先对听众和读者产生影响。鸟儿们的咏唱越真诚,就说明他们对佩瑟泰洛斯的神话笃信越深,他们对这个神话笃信越深,就越令作为观众和读者的我们莫名担忧。阿里斯托芬的这段处于剧本中间部分的插曲,被谱写成了彻彻底底的肃剧。

伴随插曲对整个戏剧结构的切分,戏剧似乎重新开场。第三场伊始,佩瑟泰洛斯和欧厄尔庇得斯带上翅膀重新登上舞台。故事进入一个新的阶段。在这一阶段的演出中,舞台上呈现了两点

---

[1] 吴雅凌编译,《俄耳甫斯教辑语》,北京:华夏出版社,2006,页140。另见 Carl Anderson and T. Keith Dix, "Prometheus and the Basileia in Aristophanes' *Birds*", *The Classical Journal*, Vol. 102, No. 4, pp. 321-327。

变化。第一是两人的造型发生了变化——他们背上多出了一对翅膀，这意味着他们不再是人族；但又因为只是多了对翅膀的人身，所以也不同于鸟族。看起来，他们俨然已是一种新族类。第二则是两人产生了分歧，开始斗嘴，开始相互嘲讽。这种情节一般在谐剧中多发生于戏剧开场的部分——比如阿里斯托芬的《地母节妇女》或《马蜂》。很快，我们也能看到欧厄尔庇得斯的退场，他被佩瑟泰洛斯支开，去干活——好逸恶劳正是他离开雅典的原因。但现在，欧厄尔庇得斯发现自己逃离城邦的举动实属徒劳。他仍然需要劳作。也许这一现实让欧厄尔庇得斯意识到自己上当受骗了，所以他离开了舞台，没再回来。佩瑟泰洛斯终于借助说服的力量，在鸟儿们的帮助下，即将加冕为天地人之间唯一的统治者。而这位绝对的独裁者建立新国家的目的据说只是为了不被统治。但他实际上做到的，显然比他之前宣称的更多。新王佩瑟泰洛斯，按欧厄尔庇得斯的描述，"像摘光了毛的八哥"。这位其貌不扬的新王还给新国家取了个响亮的名字，"云中鹧鸪国"。

很快，一众旧世界里的人就开始试着涌入这个新国家。先后有祭司、诗人、预言家、历数家（名为墨同）、视察员、卖法令的人共六个职业的代表来访。而这六类人都属于当时雅典政治体制的一部分，分别对应着城邦中宗教祭祀、文教、政治决断、农业和航海、政令和法律这六个不可或缺的公共领域。这既是公民们日常生活中经常打交道的对象，同时也是城邦统治力量的组成部分，从而都是佩瑟泰洛斯讨厌的群体。所以他打骂这些来访者，赶跑了他们。一旦这些人入驻城邦，云中鹧鸪国又会变成另一个雅典。佩瑟泰洛斯拒绝他的城邦重新变得符合传统。那么我们就必然会好奇：佩瑟泰洛斯不欢迎以上六类人，那么他会欢迎什么人来投诚呢？

首个也是唯一受到佩瑟泰洛斯接纳的来人是个"逆子"（Πατραλοίας），这个词的字面意思是"弑父者"或"殴打父亲的人"。弑父者之所以想要入籍云中鹧鸪国，是因为他发现这个国家居然允许弑父。佩瑟泰洛斯表示，正如小公鸡会啄爸爸，弑父在禽兽们看来正是小崽子有出息的表现。很明显，云中鹧鸪国并非没有法律，只是他们的法律退化成了——或者更中性一点儿说，转变成了——自然法则。读到这里我们终于恍然大悟。逆子珀斯泰特罗斯究竟是什么样的人。这个逆子也许有另一个更为著名的名字，斐狄庇得斯（Φειδιππίδης）。这个名字来自阿里斯托芬的《云》。《云》创作于公元前421至前417年之间，前后有两个版本。剧作的主人公是一对父子，斯特瑞普西阿得斯和斐狄庇得斯。后者应其父不正义的请求，前往苏格拉底的思想所学习诡辩术。没承想这儿子学成归来后，居然想证明儿子打父亲有理。[①] 而斐狄庇得斯用来论证其不义行动的理由，与此处逆子援引的自然法则如出一辙。面对弑父者的入籍申请，佩瑟泰洛斯给了他一对翅膀，这意味着入籍成功，也意味着佩瑟泰洛斯完全接受逆子出于自然法则给自身行为所作的辩护。佩瑟泰洛斯显得跟《云》中的苏格拉底如此亲近——他们最大的区别可能仅仅在于，《云》中的苏格拉底满足于将自身悬挂在半空以观察自然，佩瑟泰洛斯则要将这种观察自然的处境转换为政治实践的地基。

接下来，陆续还有酒神颂歌诗人基涅西阿斯、讼师分别来投效，但都被打跑。"弑父"成为入驻云中鹧鸪国的唯一标准。

四 结语

随着"云中鹧鸪国"的成立，情节又出现了变数。首先是绮霓丝女神（Iris）本想从天界下凡去人间，降下神谕提醒人们献祭。在古希腊人的常识中，绮霓丝女神往往和彩虹的出现有关，女神也因而得名。雨后初晴时悬挂于天上的彩虹，被当时的人们想象为诸神通过创造奇观发布的谕令。绮霓丝女神正是彩虹的拟人化，兼有代表诸神向人类传达信息的职能。安排绮霓丝女神作为佩瑟泰洛斯和他的云中鹧鸪国面对的第一个神，实在再合适不过。她缺乏武力，也不若赫耳墨斯这样的神般能言善辩。面对心中对诸神已毫无敬畏的佩瑟泰洛斯，绮霓丝女神毫无威慑力。在戏剧开始时还表示自己爱好男色的佩瑟泰洛斯甚至表现出要猥亵绮霓丝女神的意图。获得绝对自由的佩瑟泰洛斯不但无视人间伦常，甚至要将这种乱伦推向人与神之间。赶跑绮霓丝女神后，佩瑟泰洛斯又听闻了来自人间的好消息。

---

① 阿里斯托芬,《云》, 1400-1405, 黄薇薇译, 未刊稿。

云中鹧鸪国已然快成为世人的灯塔，无数人都开始崇拜和憧憬佩瑟泰洛斯的新制度。雅典城正有一万多人投奔而来！我们眼前的这出谐剧，正在往疯狂的大路上狂奔！也许因为形势一片大好，佩瑟泰洛斯也愈发狂肆。他开始对鸟儿们颐指气使，越来越像个暴君。我们能清晰地看到阿里斯托芬的人物塑造路径。他正一步步地向观众揭示，舞台上的佩瑟泰洛斯究竟是谁。在第五场戏中，通过安排普罗米修斯出现在舞台上，阿里斯托芬也最终完成他对佩瑟泰洛斯的塑造和揭示。蒙着脸的普罗米修斯显然背负着宙斯的秘密前去。他受到佩瑟泰洛斯的亲切欢迎——"啊，原来是亲爱的普罗米修斯"（1505）。两者显得很亲近，这意味着什么已然不言而喻。

普罗米修斯是神界的叛徒，佩瑟泰洛斯则是人间的叛徒。前者特意来给佩瑟泰洛斯透露神界如今的状况：因为得不到人间的祭祀香烟，诸神们，甚至包括异族神，都饿急了。普罗米修斯还提醒说，诸神的谈判代表正要前来，他让佩瑟泰洛斯千万不要和谈，除非宙斯把权杖交还给鸟儿，还得把巴西勒亚嫁给佩瑟泰洛斯。其实普罗米修斯这里的两条建议既是一回事，又不是一回事。巴西勒亚就是希腊语中的"王权"（$Bασιλεία$）。权杖自然是王权的象征。普罗米修斯说，让宙斯把象征王权的权杖给鸟儿，却要王权本身委身于佩瑟泰洛斯。普罗米修斯的修辞恰恰点破云中鹧鸪国的真相——拥有宙斯权杖的鸟儿们不过是形式上的统治者，真正的权力掌控在佩瑟泰洛斯手中。普罗米修斯与佩瑟泰洛斯颇有默契，确实堪称"同志"。

普罗米修斯之所以要出卖神族的机密，乃是因为憎恨神。普罗米修斯对诸神的憎恨让他不惜选择某种程度的自我毁灭。这种出于一种新型道德原则的自我毁灭精神，在当代社会简直层出不穷。依照沃格林的说法，埃斯库罗斯"将肃剧的普罗米修斯等同于人内心的普罗米修斯冲动"。[①] 普罗米修斯属于提坦神族，他与宙斯联袂在提坦之战中帮助宙斯征服更为古老的巨神。但普罗米修斯仍然"属于被征服的那一族神祇，很容易对新秩序不

---

① 沃格林，《城邦的世界》，陈周旺译，南京：译林出版社，2009，页340-344；亦见刘小枫，《城邦人的自由向往》，前揭，页5。

忠"。① 正如佩瑟泰洛斯身上无不显露出近似"圆球人神话"中的男性圆球人的特质，普罗米修斯也曾被宙斯击败，并且尚未得到属人的爱欲的医治。普罗米修斯和佩瑟泰洛斯一样，属于"智者"（sophistes）。

阿里斯托芬在《云》中通过斯特瑞普西阿得斯的一把火宣告自己对苏格拉底的惩罚。但是在《鸟》这部剧中，阿里斯托芬却让众鸟簇拥着佩瑟泰洛斯以狂欢宣告智者的胜利。佩瑟泰洛斯并未像埃斯库罗斯笔下的普罗米修斯那样遭受宙斯的惩罚。这一安排堪称阿里斯托芬此剧中最为惊世骇俗的设计。旧神的代表波塞冬、赫拉克勒斯和天雷报罗神的外交行动注定无法成功。佩瑟泰洛斯即将迎娶代表王权的巴西勒亚。鸟儿们依然没意识到，自己会比参与革命活动之前丧失更多的自由。鸟儿们欢呼着、跳跃着退场。只留下一座空荡荡的舞台和数万注视着舞台陷入沉思的雅典民众。他们当然会意识到佩瑟泰洛斯的计划在现实中成功的可能性与这个故事本身一样荒诞。佩瑟泰洛斯在舞台上的成功，可能比其失败更能引发我们的沉思。

---

① 沃格林，《城邦的世界》，前揭，第328页。

云中的阿里斯托芬

——《云》两种意图的冲突

叶 然

（中山大学中国语言文学系[珠海]）

摘 要：施特劳斯在其《苏格拉底与阿里斯托芬》一书中对阿里斯托芬《云》的研究，绝妙地展现了这部古代西方最重要的谐剧的内在纹理和张力。基于此，值得推进有关《云》的表面意图和深层意图的研究。在探讨深层意图时，宜采用的切入点是关注阿里斯托芬如何把自己编入故事，即如何变为"云中的阿里斯托芬"。由此表明，本剧的两种意图之间实有冲突，此种冲突表明，阿里斯托芬以一种未经审视的节制维护着一个正确的目的，即作为城邦根本利益的敬老。

关键词：阿里斯托芬 《云》 意图 城邦 利益

施特劳斯在其《苏格拉底与阿里斯托芬》一书中对阿里斯托芬《云》的研究，[1]绝妙地展现了这部古代西方最重要的谐剧的内在纹理和张力。基于这种对《云》的总体把握，值得推进有关

---

[1] 施特劳斯，《苏格拉底与阿里斯托芬》，李小均译，北京：华夏出版社，2021，页8-54。后文引用该书时，随文标注：《苏》，页X。引用中译文时据英文版有所改订，或增补带方括号的内容。施特劳斯还在一次系列演讲中简约且同样极具启发性地论及阿里斯托芬和《云》，见施特劳斯，《古典政治理性主义的重生》，重订本，潘戈编，郭振华等译，叶然校，北京：华夏出版社，2017，页161-188。

《云》的表面意图和深层意图的探究。笔者不关心对"施特劳斯主义"或"显白与隐微"的流行理解,因为一部文学作品,尤其古代文学作品,有表面意图和深层意图之分,再正常不过,根本无需套用某种主义——施特劳斯本人不会认为自己套用了某种主义。毋宁说,真正重要的是努力不戴现代理论眼镜来观察《云》的情节。

本文将依次呈现《云》的故事情节、表面意图、深层意图,在讨论深层意图时采用的切入点是关注阿里斯托斯如何把自己编入故事(518-562),[①] 即如何变为"云中的阿里斯托芬"。最后,本文将论证如下观点:本剧的两种意图之间实有冲突,此种冲突表明,阿里斯托芬以一种未经审视的节制维护着一个正确的目的,即作为城邦根本利益的敬老。

一 故事情节

《云》中的故事发生在伯罗奔半岛战争(前431—前404)中的雅典。一个乡下老人斯特瑞普西阿得斯(Strepsiadēs)年轻时娶了一个城里的贵族姑娘,生了一个儿子斐狄庇得斯(Pheidippidēs)。由于雅典实行民主制,所谓的贵族并非政治意义上的贵族阶层,而是指向这群人的生活方式。不过,这个时代的贵族生活方式更多不再指向英雄美德,而沦为贪图享受。斐狄庇得斯从小就跟随母族,选择了这种生活方式,酷爱赛马——就像现代人爱赛车——而让父亲负债累累。

有一天,斯特瑞普西阿得斯听说,有一群智术师办了一家思想所(phrontistērion),传授弱理以驳倒强理,或者说,传授歪理(adikoslogos)以驳倒正理(dikaioslogos),而且给钱就能学。斯

[①] 本文中此类置入圆括号中的数字指《云》的古希腊文本行码。古希腊文本:K. J. Dover ed., *Aristophanes: Clouds*, Oxford: Oxford University Press, 1968。英译本:Plato and Aristophanes, *Four Texts on Socrates: Plato's Euthyphro, Apology, and Crito and Aristophanes' Clouds*, revised edition, trans. T. G. West and G. S. West, Ithaca: Cornell University Press, 1998, pp. 115-176。中译本:阿里斯托芬,《阿里斯托芬谐剧六种:罗念生全集第五卷》,罗念生译,上海:上海人民出版社,2016,页155-220。本文中的《云》中译文引自该译本,但有时笔者据古希腊文本并参考英译本对译文有所改订,或增补带方括号的内容。本文引用其他希腊文经典,亦均循此例,并仅在首次引用时注出较善的译本。

特瑞普西阿得斯期盼学会歪理后就能赖掉一身债务，尤其能打赢债务官司。可是他担心自己太老，学不会歪理，就怂恿儿子代他去学。关于思想所，儿子知道得比父亲多，他告诉父亲，思想所里的智术师以苏格拉底为首。不过，儿子自居为贵族，羞于与智术师为伍。于是，父亲被迫自己去学歪理。

苏格拉底见到斯特瑞普西阿得斯后，既没向他要学费，也没问清楚他的处境，[①] 就直接收他为徒，并向他透露，入学仪式就是拜思想所的太上师父，或者说真正的师父——云，即一群专门照拂游惰者（argoi）的女神，亦即唯一存在的神们。换言之，并不存在城邦所信诸神。我国有古话"波谲云诡"，故可以设想，在苏格拉底看来，云的照拂正是传授歪理。尽管对斯特瑞普西阿得斯之缺乏学习能力心知肚明，但出于渴求某种未言明的好处，云还是极力要求苏格拉底马上开始教斯特瑞普西阿得斯。于是，苏格拉底先与他进入密室教学，后又与他回到室外继续教，但他最终只学到歪理的一些皮毛。不论他自己还是苏格拉底，都对此不甚满意。苏格拉底还一怒之下要赶走斯特瑞普西阿得斯。

由于斯特瑞普西阿得斯求助于云，故云强烈建议，他可以强迫儿子来学歪理。在故事开篇，正因为没有强迫，儿子才没有来学。于是，现在斯特瑞普西阿得斯就照着云说的做。儿子不情不愿地来了之后，苏格拉底叫来正理和歪理本尊，让它俩当着斐狄庇得斯的面辩论，并由云作主持者，结果歪理大胜。但斐狄庇得斯并未因此而改变不情不愿。不过，等他跟着苏格拉底进入密室受教后，学习能力本来就强的斐狄庇得斯，很快学会歪理。

斯特瑞普西阿得斯高兴地带来学费交给苏格拉底，接回儿子。然后，债主们找上门来，斯特瑞普西阿得斯自鸣得意地亲自打发了债主，因为他自己并非完全不通歪理，而且儿子的技艺要留着在法庭上用。对于债主，斯特瑞普西阿得斯所用论据是，有知者（如信奉云的人）对无知者（如信奉城邦诸神的人）没有义务。债主的溃败令斯特瑞普西阿得斯大喜过望。

正当斯特瑞普西阿得斯等着观摩儿子去法庭大战债主时，

[①] 斯特瑞普西阿得斯只说"[爱]马病将我击倒在地，这病厉害得很，吞噬了我"（243），而没说得这病的是儿子。

故事的高潮出现了：由于父亲不赞美描写乱伦的欧里庇得斯，故儿子打了父亲。儿子使用的论据是，父与子生而都是自由人，既然父亲可以打儿子，儿子就可以打父亲，因为有知者为了无知者好而打无知者是正当的。一听这话，身为父亲的斯特瑞普西阿得斯竟被说服了，因为他也是苏格拉底的半个学生。不过，斐狄庇得斯竟然变本加厉起来。他声称还要打母亲，与打父亲的理由一样，而且他知道父亲一直不满母亲平日里的骄奢。如果打父亲是谐剧，打母亲就是肃剧（又称悲剧）——《俄狄浦斯王》就是打母亲的升级版（《苏》，页 44）。

为了保证《云》是一部谐剧，斯特瑞普西阿得斯怒不可遏地明令禁止打母亲，并一把火烧了思想所，从此丧失对歪理的爱欲。而且他放这把火，是受一位亲自下场的城邦所信之神赫耳墨斯驱使。也许因为赫耳墨斯深知，斯特瑞普西阿得斯没能力通过打官司惩罚苏格拉底，且不愿意通过打官司惩罚儿子。同样为了保证《云》是一部谐剧，苏格拉底侥幸没有被烧死。至于云，也许因为她们本来就在天上，故烧不着她们。她们留下一句风凉话：

> 我们每次发现一个人是坏事的爱欲者时，都会这样对待他，直到我们把他扔进糟糕的境地，叫他会知道畏惧诸神！
> （1458-1461）

二　表面意图

本剧的表面意图与历史背景有关。《云》写的是作者同时代的故事，第一版作于公元前 423 年，传世文本是第二版，作于公元前 420 年至前 417 年间。如前所述，这是伯罗奔半岛战争时代，即公元前 5 世纪最后 30 年，正是希腊古典时代的鼎盛期。说它鼎盛，不是指政治清明，而是指文化繁荣，尤其是产生了索福克勒斯（约前 496—前 406）和苏格拉底（前 469—前 399）这样的巨擘。[①] 尽管如此，这些巨擘的思想处境却是他们不同程度上批评

[①] 色诺芬，《回忆苏格拉底》1.4.3。参中译本：色诺芬，《回忆苏格拉底》，吴永泉译，北京：商务印书馆，1986，页 27。

的希腊启蒙运动,这场运动的主角就是大批智术师。

在这样复杂的思想局势中,阿里斯托芬(约前446—约前386)的处境微妙:一方面,他也批评希腊启蒙;但另一方面,尤其在《云》中,他把苏格拉底视为头号智术师。[①] 目前,我们暂不触碰这后一方面,以便能够集中思考,本剧如何通过批评希腊启蒙而突显本剧的表面意图。粗略地讲,本剧展现了希腊启蒙的核心就是以歪理颠覆正理。在古希腊文中,"正理"和"歪理"各自的本义是"正义的道理"和"不义的道理"。故以歪理颠覆正理,就是以不义颠覆正义。当然,这个说法本身带有反启蒙色彩,更中立的说法来自智术师忒拉绪马霍斯(Thrasymakhos,约前459—约前400):与其说不义,不如说新的正义。[②]

这就是说,希腊启蒙就是以新正义观启大众之蒙——蒙昧者,旧正义观也。歪理,或新正义,在本剧开头原称为弱理(113),在剧中有广义和狭义之分。狭义的歪理是第三场[③]中与正理互驳的歪理,包括如下几点:一,不存在"正义",故人可以做诸神所做的事,如学宙斯束缚父亲;二,城邦的教育要求创新;三,不喜欢户外运动;四,追问法律和正义的基础,从而驳倒法律和正义;五,追求感官享受,无需节制欲望;六,锻炼口才。广义的歪理除此之外还包括苏格拉底、斯特瑞普西阿得斯、斐狄庇得斯三人在剧情里实际运用的歪理,即如下几点:一,不关心城邦,而过一种个人化的禁欲主义生活(苏格拉底);二,无神论(苏格拉底、斯特瑞普西阿得斯、斐狄庇得斯);三,追求游惰生活(斯特瑞普西阿得斯、斐狄庇得斯);四,有知者对无知者没有义务(斯特瑞普西阿得斯);五,人人生而自由,且有知者为了无知者好而打无知者是正当的(斐狄庇得斯)。

尽管广义和狭义的歪理之间不无矛盾,如节制还是禁欲,但总体来说,时至现代,新正义观已经有底气摘掉歪理的帽子。而在本剧开篇,新正义观给雅典带来的直接影响就是旧有社会阶层

---

① 施特劳斯,《古典政治理性主义的重生》,前揭,页163、169。
② 柏拉图,《王制》(旧译《理想国》)338c。参英译本:Plato, *The Republic of Plato*, trans. A. Bloom, New York: Basic Books, 1991, p. 15。在同一本书344d等处,忒拉绪马霍斯混用了这种新正义和不义,实则心中一丝不乱。
③ 场的划分依从前引中译本。

失序。斯特瑞普西阿得斯喃喃自语道："啊，战争，你去死吧，[你的]许多事让我连自己的家仆都快要不能惩罚了。"(6-7)因为如果惩罚家仆，他们就会逃往敌国。① 与其说这是战争所致，不如说战争只是一个促因，其背后的时代洪流是主仆关系本身的瓦解。把主仆关系的瓦解放大来看，便是旧有统治结构的瓦解，致使社会上涌现越来越多流动人口。

斯特瑞普西阿得斯就是其中之一。"我的生活原是乡下最快乐的生活，脏兮兮，却自在(akorētos)，② 随时可以躺平(keimenos)。"(40)可见，他在旧有统治结构中属于本分的被统治阶层。但后来，他通过娶一名贵族女子而实现了阶层跃升，原因他没说，但必定包括"她如科莉阿斯[阿芙罗狄忒]一般"(52)，令他不能自拔。糟糕的是，斯特瑞普西阿得斯完婚之后，妻子骄奢，且为他生下了同样骄奢的儿子，直接让他欠下巨款。

健康的贵族制具有两个特征，一是藏富于民，贵族则恰恰俭朴，因为贵族的灵魂由金银构成，不需要身外的金银；二是部分平民的后代也能实现阶层跃升，正如部分贵族的后代也应降为平民，升降的标准只能是灵魂中具备金银(美德)与否。③ 可是，在贵族制走向病态并向新社会转变的过程中，贵族变得奢侈，平民变得贫穷，阶层跃升得通过纵身投入圈子文化，如结成裙带关系。而且贵族也难保一直富裕，平民也可能一夜脱贫。若要在这种高风险和不确定中占得先机或亡羊补牢，就得求助于贩卖知识的启蒙家。④ 斯特瑞普西阿得斯的处境就是这幅图景的逼真写照(《苏》，页11)。

但在这样的时代，总会有少数人以灵魂中的金银来自我要求，而不受世风驱使。既基于天性也基于教育，这些人区别于其他人：

> 他们是这个信念的有技艺的护卫者，而不会因为受到诱惑，或受到强迫，就忘记从而抛弃这个意见[信念]，即，必须做对城邦来说最卓越的(belista)事。⑤

---

① Dover ed., *Aristophanes: Clouds*, pp. 92-93.
② LSJ词典认为此词当指"不受虫子干扰"，可备一说。
③ 对比《礼记·礼运》云："天下为公，选贤与能。"
④ 柏拉图，《王制》415a-c、416d-417b、550c-576b(尤其568b)。
⑤ 同上，412e。

这些人就是肃剧想要模仿的对象，即"比现在的人更卓越的人"。所谓"现在的人"就是在新旧社会交替中从众的普通人。相应地，谐剧想要模仿"比现在的人更差劲的（kheirous）人"。① 那么，作为谐剧人物，斯特瑞普西阿得斯何以比现在的人更差劲？按谐剧的古代定义，

> 谐剧是对一个行动的模仿，这行动可笑、没分量、完整。谐剧用美化的言辞，这美化的各个部分分别用于戏剧的诸部分。谐剧通过人物做戏，而非通过叙述来模仿。谐剧靠快感和笑达到对这同一些感受的净化。谐剧来自笑。②

在斯特瑞普西阿得斯面临倾家荡产时，在众人对新正义观将信将疑时，他毅然押着儿子求学于启蒙家苏格拉底。然后，儿子学成归来，斯特瑞普西阿得斯春风得意，却马上遭到一条启蒙原则——父与子都生而在自由方面平等——反噬，故而怒烧思想所。但这样一来等于与所有启蒙原则划清界线，也就等于无法赖债了。于是，斯特瑞普西阿得斯因为失德，而从顺境的顶点蓦然转入逆境的深渊。整个情节作为一个完整的戏剧行动，可笑在于剧中人物毫无自知之明，没分量在于人物心术不正。这个行动让观众产生快感和笑，从而警惕自己不要变成斯特瑞普西阿得斯，即不要失德而与启蒙家混在一起。这样就净化了这快感和这笑本身。这就是本剧明快而令人敬重的表面意图。③

---

① 亚里士多德，《论诗术》（旧译《诗学》）1448a16-18。参英译本：Aristotle, *On Poetics*, trans. S. Benardete and M. Davis, South Bend: St. Augustine's Press, 2002, p. 5。
② Aristotle, *Poetics, with the Tractatus Coislinianus, Reconstruction of Poetics II, and the Fragments of the On Poets*, trans. R. Janko, Indianapolis: Hackett, 1987, pp. 43-44。*Tractatus Coislinianus* 有中译文，以《谐剧论纲》为题收入《罗念生全集：第一卷》，上海：上海人民出版社，2016。
③ 如果不考虑黑格尔从本剧中读出"主体性的胜利"，那么，黑格尔某种程度上把握住了本剧的表面意图。他认为，斯特瑞普西阿得斯和剧中的苏格拉底都不过是傻子，都"使人一看就知道干不出什么聪明事"。参黑格尔，《美学》，朱光潜译，北京：商务印书馆，1981/2015，第三卷下册，页317；施特劳斯，《古典政治理性主义的重生》，前揭，页175-176、178-179。

三 深层意图

要探究本剧的深层意图,我们仍不拟从苏格拉底问题出发。因为本剧中的苏格拉底有这么几个特征:一,不关心城邦,过一种个人化的禁欲主义生活,以至于面孔苍白,不爱户外运动;二,尽管不爱钱,但办思想所还是被迫收费,有时还偷盗(177-179、1146-1147);三,持无神论,理智发达,从事自然研究;四,为游惰者传授歪理以击败正理,即败坏城邦民,尤其败坏青年。而柏拉图(约前427—约前347)和色诺芬(约前430—约前355)笔下的苏格拉底早已逐一驳斥这几个特征,并申明自己有如下特征:一,节制而非禁欲;二,彻底不爱钱;三,理智确实发达,年轻时确实从事过自然研究。① 总之,苏格拉底轻轻松松用如下这一小段话就回敬了写本剧的阿里斯托芬及其同类:

> 为了避免被人看出不知所措的窘态,他们就把人们拿来说所有搞哲学的人的那些现成话栽到我头上,说什么"天上诸象和地上诸物",说什么"不信诸神",说什么"把弱理制作(poiein)为强理"。我认为,他们根本就不会愿意说出已经变得再明显不过的真相——他们虽假装知道[我],其实[对我]一无所知。从而,我还认为,由于他们热爱荣誉(philotimoi),狂暴蛮横(sphodroi),加之人数众多,并且热烈而有说服能力地说我[坏话],所以这些[坏话]早已灌满了你们的耳朵,"持之以恒"而又狂暴蛮横地诽谤我。②

我们不想追问,本剧何以热爱荣誉到如此狂暴蛮横,以至于无冤无仇就诽谤一个清清白白的伟人。毕竟,创作本剧第一版的

---

① 尤参柏拉图的《苏格拉底的申辩》,《会饮》中阿尔喀比亚德的发言,《斐多》96a6-8,以及色诺芬的《回忆苏格拉底》和《苏格拉底在法官们面前的申辩》。参诸书中译本:柏拉图,《苏格拉底的申辩》,程志敏译,北京:华夏出版社,2021;柏拉图,《柏拉图四书》,刘小枫译,北京:生活·读书·新知三联书店,2015;色诺芬,《回忆苏格拉底》,吴永泉译,北京:商务印书馆,1986。

② 柏拉图,《苏格拉底的申辩》23d-e。

阿里斯托芬只有23岁，若在今天就还只是个刚保研成功读上硕士的文学系男生。[①]无论如何，不过是剧作家的天性和教育造成了这一切。在此，我们真正想追问的是，本剧凭靠什么而批评一个有那么一点像苏格拉底的启蒙家？凭靠旧正义观？或者凭靠一种不同于新旧正义观的独特正义观？要探究这些问题，我们拟从一个文本细节入手——阿里斯托芬把自己也编入了本剧的故事中。这番探究很可能暴露出本剧的深层意图，考虑到本剧标题就是《云》，则尤其能印证这一点。

实际上，阿里斯托芬是混入本剧的故事中的，这一幕发生在第一插曲中。我们知道，古希腊戏剧配有歌队，歌队有时参与对白，有时在场与场之间穿插抒情唱段。本剧的歌队正是由云充当。在歌队所有发言中，唯有在第一插曲前半部分（518-562），观众能清晰地发现，领唱的是一朵奇葩的云，因为她明示自己正是剧作家——是的，阿里斯托芬变性了。有人会说，这只是为了谐剧效果，不值得严肃对待。可是，当涉及女神这个重大主题时，阿里斯托芬暗示"不要搞笑，不要做那些写谐剧的精灵（trygodaimones）[②]做的事"（296），如进场时苏格拉底所说。

在考察阿里斯托芬这朵云之前，我们有必要先考察所有云在剧中的大致行踪。探究本剧表面意图时，第一印象告诉我们，苏格拉底是歪理的根源，而云是苏格拉底的根源。这似乎表明，歪理或新正义观或启蒙，最终能追溯到云。但仔细看剧不难发现如下几点：

第一，最初建立歪理与云之间的联系的只是苏格拉底，但这未可尽信。苏格拉底两次这么说时（316-318、331-334），云都在场，但都没有接这个话头，而只表明自己很喜欢苏格拉底（359-363）。可是，喜欢苏格拉底并不等于赞同苏格拉底的所有观点。倒

[①] 柏拉图二十三岁左右初见老师苏格拉底，并成为老师最钟爱的学生之一。当时离苏格拉底被执行死刑不过数年。参陈若尘编，《柏拉图生平和著作年表》，收于柏拉图，《游叙弗伦／苏格拉底的申辩／克力同》，严群译，北京：商务印书馆，1983/2014，页117-171。

[②] 此词原形作 trygodaimōn，戏仿 kakodaimōn［糟糕的精灵］。同时，词头 trygo-［葡萄酒渣的］戏仿 trago-［肃剧的］。相传早期谐剧诗人面涂葡萄酒渣亲自演戏（酒神是戏剧之神），故 trygo- 代指谐剧的。参 Dover ed., *Aristophanes: Clouds*, p. 141。

是当斯特瑞普西阿得斯要向云学口才时,云满口答应(431-432、435-436)。显然,云只承认自己是口才之神,而这只默认了苏格拉底对云的如下描述:云可以变化为一切,模仿一切(348)。

第二,苏格拉底说云作为自然物才是唯一的神,而不存在城邦所信诸神(365)。后来,苏格拉底信仰的神的范围稍稍扩大,包括混沌(Khaos)、云、舌头(424),而混沌和舌头都是与云相关的自然物。不论如何,这是事实上的无神论。① 可是,这两番主张提出时,云都在场,且没有接这个话头。相反,云首次出场时就说自己是俄刻阿诺斯(Okeanos,即长河)——诸神中的老辈②——的女儿(278)。到了第一插曲后半部分,云虽然改称自己是以太(Aithēr)③的女儿(570),但承认了诸神中的几位主要成员,其中点名的有宙斯、斐玻斯(Phoibos,即阿波罗)、雅典娜、狄俄尼索斯(564、595、602、606),没点名的有波塞冬、赫利俄斯(Helios,即日神)、阿尔忒弥斯(566、574、598)。在此,云的诉求很明确:"我们在所有神中对这个城邦最有帮助"(577),故应该把云作为新神引进城邦。

第三,云明知斯特瑞普西阿得斯缺乏学习能力,还怂恿苏格拉底教他,并在苏格拉底要赶走他时极力促成斐狄庇得斯接替父亲来学歪理(412-419、457-477、794-796)。这确实说明云想借此捞好处,但这好处未必全然不光彩,因为云意在通过这两个城邦民扩大自己在雅典的影响力,以便作为新神进入城邦,毕竟此前只有苏格拉底这帮不关心城邦的人信云为神(《苏》,页48)。而且在父子俩学歪理时,云与歪理都保持一定距离。首先,两次密室授课都只是苏格拉底的"杰作"(509、1113),当时云都在外面唱插曲,以示清白。其次,在为斐狄庇得斯密室授课之前,正

---

① 施特劳斯指出,斯特瑞普西阿得斯密室受教后,同样明白了云实际上不是神,更别说混沌和舌头(《苏》,页24-25)。
② 荷马,《伊利亚特》14.201、14.245、14.302;赫西俄德,《神谱》132-138。参二书中译本:荷马,《荷马史诗·伊利亚特》,罗念生、王焕生译,北京:人民文学出版社,2003,页322、323、326;《神谱笺释》,吴雅凌撰,北京:华夏出版社,2010,页101。荷马认为俄刻阿诺斯在所有神中最老,赫西俄德则认为俄刻阿诺斯在第二代神——提坦(Titanes)——中最老,显然,这也算很老。
③ 指苍天,兼指空气,不过与希腊文中的"气"(aēr)不是一个词。与行424的混沌和云一样,以太也是自然物,且物质构成相近。

理和歪理对驳时，云作为主持者显得中立（934-938、949-960、1024-1035）。

第四，在斯特瑞普西阿得斯成功打发了债主们后，云谴责道："他今天必定会遭遇什么事，这事也许会让[斯特瑞普西阿得斯]这个智术师突然倒霉，因为他做出这些欺诈的行为。"（1307-1310）从这时起，云显得几乎一直站在正理一边，尽管也没付诸现实行动。后来，在斯特瑞普西阿得斯怒斥打母亲这件事而怪罪云时，云说了那句话："我们每次发现一个人是坏事的爱欲者时，都会这样对待他，直到我们把他扔进糟糕的境地，叫他会知道畏惧诸神！"（1458-1461）在讲故事情节时，我们说这是一句风凉话，但根据刚才的分析，这未必完全是风凉话。①

第五，当斯特瑞普西阿得斯烧掉思想所，并重新信奉城邦诸神时（1476-1492），云没有反对，也无需反对。首先，云本来就承认城邦诸神。其次，苏格拉底只是云的激进信徒，若他的倒台恰好换来云想捞的好处，即作为新神进入城邦，则这笔买卖再划算不过（《苏》，页49）。这也解释了，为什么在直接面对城邦说话的两次插曲中，云都没提及苏格拉底（《苏》，页25）。在全剧终了处，云志得意满地说："我们退出去吧，因为今天我们有尺度地歌舞过了。"（1510）

综上可知，云充其量有限地放任了歪理，并显得在如下几方面支持正理而反对歪理，或者说，支持旧正义观而反对新正义观：一，承认城邦诸神；二，谴责欺诈债主；三，谴责打母亲。不过，前两个方面似是而非。首先，狭义的歪理像狭义的正理一样承认城邦诸神。这方面二者的差异是，狭义的歪理主张做诸神所做的事，狭义的正理主张做诸神让我们做的事（901-905）。那么，云承认城邦诸神是哪一种情况呢？其次，若说谴责欺诈债主，为何一开始云不谴责，到了欺诈成功后才谴责？目前难以回答这两个问题。

在此，我们有必要先考察，在第三场中正理和歪理互驳时，旧正义观即正理有哪些要点：一，城邦诸神提供正义标准，故应

---

① 但论者多把云的态度改变追溯至《云》的版本问题。如 C. H. Whitman, *Aristophanes and the Comic Hero*, Cambridge, MA: Harvard UP, 1964, p. 137。

做诸神要我们做的事;二,城邦的教育要求恪守传统;三,敬老;四,热爱户外运动;五,崇尚勇敢,节制欲望;六,少说多做。结合前面的讨论可知,云无条件支持的旧正义观,只有敬老这一点。云谴责的打母亲,已然接近敬老的极致对立面——与母亲乱伦。不难推测,云对旧正义观那两个方面——承认城邦诸神和谴责欺诈债主——的含混支持,是出于隐秘地忧虑如下情形:斯特瑞普西阿得斯会发展到用新正义观摧毁敬老。剧情表明,这种忧虑极有先见之明(《苏》,页37)。换言之,在敬老之外的那些事上,旧正义观受到新正义观驳斥无伤大雅。

那么,云无条件支持旧正义观,只在敬老这一点,这到底意味着什么? 事实上,在新旧两种正义观之间,云站在一个相对超然的位置,并不是因为云在搞折中,而是因为云有独立于新旧正义观的态度:一,云可以变化为一切,模仿一切;二,云要作为新神,作为口才之神,进入城邦,因为她们认为口才之神比传统诸神对城邦更有帮助。故而,一,与旧正义观不同,云并不崇尚少说,且把自己看得比传统诸神更高;二,与苏格拉底的新正义观不同,云并不持无神论,也不漠视城邦,反而为城邦利益而承认城邦诸神;三,与狭义的新正义观不同,云敬老,故在这方面崇尚做诸神要求我们做的事。

不难推测,云认为的城邦利益,根本上取决于敬老。敬老怎么和城邦利益关系起来? 敬老不只是一种礼貌,而是时时警惕人们不要走向其极致对立面,即与母亲乱伦。把敬老当作家庭的基础,这本身推论出一种城邦式家庭,从而也推论出一种家庭式城邦。这样的家庭和这样的城邦,哪怕不实行君主制,也至少具有某种君主制风格——从父母到城邦之父的权威均神圣不可侵犯。[①] 而要保

---

① 柏拉图,《治邦者》(习译《政治家》)258e-259d;色诺芬,《回忆苏格拉底》3.4.12;色诺芬,《治家者》(习译《经济论》)13.5。参《治邦者》英译本:S. Benardete, *The Being of the Beautiful*, Chicago: The University of Chicago Press, 2006, pp. III.5-6(页码前罗马数字为作者所加)。参《治家者》中译本:施特劳斯,《色诺芬的苏格拉底言辞》,杜佳译,程志敏、张爽校,上海:华东师范大学出版社,2008,页63。另可对比亚里士多德,《政治学》1252a7-16。参中译本:亚里士多德,《政治学》,吴寿彭译,北京:商务印书馆,1983,页3-4。《孝经·孝治》云:"昔者明王之以孝治天下也。"

障敬老，当然得凭靠城邦诸神，即凭靠做诸神要求我们做的事，而非做诸神所做的事（《苏》，页45、49-51）。[①] 可能正是受到云的点拨，斯特瑞普西阿得斯才在末尾重新臣服于天父宙斯。

故云的正义观可以概括如下：基于能够变化为一切且模仿一切的口才，在涉及城邦利益时，根本上即涉及敬老时，维护城邦诸神代表的旧正义，去做诸神要求我们做的事；但在其他事务上，无妨容忍新正义，或者说，无妨容忍启蒙。在这个意义上，这里说的口才便是一种懂得节制从而懂得权衡的口才——注意全剧末行说到"有尺度地"。既然这是云的正义观，故这也是阿里斯托芬这朵云的正义观。因为阿里斯托芬化身为云，是为了推销本剧，而推销本剧是为了在云作为新神进入城邦的路上迈出最重要一步（《苏》，页35）。云在第二插曲中也加入对本剧的推销，甚至带着威逼的口吻。不论如何，本剧正是凭借这正义观而有限地批评启蒙，这就是本剧的深层意图。

四　阿里斯托芬式的高贵谎言与追问节制

如果我们还记得，本剧的表面意图是让观众自我警惕不要变成斯特瑞普西阿得斯，即不要失德而与启蒙家混在一起，那么，我们能清楚地发现，本剧的深层意图比本剧的表面意图明显更为容忍启蒙。奇妙的是，在主张宽容的民主时代，得到精心掩盖的深层意图反而更接近时代精神。但既然如此，又何必掩盖深层意图呢？可以说，表面意图成了阿里斯托芬式的高贵谎言。故刚才的问题等于，这个谎言有必要吗？或者说，足够高贵吗？

要回答这个问题，有赖于对本剧的深层意图作出评议。柏拉图笔下的苏格拉底在申辩辞中说，他被本剧养大的后生们正式指控如下："苏格拉底行了不义，因为他败坏青年，且不信城邦所信的诸神，而是信另外的新的诸精灵性事物（daimonia）。"[②] 事实上，这个指控的弱化版本——或毋宁说强化版本——也许更适用于本剧的深层意图。因为尽管阿里斯托芬信奉城邦诸神，但阿里

[①] 另参施特劳斯，《古典政治理性主义的重生》，前揭，页170、178。
[②] 柏拉图，《苏格拉底的申辩》24b-c。

斯托芬确实引进了一群新神,而不只是一群新的精灵性事物,且这群新神也许暗藏着颠覆城邦诸神的力量,从而败坏天资上佳的青年斐狄庇得斯(《苏》,页41)。

在柏拉图的文字中复活的苏格拉底,对此早有思索。有一天,柏拉图的二哥格劳孔和大哥阿德曼托斯问这位苏格拉底:能否从正义本身来说明值得选择正义而非不义? 阿德曼托斯发现,旧派诗人赞美旧有的诸神的正义,却只是从正义的后果来赞美,而新派诗人竟至于直接赞美不义,或新正义。[①] 相比之下,诗人阿里斯托芬求助于某种口才之神而在旧正义观与新正义观之间占据一个自认为节制的位置。

如果这位苏格拉底面对阿里斯托芬,那么,他不会苛求阿里斯托芬从哲学出发来追问正义本身。因为得知格劳孔和阿德曼托斯的问题后,这位苏格拉底转而谈论正义城邦的护卫者的诗乐教育,即诗人阿里斯托芬通晓的领域。这位苏格拉底的结论是,诗乐教育确实意在培养节制。[②] 但问题在于:阿里斯托芬的节制够得上真正的节制吗?

在这位苏格拉底看来,诗乐教育培养节制,有两条首要法则:一,诗中的神是好的,只对好事负责,而不对坏事负责;二,诗中的神不变化,也不说任何谎言,包括高贵的谎言。[③] 这两条法则简直与云针锋相对,从而也与云中的阿里斯托芬针锋相对:一,云既对好事负责,也对坏事负责,或者说,既不对好事负责,也不对坏事负责;二,云千变万化,说谎不绝,尽管或因为云相信这些谎言高贵。

在一定程度上,这位苏格拉底说的两条法则也与传统诸神针锋相对,这也是为什么阿德曼斯托斯和这位苏格拉底一致批评旧派诗人。但这种针锋相对尚能够挽救,因为这位苏格拉底恰恰认为,违反这两条法则的诗作是对传统诸神的无知抹黑,故应该以这两条首要法则培养的节制来维护真正意义上的诸神。[④] 所以,这位苏格拉底会对诗人阿里斯托芬说,不应该以一种实际上稀里

[①] 柏拉图,《王制》358b-367e(尤其362e-365a)。
[②] 同上,401a、402c-403a。
[③] 同上,380c、383a。
[④] 同上,378e-379a。

糊涂的节制在旧正义观与新正义观之间游移。

当然，阿里斯托芬的这种游移服务于作为城邦根本利益的敬老，这没有错。但按这位苏格拉底的思路，要理解这种城邦根本利益，就得先理解正义本身，而要理解正义本身，就得先理解节制本身。但在并未理解节制本身时，本剧的深层意图就以口才之神——云——的名义有限放任了新正义观，或者说，有限放任了希腊启蒙。我们不得不说，这根本不节制。最终，本剧的表面意图，作为阿里斯托芬式的高贵谎言，在这个方面成了金玉其外败絮其中的谎言。当掀开这则谎言时，本剧的深层意图毋宁说在某种程度上是负薪救火。①

施特劳斯对此给出了一些指引：

> 还没有转过心思（converted）跟随苏格拉底的斐狄庇得斯，活生生地证明了如下这一点：阿里斯托芬把宣扬正义之事与赞美感官快乐结合起来是符合自然的。……苏格拉底让斐狄庇得斯转过心思来，是一次巨大的胜利。……[但]苏格拉底还没有把他[斐狄庇得斯]的心思转到那些极端克制和坚韧的苏格拉底式[生活]方式。他从苏格拉底那里学到的是，他所相信的通过赛马而获得的东西，能够通过口才远远更好地获得：他还没有学会用苏格拉底式目的取代他的目的。（《苏》，页35、52、54）

无疑，笔者引用的这几句话中的苏格拉底，全都暗指柏拉图的苏格拉底，而其中的斐狄庇得斯，则全都暗指阿里斯托芬。阿里斯托芬"把宣扬正义之事与赞美感官快乐结合起来"虽然符合自然，却不意味着这种结合最终成功。换言之，阿里斯托芬贪恋感官爱欲，而没能抵达苏格拉底式爱欲，也就没能抵达苏格拉底

---

① 这种不那么正宗的对高贵谎言的理解深刻影响了尼采（1844—1900），尼采还用来解释古代中国和印度的伟人。参尼采的《偶然的黄昏》之"世人的'改善者'"的最后一节，以及他的《敌基督》第55节和第57节。另外，阿里斯托芬也以类似方式深刻影响了基尔克果（习译"克尔凯郭尔"，1813—1855）。当然，与尼采不同，基尔克果从他那可疑的反讽概念来理解阿里斯托芬式的谎言。参索伦·奥碧·克尔凯郭尔，《论反讽概念：以苏格拉底为主线》，汤晨溪译，北京：中国社会科学出版社，2005，页103、109。

式节制——这种爱欲和这种节制共同构成苏格拉底式生活方式。这一点当然是施特劳斯从柏拉图《会饮》189c-193e学到的。不论如何,这一点使阿里斯托芬没有理由认为,柏拉图的"苏格拉底的生活方式挡不住[任何外来的]冲击"(《苏》,页34)。

* 本文为国家社会科学基金青年项目"尼采与欧洲文学传统之关系研究"(项目号19CWW001)的阶段性成果。

重思阿里斯托芬《蛙》的诗人之争

章丹晨
(美国华威大学古典学系)

摘　要：在阿里斯托芬的《蛙》的后半部分，埃斯库罗斯与欧里庇得斯为了争夺冥府中悲剧诗人王座而展开辩论。在这场辩论中，阿里斯托芬使用了一系列意象对两位诗人作了夸张的两极化对比。其中的一对意象，即凶猛的"风暴"和轻盈的"以太"，在阿里斯托芬呈现两位诗人的人格和风格时发挥了尤其重要的作用。埃斯库罗斯何以与黑色的风暴联系在一起，"以太"又何以成为欧里庇得斯的诗人标签？本文以公元前5世纪的知识潮流及其对"空气"和"风"的关注为背景，深入讨论阿里斯托芬在《蛙》以及其他谐剧中，如何利用"空气"意象对肃剧语言和风格加以批评。同时，本文也讨论空气意象的运用如何为当时的自然哲学以及风和空气等自然概念赋予道德价值。

关键词：风　以太　埃斯库罗斯　欧里庇得斯　阿里斯托芬

在阿里斯托芬《蛙》的后半段，埃斯科罗斯和欧里庇得斯就谁是冥府最好的肃剧诗人开展了激烈辩论。这场辩论是阿里斯托芬对两位诗人的成就作出的谐剧化总结，也是西方文学批评史上的一个重要瞬间。在这一经典场景中，埃斯库罗斯和欧里庇得斯都在争辩中极力证明自己的才能、贬低对方的诗艺。伴随着肃剧之神狄俄尼索斯在其中的插科打诨，两位诗人各自的风格特点被夸张化地无限放大。阿里斯托芬用种种意象描述两人的诗歌语言、标志性内容和性格特点，并以此将两位诗人的风格推向两极化呈现。有一组对比在这些意象中尤其值得注意：埃斯库罗斯往往与凶猛的风暴联系在一起，欧里庇得斯的风格和内容则被"以太"（*aiϑήρ*）这一关键词打上标签。① 本文将深入观察这一对比在辩论场景中的作用，并探讨它借以形成的历史、科学和文学传统上的背景。从风暴和以太之间的对比看诗人之争，也有助于理解阿里斯托芬对两位诗人的肃剧的态度，以及他对当代雅典的思想潮流和处境的思考。

一 风、以太与"诗人"形象

两位肃剧诗人的争吵从后台的喧闹声中开始，狄俄尼索斯的仆人克桑希阿斯与冥府的家奴在闲扯中注意到了愈演愈烈的嘈杂（755以下），家奴因而告诉他这场争执的始末。与狄俄尼索斯看似随意的动机（突然[*ἐξαίφνης*, 62]像渴望炖汤一样渴望欧里庇得斯）不同，冥府中的诗人王座之争显然自欧里庇得斯死后便开始了。欧里庇得斯到了冥间，像智术师在阳间的雅典一样受到许多雅典人的欢迎，埃斯库罗斯则无法接受让欧里庇得斯继承诗人王位。这场激烈的争吵在两位诗人正式开始发言前，便在歌队的合唱歌里得到形象描述（814-829）：

> 声如雷鸣的诗人马上就会勃然大怒，
> 一看见饶舌的对手站在他面前露出
> 锋利的獠牙，那时他将转动着眼珠，
> 怒不可遏地望着他。
> 那时将爆发一场铜盔闪烁、羽饰乱颤的
> 唇枪舌剑，精工细作的刻薄话将像刨花
> 一样纷飞，当头脑机敏的诗人奋力抵挡
> 对手如奔马般的言辞。
> 长发如鬃毛般披散，他紧皱着

---

① 本文中"以太"一词即希腊语 *aiϑήρ* 的音译，其含义范围局限于本文探讨的公元前5世纪及以前的语境，并不包含它在后世希腊哲学和物理学中的意义。

可怕的眉头,咆哮着投出
成捆的词语,其力量足以摧折
巨大的船桅。
而在这时,斟字酌句的巧妙口舌
灵活地舒展,松开妒忌的缰绳,
用精致的分析化解对手
喘着粗气的进击。①

在这首由四个诗节构成的合唱歌里,不同的意象分别用以描述埃斯库罗斯和欧里庇得斯代表的风格。埃斯库罗斯被歌队称为"雷声震耳的"(ἐριβρεμέτας, 814);他像一个愤怒的巨人,眼珠旋转不停(ὄμματα στροβήσεται, 817);他的怒火和狂放都被形容为"可怕的"(δεινός, 814、816、823);稍后埃斯库罗斯也被形容为野兽,甩动着杂乱的鬃毛,皱着同样可怕的眉毛(δεινὸν ἐπισκύνιον ξυνάγων, 823)。他的语词高大如山巅(ὑψιλόφων, 818),迅疾如奔马(ῥήμαθ᾽ἱπποβάμονα, 821),有的则是成双而至的合成词(ῥήματα γομφοπαγῆ, 824)。这场斗争凶猛如史诗中的战斗场景,头盔在其中穿梭闪现(κορυθαίολα, 818)。在第三节诗末尾,埃斯库罗斯吐出的话语如巨人掀起的狂风(γηγενεῖ φυσήματι, 825),将对方的攻势击得粉碎,就像风暴击碎海上的船只(πινακηδόν, 824)。

在谐剧中,尤其在对辩论场景(ἀγών)的描述中,狂风意象有时被用来形容争论的激烈,包括双方辩论的音量和话语中的情绪。②然而在此处,狂风不仅指示辩论的猛烈,更与其他意象一道,和埃斯库罗斯的诗人形象联系在一起。在埃斯库罗斯的攻势下,他的对手则致力以灵活取胜。欧里庇得斯的能言善辩仿佛锋利的獠牙(ὀξύλαλόν...ὀδόντα, 815);较之埃斯库罗斯的宏大语词,他以精密如轮轴、细小如刨花的论辩(σχινδάλαμοί τε παραξ -ονίων σμιλεύματά τ᾽ἔργων, 819)抗击对手。欧里庇得斯并不正面对抗埃斯库罗斯狂风暴雨般的攻击。他有舒展灵活、善于

---

① 本文中的戏剧引文参考张竹明、王焕生译,《古希腊悲剧喜剧全集》,南京:译林出版社,2014;罗念生,《罗念生全集》,上海:上海人民出版社,2016。据希腊文有改动,下引仅标注行码。

② 例如《骑士》430–433、760。

玩弄语词的口舌（826-827）。凭借这副舌头，这位诗人将分解（καταλεπτολογήσει, 828）埃斯库罗斯的猛烈攻势，像一叶轻舟避开狂风。

两人形成鲜明对比的风格在之后的对话和正式辩论中也得到鲜明呈现。当欧里庇得斯讥刺埃斯库罗斯诗作的野蛮和不加修饰，埃斯库罗斯反过来攻击欧里庇得斯剧中破衣烂衫的角色，并发誓要给这位"乞丐制造者"一点颜色看（πτωχοποιός, 842）。辩论裁判狄俄尼索斯连忙火上浇油地上前干预，让仆人给他拿一只黑羊祭祀风暴神（847-848）：

> 侍童们，快牵一头黑羊，一头黑羊来！
> 一场风暴正在酝酿。

此处提到的风暴（τυφώς, 848）令人联想到风暴之神提丰（Τυφωεύς）。在赫西俄德的《神谱》中，提丰在大战中输给了宙斯，被镇在塔尔塔罗斯（868），从而产生了四面八方的风（869-880）。狄俄尼索斯在此处正是用巨人提丰来自大地深处的力量来比拟埃斯库罗斯的怒火。稍后欧里庇得斯进一步试探对手，也被狄俄尼索斯开玩笑地制止（852-853）：

> 但是你，捣蛋的欧里庇得斯，
> 你若明智就趁早走吧，避开他的冰雹。

两位诗人登场不久，阿里斯托芬便将埃斯库罗斯与狂风的野蛮和磅礴力量联系在了一起。在辩论正式开始的祈祷环节，两位诗人的祈祷进一步强化了这种印象。埃斯库罗斯向德墨忒尔祈祷，希望哺育他的大地女神赐予他作为雅典公民和秘仪信徒的荣誉（886-887）。欧里庇得斯的祈祷则献给自己的"私人神明"（τοῖσιν ἰδιώταις θεοῖς, 982）：

> 以太，我的哺育者，狡猾的口舌，
> 聪敏的才智，灵敏的嗅觉，
> 啊，愿我能干净利索地击败对手的任何辩论！（893-

894）

欧里庇得斯的这些"非官方神明"中，有一些显然是赢得辩论必备的感官和智力——他向"狡猾的舌头"（Γλώττης Στρόφιγξ）祈祷，也向"聪敏的才智"（Ξύνεσις）祈祷，甚至向灵敏嗅觉（Μυκτῆρες Ὀσφραντήριοι）祈祷，好让他能逮住论辩对手的弱点。欧里庇得斯第一个祈祷的神明"以太"，在诗人的这一串保护神中显得十分重要。"以太"是一个在早期希腊思想中便存在的古老概念，其含义随着时间发生了许多变化，但基本上可以指高空或者其中的空气（LSJ s. v. αἰθήρ.）。就像德墨忒尔哺育了埃斯库罗斯的心智，"以太"也被欧里庇得斯认作他的养育者（ἐμὸν βόσκημα, 983）。在本剧的其他地方，"以太"也出现在对欧里庇得斯诗艺的描述中。在谐剧的前半段，狄俄尼索斯为自己喜欢的新奇表达举例，引用的其中一行诗便改自欧里庇得斯的《墨拉尼佩》（Μελανίππη ἡ Σοφή）："以太，宙斯的寝宫。"（αἰθέρα Διὸς δωμάτιον, 100）这个表达似乎非常深入人心，在《地母节妇女》这部疯狂打趣欧里庇得斯诗作的谐剧中也被引用（272）。这部谐剧中也出场了与欧里庇得斯在许多方面"臭味相投"的肃剧诗人阿伽通，而"以太"作为他们诗歌中的典型意象，也出现在欧里庇得斯和亲戚到访阿伽通府邸的场景里（43、51）。"以太"究竟怎样"哺育"了诗人欧里庇得斯，又怎样成为他的诗人标签？这种轻盈的高天上的空气又如何与埃斯库罗斯代表的风暴一起，展示了阿里斯托芬对两位肃剧诗人的理解和判断？

二 自然哲学和文学传统中的风暴和以太

为了回答这个问题，本文接下来便考察狂风和"以太"在阿里斯托芬同时代的自然哲学及文化中各自意味着什么。肃剧艺术与其所诞生的物理以及文化背景有着紧密的关系；因而，影响当时雅典人的思想潮流和观察世界的方式，将对理解阿里斯托芬对两位诗人的塑造有很大帮助。

农耕和航海活动在古希腊的重要性决定了希腊人对风的熟悉和依赖。随着时空和季节的变换，风对希腊人来说自然有规律可循，但归根结底，风是一种难于预料和掌控的现象，而凶猛的风暴尤其令人畏惧。在《工作与时日》中，赫西俄德为他的兄弟珀尔塞斯指出一年四季的节气变化和相应的劳作，而在冬天，最可怕的显然是寒冷的北风（Βορέας）：刮北风的勒那昂月是"糟糕的日子"（κάκ' ἤματα, 503），大海和山林都在狂风中低吼（504-511）；穿透一切的北风似乎能侵入动物们的皮毛，也让老人冷得缩成一团（513-518）。稍后，赫西俄德也强调风与航海的关系。他指出选择适当航海时间以避开海上风暴的重要性（673-677）：

> 但是你要尽快返家，不要等到新酒酿成、秋雨纷落，以及南风神可怕风暴的来临。这时伴随宙斯的滂沱秋雨而来的南风神搅动海面，让大海变得凶险。①

航海作为一种生财之道，也承载着巨大的风险。一旦水手没有掌握好出海的时间，在入秋时节贪恋新酿的美酒，拖延归期，就会被可怕的南风或宙斯的雨点困住（675-677），甚至丧失性命。风暴的出现往往被认为与神有关。在这节关于海风的诗中，船员在海上的命运都由波塞冬或宙斯主宰（667-668）。变幻莫测的天气令人不可避免地将风的产生和平息与神的旨意联系在一起。荷马史诗里的神会掀起风暴，阻碍军队的进攻（例如《伊利亚特》12.252-255）或让航海的英雄翻船（例如《奥德赛》5.290以下）。《奥德赛》中的风神艾奥洛斯在送奥德修斯上路时保证他一路都有西风护驾，甚至给了他一袋风作为礼物（10.1-27）。荷马笔下的诸神不仅会制造风暴，他们本身也来去如风（例如《伊利亚特》5.864-867；《奥德赛》6.20）。赫西俄德的《神谱》里，宙斯与巨人提丰的较量是一场震天动地的大战（844-852），大海为之掀起狂涛巨浪，还伴有闪电、惊雷和地震。提丰最终被宙斯打败后，被囚禁在塔尔塔罗斯，但他也是人世间各种风的来源。有一些风对人有益（870-871），有些则变幻不定（ἄλλοτε δ' ἄλλαι

---

① 翻译参考张竹明、蒋平译，《工作与时日·神谱》，北京：商务印书馆，1991；《〈劳作与时日〉笺释》，吴雅凌撰，北京：华夏出版社，2015。译文有改动。

ἄεισι, 875）。这些不规律的风被看作人类的敌人，他们在难以预料的时刻出现在海上，摧毁船只和水手，也摧毁陆地上的收成（876-880）。

可怕的不但是风暴造成的结果和破坏，风本身的威力和形象也总是与阴云密布的天气和难于理解的黑暗联系在一起。在荷马史诗关于天气的比喻中，风暴来临前漆黑的乌云被用来比喻军队的攻势（275-278）和战神阿瑞斯的现身（864-865）。[①] 风暴卷起的海浪（例如《伊利亚特》9.4-8，κῦμακελαινόν）、带来的降雨（例如DK 31B111 ὄμβροιο κελαινοῦ, Diogenes Laert., 8.59）也往往被赋予黑色的形容词。与难以看穿的黑暗联系在一起，风暴神的威力自然要用祈祷和祭祀来平息。对风神的崇拜是希腊人宗教信仰的一部分。据希罗多德记载，北风在萨拉米斯海战中困住波斯人的船只（6.44），帮助希腊人赢得这场决定性的战斗。为了感谢北风神，雅典人在以利索斯河边为他修建了一座祭坛（7.189）。

在古希腊的文化想象中，风对人类是一种既可怕又值得依赖的存在。风如神明一般无处不在，也往往被看作来自诸神的信号或神的化身。[②] 与各种各样的风长期共处的希腊人了解风的基本规律，也像索福克勒斯的诗句里说的那样，学会在风起浪涌的大海上行船（《安提戈涅》334-337）。但人类对风暴的畏惧是恒久的；对于坐在露天剧院中、处于自然威力之下的雅典观众，哪怕谐剧化的狂风化身埃斯库罗斯，也能使人联想到大自然的暴力、呼风唤雨的荷马诸神，以及深埋大地却并未息怒的风神提丰。[③]

[①] P. Cronin, "Weather lore as sources of Homeric imagery", *ΕΛΛΗΝΙΚΑ*, 2001, vol. 51, 7-24 指出荷马史诗中的天气比喻与早期希腊关于气象的民间知识之间的关系。

[②] Eidinow, E. "'They blow now one way, now the other'(Hes. *Theog.* 875): Winds in the ancient Greek imaginary", Scheer, T. S. ed. *Natur- Mythos- Religion im Antiken Grieschenland*(*Nature- Myth- Religion in ancient Greece*), Stuttgart: Franz Steiner Verlag, 2019, 133-132 讨论了古希腊文化中对风险和灾难的想象（hazardscape）与风的密切关系。

[③] 埃斯库罗斯死后的英雄崇拜传统中，这位诗人的形象与巨人提丰有许多重合之处。见 E. Bakola, "Earth, Nature and the Cult of the Tomb: The Posthumous Reception of Aeschylus Heroes", Graziosi, B. and Goldschmidt, N. eds. *Tombs of the Ancient Poets: Between Literary Reception and Material Culture*, Oxford: Oxford University Press, 2018, 123-146。

与凶猛的风暴一样，古希腊人对以太的认识也由来已久。在荷马史诗中，以太指云层上方的高空，也是诸神居住的地方。不像人类居住的世界有风霜雨雪，以太代表的区域平静、晴朗，不受天气变化的影响。同时，以太不同于另一指空气的词 ἀήρ；后者多指弥漫的云雾，也往往是神明为了掩盖战场上的英雄而撒下的、用以障目的黑暗。阿波罗为杀死帕特罗克洛斯便使用这种云气掩盖自己（《伊利亚特》16.788-792）；在《奥德赛》中，雅典娜也用 ἀήρ 遮住奥德修斯，让他在费埃克斯人的国度里穿行无阻（《奥德赛》7.39-42）。在《伊利亚特》第 17 卷中，希腊人围绕战死的帕特罗克洛斯抗击前来掠夺尸体的特洛亚人。在这局部的战斗中，一部分人被遮没在宙斯撒下的黑暗云气里（368），战场的其他部分却显露在明亮的高空之下（ὑπ' αἰθέρι, 371）。在这卷的后半部分，埃阿斯向宙斯祈祷，求他驱散黑暗，带来光亮的以太（ἐῦσαι ὑπ' ἠέρος υἷας Ἀχαιῶν, ποίησον δ' αἴθρην, 645-646），好让他看清正在作战的希腊人，并找人向阿喀琉斯报告死讯。在荷马的语言中，以太明显区别于低空的云气和黑暗的雾气；它属于高空和神的领域，也是有死的凡人难以企及和控制的物质。

神圣的以太也是宇宙诞生神话中的重要一环。赫西俄德《神谱》中，混沌（Χάος, 116）生出深渊（Ἔρεβός）和黑夜（Νύξ, 123），从中又生出以太和白昼（Αἰθήρ τε καὶ Ἡμέρη, 124）。在俄耳甫斯教的宇宙诞生论中，以太生自克罗诺斯，由此又生出其他的神。① 以太在宇宙诞生神话中的重要性使人将其与前苏格拉底哲学中的"本原"（ἀρχή）概念联系起来，尽管早期哲人认为的"本原"是水或"空气"。阿那克西美尼（Ἀναξιμένης）认为万物来自"空气"也归于"空气"，大地浮在托举它的空气之上，人们生活的世界由空气环绕，② 而风——也就是被压缩的空气（πυκνούμενος）——推动各种天体的循环运行。③ 更重要的是，他认为人的灵魂的本质也是空气。"气"作为灵魂的本质，以及它与组成世间万物的元素的同质性，也在赫拉克利特的残篇中得到

---

① E. g. Damascius *de principiis* 123 = DK 1B12-13.
② E. g. Aetius 1, 3, 4.
③ Theophrastus *ap*. Simplicium *in Phys*. 24, 26.

展现。赫拉克利特认为世界是一团燃烧不息的火（πῦρ ἀείζωον, Fr. 30, Clement Strom. V, 104, 1），而人的灵魂也由火或者以太组成——以太几乎等同于火，是一种干燥的、燃烧着的物质。[1]

以太在早期思想中的定义——明亮的高空和诸神的居所，以及在伊奥尼亚哲学中与世界生成、运行与灵魂的紧密关系，也在公元前5世纪的自然哲学中得到延续。恩培多克勒的元素学说里，以太作为首要的元素，参与了元素之间的循环周转。[2]阿纳克萨戈拉也认为以太是一种干燥、温热、轻盈的元素；在他眼中的世界的物质转换里，以太的本性决定它向上升腾，它应处的位置在不断周转的宇宙的尽头。[3]

这些关于以太的神圣性的概念，也在公元前5世纪的大众想象和文学传统里得到体现。一方面，"以太"频繁地出现在诗歌中，用以指"天空"或诸神的居所。[4]同时，它也往往与永恒不死的概念联系在一起。这一思想广泛出现在希腊化及罗马时期，在公元前5世纪则显得相当超前。但"以太"出现在公元前432年波提岱亚战役的阵亡战士墓碑上，铭文写道"他们的灵魂回归以太，身体回到大地"（αἰθὲρ μὲμ φσυχὰς ὑπεδέχσατο, σόματα δὲ χθόν, CEG 10）。[5]欧里庇得斯的《海伦》中也有类似的思想出现：当特奥诺埃向海伦夫妇表示自己将遵从死去父亲的意志帮助海伦时，她提到亡父的灵魂回归了以太，却永远不死（1014以下）。《腓尼基女人》的歌队也唱道，被斯芬克斯夺去的忒拜人消逝在高空明亮的轻风中（εὐαλίοισι... αἰθέρος πνοαῖς, 674-675）。

欧里庇得斯显然对"以太"这个意象非常感兴趣。在他的肃剧中，以太不仅可以指天空，或者等同于宙斯（例如fr. 941），有时也是一种气态的物质，一种易于塑造的材料，诸神用来制造各

---

[1] G. S. Kirk, J. E. Raven, M. Schofield eds. *The Presocratic Philosophers: A Critical History with a Selection of Texts*, Cambridge: Cambridge University Press, 1983. 198-199.
[2] Aetius II, 6, 3 = DK31A49.
[3] Fr. 2, Simplicius *in Phys*. 155, 31; Fr. 15, Simplicius *in Phys*. 179, 3.
[4] 例如《安提戈涅》415；《被缚的普罗米修斯》88。
[5] 关于以太作为灵魂死后回归之所的早期碑铭，见F. Egli, *Euripides im Kontext zeitgenössischer intellektueller Strömungen*, München: K.G. Saur, 2003, 98-100。

种形象,迷惑剧中的其他角色。在《海伦》一剧中,主角"海伦"的自述在一开始就告诉观众,人们看到的她只是赫拉用以太做成的一个影像($εἴδωλον$,34、584),而真正的海伦则被赫耳墨斯带到了埃及,从未去过特洛亚,也从未真的引起这场战争。在《酒神的伴侣》中,忒瑞西阿斯向彭透斯解释狄俄尼索斯神的来历,告诉他这位神明出生后,宙斯把真正的狄俄尼索斯救了起来,用以太做出一个影像骗过赫拉(293-294):

> 他从环绕大地的以太上撕下一块来,用它做成狄俄尼索斯,把他作为人质交给嫉妒的赫拉……

随后,狄俄尼索斯自己也用相似的办法惩罚了决意抵抗他的彭透斯,用以太捏造了一个自己的形象,让试图捉住这位"异邦人"的忒拜国王数次扑空(629-631)。在欧里庇得斯的笔下,以太不仅是一个富有神性的意象,更成了一种容易被采用、为剧中的诸神提供制造计谋的材料,也塑造着剧情的走向。以太通常被等同于天空和神明,而欧里庇得斯的这些例子则标志着"以太"在公元前5世纪的知识潮流中获得了一种新的形象。

三 "轻"与"重"之争

风暴与以太在公元前5世纪的自然哲学、文化想象和文学传统中的这些特质,能够帮助探索阿里斯托芬为何及如何用这两个意象塑造埃斯库罗斯和欧里庇得斯的风格特点。风暴的磅礴气势和以太轻盈明亮的特性,揭示了辩论中埃斯库罗斯和欧里庇得斯各自的表现,乃至他们诗歌中的选词、格律、音乐之间的差异。更进一步,埃斯库罗斯和欧里庇得斯剧作的内容与道德内涵,也在风暴与以太的对比中得到表现。这一对比也在辩论收场时称量两人诗作的场景里被进一步深化。

以各种隐喻描述诗歌语言是一个古老的传统,而阿里斯托芬在谐剧中对此的应用则进一步发展了这些隐喻的细节。[①]狂风的力量和气势符合埃斯库罗斯辩论时的情态；古希腊语中，同一套词汇可以既指自然界的风，也指人的呼吸，而歌队在两人发言前的合唱歌里提到的、被欧里庇得斯成功消解的"肺中鼓起的力量"（πλευ μόνων πολὺν πόνον, 829），便将埃斯库罗斯争辩时愤怒的言语和"吐出"的诗句比作海上的狂风。埃斯库罗斯的诗歌语言，尤其选词，的确如狂风般具有震慑力。他善用合成词的习惯在歌队一开始的合唱歌里也体现出来。欧里庇得斯随后抓住这一点，造了一个由三词合成的形容词，取笑埃斯库罗斯惯会使用一连串空洞的词语（κομποφακελορρήμονα, 839）。埃斯库罗斯的用词习惯，连同他用以创作的神话题材，赋予他的诗歌语言以宏大的特性。歌队长在辩论中间的合唱歌后也评价埃斯库罗斯是第一个为肃剧"造出崇高如塔的词汇"的诗人（πυργώσας ῥήματα σεμνά, 1004）。欧里庇得斯说他的词语大得像吕卡贝托斯或帕尔纳索斯山（1056-1057）；在稍前，他也嘲笑埃斯库罗斯的词语"像牛皮盾那么大，还带有獠牙和鬃毛"（924-925），到处都是古怪而深奥的词汇（927-930）：

> 他说的都是什么斯卡曼德罗斯河呀，城壕呀，
> 盾牌上铜做的狮身鹰首像呀，
> 都是些悬岩一般令人难解的辞藻。

不但埃斯库罗斯的用词习惯给人宏大威武的印象，其剧作中独特的音乐感也加重了他的诗歌深奥而难于接近的特性。埃斯库罗斯的肃剧善用合唱歌，欧里庇得斯指出他的歌队总是唱个不停，而主角却坐在那里一言不发，让观众不知所以（911-920）。同时，埃斯库罗斯的合唱歌也以表达强烈的情感而著名，许多合唱歌，尤其这些歌曲中的拟声用词，都在这部谐剧中被回顾和戏仿（1030、1284-1295）。他的语言、音乐和激烈的情感都如令人畏惧的大风，在他与对手关于诗艺的辩论中逐渐酝酿和爆发。

与埃斯库罗斯相比，《蛙》中的欧里庇得斯则鲜明地体现了

[①] 见 K. Dover ed., *Aristophanes: Frogs*, Oxford: Oxford University Press, 1993, 28-29。

相反的风格，直白、简明、机灵。在埃斯库罗斯的攻势下，他起而为自己的诗艺辩护，讲述自己怎样继承和改善了这位前辈传下来的肃剧艺术（938-948）：

> 当初我从你手里接过诗艺时，
> 她臃肿，华而不实的词太多，
> 我先让她服用泻药把她弄瘦，
> 给她吃磨碎的小词语，配合锻炼和白甜菜，
> 再来一贴从书中提炼出来的健谈剂，
> 还喂她克菲索丰味的轻巧独唱歌。
> 我从不胡说八道，信口开河，
> 首先出场的人都会清楚交代
> 故事的来历。

欧里庇得斯把继承自埃斯库罗斯的肃剧艺术（ἡ τέχνη, 938）比作一个超重的病人，因为充满大而无当的语词而臃肿不堪，他自己则像一个技术高超的医生为这位病人指定减肥的良方（ἴσχνανα, 941）。在这段模仿医学术语的调侃中，欧里庇得斯给肃剧女神喂食"小块"的词句（ἐπύλλια, 942）以及从书里榨出来的健谈药汁（943）。显然，这些都让欧里庇得斯自己的创作显得更"消瘦"和轻盈，这也是他自己为之骄傲的特征。的确，欧里庇得斯的诗显得更容易被观众"消化"——就像他在上面这段所说，他让自己的角色一上台就说明故事的前因，免得观众不理解剧情，不像埃斯库罗斯总用悠长的歌曲做铺垫。相较而言，欧里庇得斯的歌队存在感并不强，而角色本身以及抑扬格对白在剧中显得更加突出。[1] 但他的角色往往有相当长度的独唱歌（μονῳδία, 944），这些歌曲也反映了欧里庇得斯创作生涯后期新的音乐潮

---

[1] R. Hunter, *Critical Moments in Classical Literature*, Cambridge: Cambridge University Press, 2010, 14-17 将这一对比与亚里士多德《诗学》中的肃剧发展史相提并论。

流。① 争辩开始的时候，埃斯库罗斯便批评欧里庇得斯是"克里特艳曲的收集者"(Κρητικὰς ... συλλέγων μονῳδίας, 849)，影射他在音乐上的大胆创新，或这些歌曲淫乱的内容。

的确，欧里庇得斯被埃斯库罗斯批评的，不光是他的用词和格律，更是他的肃剧面向观众的方式。欧里庇得斯以自己的诗歌明白而易于理解为傲。不光他的角色往往用开场白说明前因后果，他也将日常生活的故事和场景带上舞台。欧里庇得斯诗中广受诟病的、穿破衣烂衫的角色便是这一特点的一个例子(见1063-1064)，而他的剧作中屡屡出现的出轨和乱伦的女性也在剧中被提及。② 更进一步，他教会人们思考和辩论的技巧，而且让剧中一切卑微的人物说话，不论是一家之主，还是妇人、奴隶、女仆(948-950、971-979)。与埃斯库罗斯过于"高大上"、难于理解、有距离感的诗歌相对，欧里庇得斯的肃剧更接近普通的、有些小聪明的平民百姓，使他们意识到自己也可以参与这曾经令人觉得不可捉摸的肃剧艺术，从演出一开始便理解剧情，并带着批判的眼光琢磨这些更易理解的诗句。就如欧里庇得斯自己强调的，他的诗歌是一门"民主的"艺术(δημοκρατικὸν, 952)。

这一切特征，都与埃斯库罗斯崇高、磅礴而深奥的诗风相对，显得易于掌握和参与。若说埃斯库罗斯的诗歌让人联想起晦暗的乌云和风暴，欧里庇得斯这位总是跟"以太"捆绑出现在谐剧中的角色，创作的诗歌也的确有着相近的特性，明快、轻浮、易于看懂，而且紧跟当时的思想潮流。这一对比是明亮与晦暗的对比，也是"轻"与"重"的对比。

在这场辩论接近尾声的时候，埃斯库罗斯建议把两人的语句放到秤上去称(1365-1367)。这是一场字面意义上的"重量"的较量，也是谐剧中惯用的、将隐喻的意义开发到极致的搞笑手段。但在这部剧中，决出两位诗人的轻与重显然不是一个随意的桥段。早在辩论尚未揭开序幕的时候，冥王的仆人便预告两人的

---

① 关于欧里庇得斯剧中的独唱歌，见 E. J. Beverley, *The Dramatic Function of Actors' Monody in Later Euripides*, doctoral thesis, University of Oxford, 1997; N. Weiss, *The Music of Tragedy: Performance and Imagination in Euripidean Theater*, Oakland: University of California Press, 2017。

② 例如行 1043-1044、1078-1082。"讲女人的坏话"也是《地母节妇女》中欧里庇得斯的罪名。

肃剧将被用秤称量（797-802），尽管这时"包袱"还尚未抖开。①有学者指出，埃斯库罗斯与欧里庇得斯最后用以决出胜负的称量工具，在辩论一开始便随他们一起被带上舞台。②在这样的视觉效果之下，两位诗人的诗作孰轻孰重，是一个贯穿辩论始终的问题。尽管称重的主意也来自埃斯库罗斯肃剧中称量灵魂重量的情节，③这并不妨碍"轻与重"的对比在《蛙》之后成为文学批评中的一个经典隐喻。④

从埃斯库罗斯提出把欧里庇得斯带到秤上的时候起，这场较量的结果便不难猜到。两人每一次念出诗句时，狄俄尼索斯总能从埃斯库罗斯的诗行里找到更"重"的东西，而欧里庇得斯抓耳挠腮也想不出自己写过哪些有重量的诗句可以与之抗衡（φέρε ποῦ τοιοῦτον δῆτα μοὐστί; ποῦ; 1399）。实际上，两位诗人的形象本身便预示了这场轻重之争的结果。埃斯库罗斯作为一个老人，敬重传统，也代表着英勇善战、身强力壮的老一代雅典人；⑤欧里庇得斯不但代表着年轻一代诗人，甚至整体风格也更偏女性化。⑥从整场辩论及其对两人风格和性格的表现来看，埃斯库罗斯充满重量的词句、沉郁磅礴的情感和他对战争场面的描写都决定了他会站在天平的下端；而欧里庇得斯"减肥"过的肃剧语言和形式，连同他剧中的平民百姓、日常琐事和抖机灵式的思辨，都让人可以预料他比埃斯库罗斯更"轻"。这场轻重较量的结果，也与代表两人诗歌特征的"风暴"与"以太"这两种意象之间的对比相契。

称量诗歌重量的这一情节尽管并不最终决定两人的胜负，却

---

① 观众们可能觉得这句话是完全在隐喻意义上说的。见 A. Sommerstein, ed. and trans., *Aristophanes: Frogs*, Warminster: Aris & Phillips, 1996, 225。
② Henderson, ed. and trans., *Aristophanes: Frogs; Assembleywomen; Wealth*, Harvard University Press, 2002, 137.
③ See A. Sommerstein, ed. and trans., *Aeschylus*, Cambridge, MA: Harvard University Press, 2009, 274-275.
④ Hunter, *Critical Moments in Classical Literature*, 2010, 4-5.
⑤ 参行 1069-1071，埃斯库罗斯指控欧里庇得斯的肃剧让年轻人只知道争辩，忽视了体育训练。
⑥ 关于欧里庇得斯及新一代诗人的风格以及耽于享乐、女性化的批评，见 N. Worman, "Mapping Literary Styles in Aristophanes' *Frogs*", Gilhuly, K. and Worman, N. eds., *Space, Place and Landscape in Ancient Greek Literature and Culture*, Cambridge: Cambridge University Press, 2014, 209-217。

强烈地揭示了阿里斯托芬对两位诗人剧作的判断。这一判断也反过来为剧中反复出现的"风暴"和"以太"两个意象赋予了道德意义。埃斯库罗斯令人敬重的风格如同风暴一样令人敬畏。他的诗歌中的风暴意象也延续了他代表的诗学传统,让人想起史诗中变幻无常的天气、易怒的诸神和兢兢业业按照节气变化劳作的人类。[1] 欧里庇得斯相对轻浮的风格和他对"以太"的兴趣,也投射出"以太"在公元前5世纪思想潮流中的重要地位。随着"以太"越来越多地进入雅典的知识潮流,它的"网红"属性也被当代谐剧反复提及。阿里斯托芬的《地母节妇女》一开始,欧里庇得斯用荒谬的语言向亲戚炫耀了一番宇宙和人类诞生的神话——以太从大地中分离出来,并与大地生出万物(13-18)——只是为了说明人的耳朵和眼睛是有分工的。这些对以太和醉心以太的"聪明人"的嘲笑,也可以在谐剧《云》中找到——就像《蛙》里的欧里庇得斯一样,以太也被《云》的歌队敬为神明,与宙斯、波塞冬并列(266、570)。[2]

像以太一样,其他许多受公元前5世纪自然哲学关注的概念,都在阿里斯托芬谐剧中被赋予这种轻浮无根却受人追捧的形象。典型的例子便是《云》中的歌队。[3] 剧中的苏格拉底将她们敬为神明,认为她们赋予人类思想、辩论、智慧,以及空谈($τερατεία$)、饶舌($περίλεξις$)、狡诈($κροῦσις$)和回避($κατάληψις$,317-318)。在另一部谐剧《鸟》中,鸟的歌队也讲述了一个谐剧版的宇宙诞生神话以证明鸟类的古老和强大——世间万物皆产生自混沌、黑夜、深渊以及它们生出的"风卵"($ὑπηνέμιον$, 695)。这些对风、云等空气元素打趣的例子,也从一个侧面证明了这些话题在当时的自然哲学思想中受欢迎的程度。

---

[1] 关于埃斯库罗斯"奥瑞斯提亚"三联剧中"风"的意象,见 W. Scott, "Wind Imagery in the Oresteia", *Transaction of the American Philological Association*, 1966, vol.97, 459-471。
[2] 行570的以太或许也可简单指天空,见 K. Dover, ed., *Aristophanes: Clouds*, Oxford: Clarendon Press, 1970, 126。但用 $αἰθήρ$ 一词代替更加传统的指代天空的词汇(如 $οὐρανός$)也是这类新潮话语的特征。
[3] 关于云彩的千变万化与云神歌队无原则的形象,见 D. Blyth, "Cloudy morality and the meteorology of some choral odes", *Scholia*, vol.3, 1994, 24-45。

的确，在知识、经济和时局都处于迅速变动之下的雅典社会，"空气"与许多事物一样，成了可以被认识、了解和测量的东西。《鸟》中的"云中鹁鸪国"最初建立时，引来了一些奇怪的访客，其中天文和几何学家墨同带来一把"量气尺"（κανόνες ἀέρος，999），准备测量空气，以进一步规划这半空中的城邦（1004-1010）。这样看似不可思议的工具，正与《蛙》中为两位诗人的诗歌称量轻重的工具相似。在克桑西阿斯与冥王仆人的对话中，仆人便提到两位诗人的较量要用到尺子、软尺、定型框、圆规，因为欧里庇得斯要逐字测量他们的肃剧（798-802）。这提议看似荒谬——诗歌语言如何用尺规测量？ 然而在剧情发展到真正的测量环节时，这个搞笑的提议也因为欧里庇得斯栽在自己制定的规则里而有了更深的含义。《蛙》中的欧里庇得斯，就如《云》中"思想所"里的学者们一样，前者试图用某种尺度规定诗歌的好坏，后者则在凌空漫步中以一套可笑的逻辑理解自然。[①]"风暴"般的埃斯库罗斯最终胜过喜爱"以太"的欧里庇得斯，显然展示了当代思想潮流中这些自认可以谈论一切、测量一切的倾向，以及阿里斯托芬在谐剧的夸张呈现中对它的态度。

结　语

阿里斯托芬在《蛙》中对埃斯库罗斯和欧里庇得斯性格及创作风格的刻画，将"风暴"和"以太"两种与大气相关的元素分别赋予两位诗人。这两个意象背后的文化内涵、文学传统，以及它们在早期哲学对自然的探索中的不同位置，都帮助阿里斯托芬在谐剧中制造了两人风格的对立。本文通过观察两位诗人辩论中的细节，探讨了"风暴"和"以太"如何与两位诗人分别联系起来，并进而讨论了"风暴"和"以太"在早期思想以及公元前5世纪后期的意义和内涵。《蛙》中的辩论由这两者的对比塑造，而阿里斯托芬也借此以诙谐的形式表现了埃斯库罗斯和欧里庇得斯诗歌中

[①] 显然，《云》中的苏格拉底和《蛙》中教导观众要远离的苏格拉底（1491-1495）只是阿里斯托芬的谐剧形象。柏拉图《斐多》中的苏格拉底本人在他的精神自传中表示自己曾痴迷"自然哲学"（περὶ φύσεως ἱστορία，96a-c），但后来领悟到它的局限。

"重"与"轻"的对立——这一对立不仅体现在两位诗人创作中的用词、意境、音乐和情感，更表现在影响他们创作的内容和表达的道德教化。辩论中的埃斯库罗斯宛如狂风，暴躁、易怒、难于接近，他的风格以及他诗歌中的内容也代表着传统道德和诗教的延续，表现着对宇宙秩序和诸神的敬畏。欧里庇得斯与新潮思想的亲和，使他在本剧以及其他阿里斯托芬谐剧中被描绘成一个对"以太"有执念的诗人。他明快、思辨性强且有参与感的诗风，就像"以太"一样与前苏格拉底哲学和雅典当代流行思潮相互影响。

尽管阿里斯托芬在剧中刻画的"埃斯库罗斯"和"欧里庇得斯"显然不是两位诗人特点的忠实还原，这场谐剧中的辩论依然被看作文学批评史上的重要时刻。而"风暴"与"以太"这两个意象也为观察这场辩论提供了一个侧面的角度。这场辩论揭示了文学批评与当代自然科学对风、空气和宇宙的想象如何互相映照。从这个角度，本文也试图表明，这场辩论同样是自然科学和哲学史中的重要时刻。

《地母节妇女》中的《忒勒福斯》

——演出、图像与戏剧接受

王瑞雪

（浙江大学外国语学院）

摘　要：阿里斯托芬《地母节妇女》一剧对欧里庇得斯《忒勒福斯》的戏仿场景出现在公元前 4 世纪前期希腊西部的瓶画上。学界一般认为该画作表现了阿里斯托芬剧作在当地的实际演出，近来亦有研究者探讨图像绘制的视觉构思与阿里斯托芬戏剧表演的区别。细节研究表明，瓶画对戏剧的再现包含对谐剧与肃剧的双重指涉，提示着泛希腊语境中观众辨识能力的形成方式。本文尝试将这一辨识能力与阿里斯托芬剧作在雅典原初上演时的观众能力加以对照：其中的类同与差异一方面体现了欧里庇得斯肃剧经典化进程的推进，另一方面也显示出谐剧的身份扮演对肃剧的解构在新的演出语境中产生的阐释可能，以及这种可能如何进一步复杂化了后者戏剧伦理的现实意向。

关键词：阿里斯托芬　欧里庇得斯　瓶画　戏剧接受

对阿里斯托芬谐剧的后世接受而言，"维尔茨堡的忒勒福斯"（Würzburg Telephus）瓶画的相关研究可谓具有转折性的意义。这幅瓶画绘制于一个钟形双耳喷口杯（bell-krater）上，出土于意大利南部的阿普利亚区（Apulia），收藏于德国维尔茨堡大学马丁·冯·瓦格纳博物馆（Martin von Wagner Museum）。① 关于它的讨论兴起于 20 世纪 80 年代。戴斯曼（Anneliese Kossatz-Deissmann）首次完整出版了该瓶画的图片，将其年代推定在公元前 370 年左右，并且给出详细的讨论，认为这幅画作是基于当地一部戏仿欧里庇得斯《忒勒福斯》的"闹剧"（Phlyax comedy）而创作。② 尽管她注意到瓶画所绘忒勒福斯挟持酒囊为人质的场景与阿里斯托芬《地母节妇女》同一戏仿场景的相似之处，但并未在二者之间建立直接的联系。③

数年后，卡萨普（Eric Csapo）重新分析了瓶画中的人物在祭坛求庇护的姿势、被威胁的酒囊、酒囊所穿波斯式的鞋子、挟持者手中所持的匕首、拿着器皿冲过去的女人等构图要素与阿里斯托芬剧作细节的紧密对应，并指出，因为绘陶的手艺人并不属于识字文化阶层，所以该画作最有可能源自阿里斯托芬剧作在当地的演出。④ 几乎同时，塔普林（Oliver Taplin）也分析指出，"所谓'闹剧'看起来过于像阿里斯托芬的《地母节妇女》，不如说就是《地母节妇女》"，由此可以推定，"阿里斯托芬的剧在阿普利亚地区重新上演了"。⑤ 这些研究改变了人们对阿里斯托芬谐剧在公元前 4 世纪在雅典之外的接受状况的认识。尽管早在 20 世纪

---

① 以下简称"维尔茨堡瓶画"（馆藏编号：H5697），在线图片参见 https://www.worldhistory.org/image/9851/thesmophoriazusae-red-figure-krater/。意大利南部属于古代的希腊西部地区，这一区域古称"大希腊"（Megale Hellas），包括今意大利南部和西西里岛。
② Anneliese Kossatz-Deissmann, "Telephus Travestitus", *Tainia: Festschrift fur Roland Hampe*, H. A. Cahn und E. Simon hrsg., Mainz: Philipp von Zabern, 1980, ss. 281-290；在这之前特伦德尔（Trendall）在其出版的瓶画集中简要提及这一画作，但未附图片，并且类似地将之归于一部"闹剧"，A. D. Trendall and Alexander Cambitoglou, *The Red-Figured Vases of Apulia, Vol. I. Early and Middle Apulian*, Oxford: Clarendon Press, 1978, p. 65。转见 Oliver Taplin, *Comic Angels and Other Approaches to Greek Drama Through Vase-Paintings*, Oxford: Clarendon Press, 1993, pp. 36-37。
③ 转见 Eric Csapo, "A Note on the Würzburg Bell-Crater H5697（'Telephus Travestitus'）", *Phoenix*, Vol. 40, No. 4 (Winter, 1986), pp. 379-380。
④ Eric Csapo, "A Note on the Würzburg Bell-Crater H5697（'Telephus Travestitus'）", pp. 381-391。
⑤ Oliver Taplin, "Phallology, 'Phlyakes', Iconoraphy and Aristophanes", *Proceedings of the Cambridge Philological Society*, New Series, No. 33 (1987), pp. 98-99。

中期韦伯斯特（T. B. L. Webster）就曾提出，希腊西部的一些瓶画可能反映了阿提卡谐剧而非当地的"闹剧"传统，①这一观点却并未得到普遍承认。尤其对阿提卡旧谐剧的代表阿里斯托芬而言是如此，因为这些剧"如此地聚焦于雅典政治，其在别处的接受度总是引人疑虑"。②从这一角度出发，戴斯曼的视角便不难理解：相较于阿里斯托芬谐剧传播的争议，欧里庇得斯肃剧的广泛流行已是不争的事实。如塔普林所指出的，戴斯曼的一个论据在于画中挟持者头上的发带饰物标示了忒勒福斯的国王身份，然而这样的发带常出现在谐剧中，并不必然就是国王的配饰，且在欧里庇得斯的剧中忒勒福斯是作乞丐装扮，本不应据此发带就判定瓶画乃指涉一部戏仿欧里庇得斯剧作的"闹剧"。③但是考虑到欧里庇得斯剧作的流行，将瓶画中的戏仿与之建立联系显然比联系到阿里斯托芬更加容易。此后，随着卡萨普与塔普林关于"维尔茨堡瓶画"的结论被广泛认可，阿里斯托芬谐剧在希腊西部的舞台生命方才展现出新的图景。该瓶画确认了希腊西部的瓶画作品与阿里斯托芬谐剧的直接关联，从而打开了研究者的视野：越来越多的类似证据表明，"阿里斯托芬的作品以及可能更多旧谐剧诗人的作品，在大希腊的舞台一直上演到公元前4世纪"。④虽则这种上演的流行程度及其动因显得不甚确定。

对此，"维尔茨堡瓶画"有没有可能透露更多的内容？相关研究仍然有待进一步展开。首先，之前学者们致力于强调画作与阿里斯托芬剧作演出的对应，那么如何安置画中的另一些与后者不一致的细节？晚近奥斯汀（Colin Austin）与奥尔森（S. Douglas Olson）在对《地母节妇女》的注疏中即列出一些这样的细节，例如，瓶画中的挟持者，也即阿里斯托芬剧中的涅

---

① T. B. L. Webster, "South Italian Vases and Attic Drama", *The Classical Quarterly*, Vol. 42, No. 1/2 (1948), pp. 19-24.
② Chris Dearden, "Whose Line is it Anyway? West Greek Comedy in its Context", *Theater outside Athens: Drama in Greek Sicily and South Italy*, Kathryn Bosher ed., Cambridge: Cambridge University Press, 2012, p. 283.
③ Oliver Taplin, "Phallology, 'Phlyakes', Iconography and Aristophanes", p. 97.
④ Niall W. Slater, "Aristophanes in Antiquity: Reputation and Reception", *Brill's Companion to the Reception of Aristophanes*, Philip Walsh ed., Leiden and Boston: Brill, 2016, p. 4.

西罗科斯（Mnesilochus）[1]被画出胡茬，且没有穿鞋子，而在谐剧中其女性装扮不应如此；此外，相较于谐剧中的场景，瓶画中还多出悬于上方的镜子，而少了环绕祭坛的树枝等。[2]这些细节都说明，即使瓶画是基于谐剧演出的现场，它也是一种经绘图者再创作而成的图像，而非抓拍似的"剧照"。再者，即使它反映的不是欧里庇得斯的"闹剧"，指向欧里庇得斯剧作的特征却并不因此而消减，除发带之外，胡茬、树枝等要素与谐剧的出入都使画中人体现出接近肃剧的设定。这种间接的"在场"也不应因强调谐剧的直接在场而被忽视。恰如奥斯汀与奥尔森所言，这幅画作不是"一个简单直接的对南意大利剧场演出的描绘"，而是"一片错综复杂的视觉叙事"。[3]对我们当下的研究而言，这一视觉叙事的复杂性可能正是对阿里斯托芬谐剧，甚至对欧里庇得斯肃剧的接受及其背后动因的提示。本文将以"维尔茨堡瓶画"为线索，重新审视其中的图像设计与戏剧演出的关联，以期尝试对雅典戏剧于希腊西部之接受的运作机制做出一些探讨：它们如何与这里的观众相遇，以及相较于雅典原初的演出语境而言，这种相遇发生了怎样的变化，从而产生了怎样的阐释可能。

一　不止剧照：视觉策略的重构

针对奥斯汀与奥尔森列举的瓶画与戏剧场景的细节差异，卡萨普在其后论著中给出了相对的回应，这些分析为我们提供了解释戏剧相关的古代图像记录的一种合理路径。有些要素出现在戏剧中而没有出现在图像中，例如在阿里斯托芬剧作中，在涅西罗科斯挟持的"孩子"被揭开并显示为酒囊的时刻，围攻他的妇女们搬来很多树枝，要火烧祭坛，其中一人呼唤道："玛尼亚，将这许多的树枝扔过去！"涅西罗科斯答："扔吧，扔吧！"（739-

---

[1] 一般认为这个角色可能是指欧里庇得斯的岳父。
[2] Colin Austin and S. Douglas Olson, eds., *Aristophanes: Thesmophoriazusae*, New York: Oxford University Press, 2004, p. ixxvi.
[3] Ibid, pp.ixxvi-ixxvii.

740)^① 但是画面上的祭坛就如欧里庇得斯剧中忒勒福斯的所在一样只是祭坛。对此卡萨普认为，这是因为瓶画的观看者并不享有谐剧观众从连续的戏剧行动中获得的知识，因此绘画者需要表现出涅西罗科斯到了祭坛上，而将其用树枝盖起来就无法让观者识别其为祭坛；也就是说，绘画者的做法是为观看者提供对戏剧行动的提示。② 出现在图像中而没有出现在戏剧中的要素，同样可以从这个角度来理解。例如，涅西罗科斯的胡茬以及悬于画面上方的镜子，都是为了指涉更早的剧情中欧里庇得斯协助涅西罗科斯修剃以装扮成女人的场景（215－235），从而为瓶画的观看者提供视觉叙事的必要背景。③ 此外，完全没有在戏剧文本中出现过的要素，更加说明绘画者是在复刻表演：画面中一个年老的女人拿着一个双耳大饮杯（skyphos）急切地冲过去接酒，而剧中并没有提到女人的年纪，且她手持的应是一个祭盆（sphageion, 754），这些细节都不太可能是绘画者凭空发明出来的，而只能基于演出的现场。④

根据这种解释思路，瓶画绘制者的设计意图在于呈现一个连续的戏剧行动，通过将不同时间点的标识线索压缩在一个画面上，协助观看者识别戏剧演出的时间现场。或许可以说，瓶画中的图像不是一个"剧照"而更近于一个"视频片段"。这一视角为我们欣赏古代艺术家的创造才华提供了生动的启发。然而更进一步的问题在于，绘画者的视觉策略如何可能？换言之，瓶画的观看者何以能抓住并识别这些线索，进而理解画面作为表演的意义？当然观看者应该看过《地母节妇女》的演出，但这仍不足以为之提供理解画面的谐剧性的充分知识。在绘画者刻意指涉的上述戏剧行动中，显然还有某些要素被刻意忽略，例如在这一扮装

---

① Aristophanes, *The Thesmophoriazusae*, in Aristophanes, *The Lysistrata, The Thesmophoriazusae, The Ecclesiazusae, The Plutus*, trans. Benjamin B. Rogers, London: William Heinemann, 1924, pp. 194–195。后文引用该剧仅随文标注行码。
② Eric Csapo, *Actors and Icons of the Ancient Theater*, Chichester: John Wiley & Sons, 2010, pp. 56–57.
③ Ibid, p. 57. Cf. Colin Austin and S. Douglas Olson, eds., *Aristophanes: Thesmophoriazusae*, p. ixx vii.
④ Eric Csapo, *Actors and Icons of the Ancient Theater*, p. 57.

场景中涅西罗科斯本应穿上女性化的鞋子(262-263),而瓶画中并没有。这里卡萨普也如奥斯汀与奥尔森一样指出祭坛上的人物外观与《忒勒福斯》视觉构造的相似性。[①]毋宁说,绘画者对构图要素的选择要尽可能同时符合对阿里斯托芬谐剧与欧里庇得斯肃剧的双重指涉。绘图者期待观看者在识别前者的同时识别后者——既要熟悉《地母节妇女》又要熟悉《忒勒福斯》以欣赏谐剧戏仿画面的意义。[②]因此有学者推测,在公元前380年至前370年之间,在同一地区,与《地母节妇女》的上演几乎同时,《忒勒福斯》也在演出。[③]

然而需要注意,对后者而言,瓶画图像的指涉实际缺乏前者行动的连续性。忒勒福斯的在场仅仅是一些姿势、一些男性特征。观看者需要借助少得多的线索来联想欧里庇得斯的剧作,这要求更具程式化的记忆。事实上,与其戏仿者涅西罗科斯相比,忒勒福斯在图像中的再现明显更多。根据塔普林的统计,大约二十幅瓶画描绘了这位"英雄"一腿屈膝立在祭坛上持剑挟持孩子的场景。[④]可见,这一场景的呈现已经成为一种相对固定的模式。绘画者不一定要直接指涉欧里庇得斯剧作演出的戏剧行动,而可以只通过对图像模式的戏仿来协助观看者实现理解。[⑤]这并不意味着戏剧演出不重要,相反,很难设想如果没有经常性的戏剧演出,希腊西部的瓶画绘制者们经常描绘这一场景的灵感从何

---

① Eric Csapo, *Actors and Icons of the Ancient Theater*, p. 56。比较 Colin Austin and S. Douglas Olson, eds., *Aristophanes: Thesmophoriazusae*, p. ixx vii,如果绘画者选择描绘几行之后的行动,也就是在涅西罗科斯杀死"婴儿"(忒勒福斯并没有这么做)之后,肃剧和谐剧人物的相似性会极大地降低。
② Cf. Oliver Taplin, *Pots & Plays: Interactions between Tragedy and Greek Vase-painting of the Fourth Century B.C.*, Los Angeles: J. Paul Getty Museum, p. 14.
③ Chris Dearden, "Whose Line is it Anyway? West Greek Comedy in its Context", p. 283.
④ Oliver Taplin, *Comic Angels and Other Approaches to Greek Drama Through Vase-Paintings*, pp. 37-38.
⑤ Alexa Piqueux, *The Comic Body in Ancient Greek Theatre and Art, 440-320 BCE*, New York: Oxford University Press, 2022, p. 271.

而来，又如何能期待观看者知晓他们画的是什么。①因此可以说，忒勒福斯的图像模式的形成体现了欧里庇得斯剧作的持续重演给观众带来了持久的视觉记忆。这也是为什么即使只有简单的构图形态的提示，观看者还是能够轻易识别出欧里庇得斯剧中的历时情节。此外，肃剧画面—情节视觉记忆的形成还有另一重更为深层的构造过程，即肃剧对神话的再演绎。希腊神话在文学传统中通常有多个版本，忒勒福斯的故事也是如此。这位传说中的密细亚国王潜入即将远征特洛亚的希腊军队，为了寻求治愈阿喀琉斯留在他腿上的箭伤的办法，不料被人揭穿，遂前往祭坛避难。在欧里庇得斯的肃剧《忒勒福斯》出现之前，在埃斯库罗斯的版本中，忒勒福斯只身带着尚在孩提的俄瑞斯忒斯逃到祭坛上，并没有武力挟持他并以此威胁其父、希腊军队的首领阿伽门农。②一如欧里庇得斯其他剧作对传统神话的改写，其行动变得更加紧张，情绪也更加强烈。仅从图像证据来看，在公元前4世纪早期，欧里庇得斯剧中的戏剧演绎显然就已成为忒勒福斯神话的主流版本。③

至此，我们可以列出"维尔茨堡瓶画"的四重模仿：对谐剧演出现场的模仿、对肃剧图像模式的模仿、对肃剧演出现场的模仿、对肃剧神话叙事的模仿。这四者之间并非层层推进，而是互相重合，且每一重都包含再创作的因素。④具体而言，这幅瓶画并非简单地模仿阿里斯托芬如何模仿欧里庇得斯，它的模仿及再创作能够唤起观看者多重视觉记忆的同时浮现：阿里斯托芬如何戏

---

① Cf. Patrick Hadley, "Circulation: Theatre as Mobile Political, Economic and Cultural Capital", *A Cultural History of Theatre in Antiquity*, Martin Revermann ed., London: Bloomsbury Academic, 2022, p. 91.
② J. R. Green, *Theatre in Ancient Greek Society*, London and New York: Routledge, 1996, pp. 65-66.
③ Oliver Taplin, *Pots & Plays: Interactions between Tragedy and Greek Vase-painting of the Fourth Century B.C.*, p. 205.
④ 对比塔普林列出的这一案例的"四个相互关联的组成部分"：(1)谐剧图像；(1)为(2)谐剧所启发；(2)为(3)严肃(肃剧)图像所启发；(3)为(4)肃剧所启发，见 Oliver Taplin, *Comic Angels and Other Approaches to Greek Drama Through Vase-Paintings*, p. 80。进一步的分析可以显示，这四者之间的关系可能更多是"共在"而非"递进"，且更深一层的对神话叙事的指涉(5)可能才是上述视觉记忆深刻影响希腊文史之形成的关键。

仿欧里庇得斯的《忒勒福斯》，以及欧里庇得斯的《忒勒福斯》作为图像、戏剧、神话的合流。这也符合希腊神话的发展趋势，后世神话作家的记录往往源自欧里庇得斯的版本，而关于神话的知识又是希腊文史的核心构成，于是我们看到欧里庇得斯的剧作或剧作中的故事在人们日常使用的莎草纸本中大量流传。[1]在公元前4世纪早期，我们看到了这样的文化"常识"如何形成的初期阶段。它首先源于欧里庇得斯在剧场中的极度流行，其中激动人心的戏剧时刻不仅抓住了艺术家的才华，也吸引着公众的热忱。在这里我们或应考量绘制瓶画的手艺人与其消费市场之间的关系。格林（J. R. Green）曾指出，瓶画反映的是"私人化的公共品味"：一方面，能买得起这种装饰器皿的是相对有限的人群；另一方面，手工业者要想将它们卖出去以维持生计，就要服务于一个相当可观的公共市场。[2]此外，还可对比另一种戏剧相关的手工制品的销售情况：这一时期有大量的谐剧角色陶俑在民间流通，它们常常只是角色的类型而非具体到某部剧。[3]但是这仍然可以说明，与戏剧相关的纪念品受到公众广泛喜爱。瓶画与之相较显然更加精致、数量更少，价格也应该更高，但是它们都基于同一个戏剧文化形成的公共市场。因此，我们在"维尔茨堡瓶画"对阿里斯托芬谐剧与欧里庇得斯肃剧的指涉及其与观看者或消费者的交互中看到的，不仅是一种视觉记忆，更是一种公共的表演文化在希腊观众中间形成的广泛的文化记忆。

---

[1] Donald J. Mastronarde, *The Art of Euripides: Dramatic Technique and Social Context*, Cambridge: Cambridge University Press, 2010, p. 6. 例如希吉努斯（Hyginus）所记忒勒福斯神话，显然跟随欧里庇得斯关于武力挟持的情节，参见 Hyginus, "Hyginus Fabulae", Apollodorus and Hyginus, *Apollodorus' Library and Hyginus' Fabulae: Two Handbooks of Greek Mythology*, trans. R. Scott Smith and Stephen M. Trzaskoma, Indianapolis: Hackett Publishing Company, 2007, 101。

[2] J. R. Green, *Theatre in Ancient Greek Society*, p. 62.

[3] 一般认为这些陶像源自雅典，反映了时兴的"中谐剧"品味，参见 J. R. Green, *Theatre in Ancient Greek Society*, p. 63. 另参迪尔登（Dearden）的分析，这些陶像的生产在希腊西部很快扩张开来，并且呈现出一些当地特征，故而它们也可能反映了当地作家的谐剧创作和演出，见 Chris Dearden, "Whose Line is it Anyway? West Greek Comedy in its Context", p. 330。综合来看，我们在图像和形象证据中可以看到当地创作与外来剧目的混合。

二 识别经典：剧场经验的转化

虽则如此，前文的分析也提示着，这种关于谐剧与肃剧的文化记忆之形构仍然有着相当的差异，至少"维尔茨堡瓶画"透露出有关阿里斯托芬谐剧的指涉策略是如此。因此，我们也应更加谨慎地对待近来有的学者如哈德利（Patrick Hadley）从中得出的"雅典式谐剧在希腊西部显而易见地流行"这一结论。[①]据不完全统计，在希腊西部有关肃剧的四百余个瓶画中，有34%来自欧里庇得斯，且没有其他任何肃剧家可以超过这一比例。[②]与这种显而易见的优势相比，雅典谐剧，特别是旧谐剧演出的图像证据显然稀少得多。在当地与谐剧相关的约二百个瓶画中，较为明确地指向阿提卡旧谐剧的只有九个。[③]至于阿里斯托芬，除《地母节妇女》外，其现存剧作中可能只有《蛙》出现在另一个公元前4世纪前期的瓶画上。[④]阿里斯托芬的《阿卡奈人》对《忒勒福斯》的同一戏仿场景则被卡萨普证实为公元前4世纪晚期一组阿普利亚希腊油瓶（gutti）浮雕的表现对象。[⑤]另外，还有莎草纸剧本表明，《吕西斯特拉特》也许在公元前4世纪上演过。[⑥]当然，这种证据的相对稀少可能部分是因为我们对阿里斯托芬以及阿提卡旧

---

① Patrick Hadley, "Circulation: Theatre as Mobile Political, Economic and Cultural Capital", p. 89.
② Eric Csapo, *Actors and Icons of the Ancient Theater*, p. 97. Cf. Oliver Taplin, *Pots & Plays: Interactions between Tragedy and Greek Vase-painting of the Fourth Century B.C.*, p. 109.
③ Chris Dearden, "Whose Line is it Anyway? West Greek Comedy in its Context", p. 285.
④ 这也是一个钟形双耳喷口杯，原藏柏林，现已佚失，参见 Oliver Taplin, *Comic Angels and Other Approaches to Greek Drama Through Vase-Paintings*, p. 45 and plate 13.7。
⑤ 这几个油瓶都出自同一模板，见 Eric Csapo, *Actors and Icons of the Ancient Theater*, pp. 64–65。
⑥ Martin Revermann, *Comic Business: Theatricality, Dramatic Technique, and Performance Contexts of Aristophanic Comedy*, New York: Oxford University Press, 2006, p. 260。因此，斯莱特（Slater）所言《吕西斯特拉特》"在雅典问世之后没有古代演出记录"可能有问题，见 Niall W. Slater, "Aristophanes in Antiquity: Reputation and Reception", p. 5 n.8。

谐剧剧目所知甚少，其实不乏证据指向其他散佚剧目的重演。[1]不过，我们对肃剧的所知也并非不是同样管窥蠡测。所以二者的对照仍然可以说明问题。因此，"谐剧瓶画比肃剧瓶画更加清晰地描绘了戏剧演出"，可能是因为谐剧情节不像肃剧神话那样可以存在于戏剧之外，[2]但是就"维尔茨堡瓶画"而言，其对阿里斯托芬谐剧的表层"模仿"之所以需要如此多的线索来提醒人们识别演出中的戏剧行动，可能确实是因为它在当地的剧场中并没有欧里庇得斯肃剧那么流行。

仅就《忒勒福斯》而言，在图像模式与神话版本的导向之外，还有公元前4世纪晚期的肃剧改编或仿作的出现，不仅强烈显示出该剧进入了公元前4世纪演员的常备演出节目单，还可说明这部剧在当时的重演已使之成为剧场中的经典之作。[3]前述油瓶模具的制作者选择呈现《阿卡奈人》对《忒勒福斯》同一场景的戏仿可能也并非巧合。另一部进入图像证据因而可能在公元前4世纪前期重演的《蛙》则以欧里庇得斯与埃斯库罗斯的肃剧竞赛为主题。由此可以合理推测，《地母节妇女》等剧能够流传到希腊西部或许正是因为它们包含大量欧里庇得斯式的戏剧元素，甚至可以说，阿里斯托芬在此地的重演正是依赖于人们对雅典肃剧，尤其对欧里庇得斯肃剧经久不衰的热爱和耳熟能详。[4]

---

[1] Chris Dearden, "Whose Line is it Anyway? West Greek Comedy in its Context", p. 286.
[2] Patrick Hadley, "Circulation: Theatre as Mobile Political, Economic and Cultural Capital", p. 89。神话总是有可能不经表演就存在，谐剧则多是原创剧情，且因其元戏剧性质，一些舞台元素会在瓶画上明显地表现出来，例如舞台的台阶或入口等，因此推定瓶画来自谐剧演出比肃剧演出总是确切得多；但是，演出仍然是与肃剧相关的瓶画最可能的知识来源，参见塔普林的相关分析，Oliver Taplin, *Pots & Plays: Interactions between Tragedy and Greek Vase-painting of the Fourth Century B.C.*, p. 27。
[3] 参见 Oliver Taplin, "How Pots and Papyri Might Prompt a Re-Evaluation of Fourth-Century Tragedy", *Greek Theatre in the Fourth Century BC*, Eric Csapo, et al. eds., Berlin and Boston: de Gruyter, 2014, p. 145，有的改编作品也可能进入瓶画的绘制中。
[4] 哈特维希（Hartwig）提出，"描绘肃剧诗人和肃剧戏仿的谐剧明显受到欢迎，肃剧毕竟在西部极度流行"，见 Andrew Hartwig, "The Evolution of Comedy in the Fourth Century", in *Greek Theatre in the Fourth Century BC*, p. 213。对比斯莱特的看法，"《地母节妇女》包括如此多对欧里庇得斯的戏仿，几乎可确定这会使它更容易出口到南意大利和其他地方"，见 Niall W. Slater, "Aristophanes in Antiquity: Reputation and Reception", p. 5。

换言之，阿里斯托芬剧作之所以能够收获观众，从某种意义上来说，恰恰是出于人们对欧里庇得斯的兴趣。此外，有学者提出阿里斯托芬的剧能被推销到这里可能是因为阿里斯托芬的小儿子阿拉罗斯（Araros）个人的努力。[①] 即便如此，他对剧目的选择以及推销的成功也仍可说有赖于前一个缘由。

　　进一步来说，希腊西部的观众接受阿里斯托芬的一个重要动因即是对作为经典的欧里庇得斯剧作的辨识——"作为经典"，而非仅仅作为流行文化形成的公共记忆。类似倾向在同期的谐剧新作中更为明显：在这些残篇中，人物指涉肃剧时并非以质疑肃剧的价值为笑点，而是因其误用而显得人物本身低级可笑，"这些谐剧的作者理所当然地认为观众已然认可欧里庇得斯肃剧的权威和声誉"。[②] 此番情形并非不能相应地推及阿里斯托芬剧作的接受。对观众而言，从谐剧舞台上正确辨识出欧里庇得斯肃剧的要素从而满足对于文化修养的自负，并非不可能是其走进剧场的动力。至于原本阿里斯托芬剧作中对欧里庇得斯肃剧价值的嘲讽和批判，也会相应地淡化，关于这一点后文还会展开分析。这里可以得出的结论是，谐剧戏仿的幽默感可能部分在于解构"经典"本身带来的智识愉悦甚至文化优越感，而非在于价值问题的严峻性。由此我们也可以重新审视《地母节妇女》和《忒勒福斯》在剧场中的共时并存：二者可能的确都曾上演于公元前4世纪70年代，但是前者的剧场经验实际暗自效仿后者。

　　这样的剧场经验与阿里斯托芬剧作在雅典最初上演时相比发生了深刻的变化。表面上看，阿里斯托芬的《地母节妇女》中的诸多笑点来自对欧里庇得斯的戏仿，自然也是跟随着后者的演出才能收到效果。而事实上，《地母节妇女》问世（公元前411年）距离《忒勒福斯》的首演（公元前438年）已经过去二十七年。仅从这个时间来看，似乎很难假设二者的共时性。与之相较，《地母节妇女》戏仿的另外两部欧里庇得斯剧作《海伦》和《安德罗玛刻》

[①] Alan H. Sommerstein, "The History of the Text of Aristophanes", *Brill's Companion to the Study of Greek Comedy*, Gregory W. Dobrov ed., Leiden and Boston: Brill, 2010, pp. 403-404. Cf. Niall W. Slater, "Aristophanes in Antiquity: Reputation and Reception", p. 6.

[②] Johanna Hanink, *Lycurgan Athens and the Making of Classical Tragedy*, Cambridge: Cambridge University Press, 2014, pp. 175-176.

上演于一年前,在时间上更近《地母节妇女》和《忒勒福斯》在希腊西部的经验。然而仔细观察这些剧作上演时的剧场语境,就可发现其中的差别。

观众辨识《海伦》等剧是依靠其首演留下的生动印象,而非出于其长期重演形成的经典地位。《忒勒福斯》的情况则更为复杂。弗雷曼(Martin Revermann)认为,对绝大多数观众来说,会心于《海伦》等剧都轻而易举,然而辨识出《忒勒福斯》的指涉就要难得多,因此观众会按照理解力来分层,这种分层在一定程度上对应精英群体与非精英群体的区分。[1]这当然是一种合理的设定。不过我们仍不免有疑虑:阿里斯托芬在谐剧开场不久即以一段让大多数人感到茫然的笑料挑战观众是何意义。斯莱特(Niall W. Slater)在此提醒我们,早在公元前5世纪晚期之前,肃剧在其首演之外还有可能在乡村酒神节或其他地方重演,并且暗示公元前425年《阿卡奈人》对《忒勒福斯》的戏仿即有可能基于观众对后者重演的剧场经验。[2]那么十四年后自然更是如此。这就使《地母节妇女》与《忒勒福斯》的共时性似乎同样接近其在希腊西部的情形。

然而,《阿卡奈人》与《忒勒福斯》的距离也有十三年之久。这种暗示如果成立,就要将《忒勒福斯》的重演推得非常早。这样的话,其重演的负责人就更可能是诗人而非演员。[3]《忒勒福斯》在其首演中只获得二等奖,[4]可以说从演出效果来看,这并不是一部非常成功的剧作。对于最初从大酒神节到乡村酒神节的戏剧表演而言,当然是在城邦舞台上获得成功和声望的剧作才更可能

---

[1] Martin Revermann, "The Competence of Theatre Audiences in Fifth- and Fourth- Century Athens", *The Journal of Hellenic Studies*, Vol. 126 (2006), p. 116.

[2] Niall W. Slater, "Aristophanes' Reception of Euripides", *Brill's Companion to Euripides*, Andreas Markantonatos ed., Leiden and Boston: Brill, 2020, p. 996.

[3] A. Lamari, "Early Reperformances of Drama in the Fifth Century", *CHS Research Bulletin*, Vol. 2, No. 2 (2014), http://nrs.harvard.edu/urn-3:hlnc.essay:LamariA.Early_reperformances_of_drama_in_the_fifth_century.2014.

[4] http://www.apgrd.ox.ac.uk/ancient-performance/performance/20.

获得再次登场的机会，才更能顺理成章地吸引到观众。[1] 因此，《忒勒福斯》的早期重演仍然存疑。那么阿里斯托芬的前一次戏仿如何能期待观众的识别？我们作为生活在书面文化中的现代人，很难想象浸润在口头文化中的古人的记忆能力有多强。[2] 至少，担任歌队成员是雅典城邦公民的一项常规活动，演出之后他们也会复诵传播演过的作品。[3] 这可能是《忒勒福斯》最早的传播方式之一。此外，该剧对过往神话的激进改写及其舞台景观的紧张呈现也会给观众留下深刻的印象。这些可能才是《阿卡奈人》指涉的依凭。并且在这部剧中，阿里斯托芬的戏仿显然更贴近欧里庇得斯的原作，例如狄开波利斯向欧里庇得斯借取忒勒福斯穿着的破衣，以及试图以演说糊弄人心等细节，都紧密依从《忒勒福斯》的主角假扮乞丐潜入希腊军中的戏剧行动。由此可见，彼时阿里斯托芬尚且试图通过更多线索来唤起相对有限的观众的相对有限的记忆。

在这里，我们还可以更进一步设想，可能正是阿里斯托芬的这次戏仿激发了观众对《忒勒福斯》更多的兴趣，毕竟《阿卡奈人》获得了头奖。[4] 如罗森（R. M. Rosen）所指出，对维持有关肃剧诗人的公共讨论而言，阿里斯托芬的指涉在雅典的文化机制中发挥着重要作用，"观众似乎常规地依靠谐剧对肃剧的戏仿来获

---

[1] Cf. P. E. Easterling, "The End of an Era? Tragedy in the Early Fourth Century", A. H. Sommerstein et al., eds., *Tragedy, Comedy and the Polis: Papers from the Greek Drama Conference Nottingham*, 18-20 July 1990, Bari: Levante Editori, 1993, p. 282.

[2] 比较柏拉图的观点：书写文字的发明减弱了人们的记忆力。见 Plato, *Phaedrus*, in Plato, *Euthyphro, Apology, Crito, Phaedo, Phaedrus*, trans. H. N. Fowler, Cambridge: Harvard University Press, 1914, 275a。

[3] Rosemary Harriott, "Aristophanes' Audience and the Plays of Euripides", *Bulletin of the Institute of Classical Studies*, No. 9 (1962), p. 4. Cf. Martin Revermann, "The Competence of Theatre Audiences in Fifth- and Fourth- Century Athens", p. 111. 关于这种既演又看的浸入式口头表演文化对戏剧体验的影响，另参 Naomi A. Weiss, *The Music of Tragedy: Performance and Imagination in Euripidean Theater*, Oakland: University of California Press, 2018, p. 236。

[4] http://www.apgrd.ox.ac.uk/ancient-performance/performance/952.

得对肃剧诗人的一些熟悉感"。① 阿里斯托芬从而成为欧里庇得斯的经典化最初阶段的助力。至少,在肃剧诗人的作品尚未成为经典之时,这些指涉带来了公共话题,进而也可引发更多人对原作一观究竟的兴趣。另一个现象的出现亦恰逢其时:正是在公元前 5 世纪 20 年代,我们有了"明星"演员开始活跃并逐步主导演出的最早证据。② 谐剧剧场中对肃剧的成功复现至少增加了《忒勒福斯》进入常备重演剧目的可能。自此欧里庇得斯的重演与传播有了更为清晰的路径,直至公元前 4 世纪在包括希腊西部在内的泛希腊演剧语境中成为"肃剧诗人"的终极代表(the tragic poet)。因此我们看到,十四年后,《地母节妇女》对《忒勒福斯》的再次戏仿变得更具挑战性而未必会失去多数的观众:涅西罗科斯假扮为女人,并且远不如前一个戏仿者狄开俄波利斯精明善辩。而且在下一个世纪里,在海湾对岸的剧场中,这般戏仿仍不会失去其观众。至此,我们已经大致勾勒出阿里斯托芬谐剧与欧里庇得斯肃剧之剧场经验相互转化的路线。前者的创作生涯协助推进了后者经典化的进程,而后者的经典化又为前者舞台生命的延续提供了基础。"维尔茨堡瓶画"或许是这种文学关系的一片留念。

三 演绎希腊:戏剧阐释的可能

上述路线或许也可回应早期研究者的疑虑,即为何以雅典政治批评为主要特征的阿提卡旧谐剧能够在雅典之外的剧场获得一席之地。从《地母节妇女》来看,这部剧更相关于对欧里庇得斯的文学批评而非政治批评,而正是这部剧与肃剧的文学相关性可能才是其在希腊西部获得关注的缘由。但是该剧中也不乏对雅典政治人物和事件的指涉,③ 且作为其核心情节的雅典妇女对欧里庇得斯的审判,本身即是效仿雅典的民众审判程序。故而"雅典因

---

① Ralph Rosen, "Aristophanes, Fandom and the Classicizing of Greek Tragedy", *Playing Around Aristophanes: Essays in Honour of Alan Sommerstein*, L. Kozak and J. Rich eds., Oxford: Aris & Phillips, 2006, p. 43.
② Eric Csapo, *Actors and Icons of the Ancient Theater*, p. 105.
③ 例如行 273、338-339、804-805、806-811、840-841、875-876。

素"仍然构成戏剧接受中的一个问题,并且这些因素未必是不利因素。如哈特维格(Andrew Hartwig)所言,旧谐剧在希腊西部上演的部分原因可能正是当地人对雅典历史文化的兴趣。[1] 或者可以说,"识别雅典"本身即可形成观剧过程中的另一重智识愉悦。不妨对看阿里斯托芬古代传记中记载的一段逸闻,据说叙拉古的僭主狄俄尼修斯"想要研习雅典的政制,于是柏拉图给他送去阿里斯托芬的作品"。[2] 这则逸闻或可用于佐证希腊西部的人们对于从谐剧中接触雅典的某种期待。如果考虑到"维尔茨堡瓶画"的出产地,这种积极态度似乎显得尤为特别。虽然不能确定,但它最有可能出产自塔兰托湾沿岸的塔拉斯(Taras),正如很多其他戏剧相关的瓶画一样。[3] 这一城邦本是来自斯巴达的多里斯人的殖民地,其母邦并没有多少对雅典戏剧的兴趣。[4] 然而塔拉斯不仅戏剧文化极为繁盛,甚至还成为相似瓶画的生产中心。[5]

在某种程度上,戏剧的重要性在这一西部的殖民城市甚至超过希腊本土。如格林观察到的那样,面对与当地原住居民的冲突以及外来的威胁,当地的希腊人试图更热切地诉诸所谓"'野蛮人'不曾拥有的"戏剧文化以宣示自身的"希腊性"。[6] 而戏剧作为"希腊性"的基本表达的确立可以追溯到公元前5世纪的波斯

---

[1] Andrew Hartwig, "The Evolution of Comedy in the Fourth Century", p. 213. 格林(Green)也提到这一点,并且认为随着更新的谐剧风格的兴起,希腊西部的观众们一定会认为终于可以不去应对这些旧谐剧里特别的政治讽刺了。参见 J. R. Green, *Theatre in Ancient Greek Society*, p. 57。不过正如哈特维希(Hartwig)所指出的那样,再尖锐的政治讽刺在异时异地也会成为明日黄花,可能只在雅典一些对往昔的感伤仍然如昨。

[2] Mary Lefkowitz, *The Lives of the Greek Poets*, Baltimore: The Johns Hopkins University Press, 2012, p. 156.

[3] Patrick Hadley, "Circulation: Theatre as Mobile Political, Economic and Cultural Capital", p. 89.

[4] 普鲁塔克记载了斯巴达国王阿格西劳斯(Agesilaus)如何对著名演员卡利庇得斯(Kallippides)视若无睹的逸闻,参见 Plutarch, "Agesilaus", in Plutarch, *Plutarch's Lives*, vol. 5, trans. Bernadotte Perrin, London: William Heinemann, 1917, p. 21。

[5] Oliver Taplin, *Comic Angels and Other Approaches to Greek Drama Through Vase-Paintings*, pp. 12–14.

[6] J. R. Green, "Tragedy and the Spectacle of the Mind: Messenger Speeches, Actors, Narrative, and Audience Imagination in Fourth-Century BCE Vase-Painting", *The Art of Ancient Spectacle*, B. Bergmann and C. Kondoleon eds., Washington: National Gallery of Art, 1999, p. 54.

战争以及雅典帝国的形成：希腊人联合反击"野蛮人"的胜利，伴随着雅典的泛希腊主义话语的"宣传机制"，使之很快从一种雅典文化变成泛希腊认同的一部分。① 这种文化认同的需要应当不仅是塔拉斯，还是整个希腊西部地区追逐雅典戏剧的一个重要动力。这也可以解释为什么观看阿里斯托芬的剧作虽然可能有辨识上的难度，但人们还是愿意为之付出努力。事实上，阿里斯托芬在希腊西部的重演与埃斯库罗斯有一定的相似之处，后者也淡出希腊本土的舞台，却在这一地区上演。希腊西部的戏剧品味似乎显得有些保守过时。② 通过这些剧作，人们不仅认识雅典，更重要的是还会与希腊的荣耀过往产生联系。在这个意义上，前文论及的观剧时识别谐剧戏仿带来的"文化优越感"所指向的可能不仅是一种文化修养，而且是一种文化身份。

但是"希腊性"的身份政治并不足以涵盖希腊西部戏剧接受的复杂动因。具体到戏剧演绎的剧场语境，我们或许会好奇，当地人在看到《忒勒福斯》的主角以精妙的言辞为"野蛮人"攻击希腊辩护并呼吁双方和解时会作何感想。③ 因为残篇的缺失，这段讲辞的基调尚无法确定，即使原文得现，可能也仍然如此，毕竟欧里庇得斯向来以含混见长。不过在该剧的结尾，忒勒福斯似乎确然拒绝加入希腊人的远征。④ 如果观众只是为了到剧场中观

---

① 对这一过程的追溯可参见哈德利（Patrick Hadley）的梳理，Patrick Hadley, "Circulation: Theatre as Mobile Political, Economic and Cultural Capital", 85. 此外，关于波斯战争作为希腊人身份意识形成的转折点，可参见霍尔（Jonathan Hall）的相关梳理，Jonathan Hall, *Ethnic Identity in Greek Antiquity*, Cambridge: Cambridge University Press, 1997, p. 44. 关于雅典戏剧中的希腊话语建构的研究，例如 Edith Hall, *Inventing the Barbarian: Greek Self-definition through Tragedy*, Oxford: Oxford University Press, 1989.

② 内尔韦尼亚（Nervegna）将这种相对过时的品味与当代移民社区往往比源文化更保守的现象做了类比，参见 Sebastiana Nervegna, "Performing Classics: The Tragic Canon in the Fourth Century and Beyond", *Greek Theatre in the Fourth Century BC*, p. 176.

③ Euripides, *Fragments: Oedipus-Chrysippus, Other Fragments*, ed. and trans. Christopher Collard and Martin Cropp, Cambridge: Harvard University Press, 2008, p. 188.

④ 从希吉努斯的梗概来推测，参见 Hyginus, "Hyginus *Fabulae*", p. 101. Cf. Euripides, *Fragments: Oedipus-Chrysippus, Other Fragments*, ibid., p. 187.

看希腊的荣耀，如此多的戏剧含混不免让他们感到失望；相较而言，埃斯库罗斯的《波斯人》可能是更好的选项。然则埃斯库罗斯在此地的上演频率远未及他的年轻后辈。这里需要留意的是，观剧的并非仅"希腊人"，古代希腊世界的戏剧演出，从正式的剧场建筑到市场上的临时舞台，在字面意义上即面向"每一个人"，无论他们有多么"希腊化"。哈德利提到，在雅典的文化优势形成之初，与其政治军事力量并存的还有其戏剧媒介本身与"所有人性的重要议题的交互的深度"。[1]而在公元前4世纪，当前者不复如昔，后者的重要性或愈加彰显。

至此，"维尔茨堡瓶画"作为图像—戏剧的更深一层的模仿浮现出来，即对行动中的人的模仿。不妨再次对比谐剧陶像的市场：这些类型化的谐剧人物很大程度上反映的是当时"中谐剧"的品味，而这种文体的主要特征正是"让神表现得像人一样"。[2]这自然让人联想起亚里士多德所记、据信出自索福克勒斯的著名论断，即欧里庇得斯的剧作是"按照人本身的样子来写"。[3]另有学者注意到，《地母节妇女》相较于其他阿里斯托芬谐剧，更少关涉城邦的时事政治，而更多关涉普遍的性别关系的问题。[4]另一部可能在公元前4世纪重演的《吕西斯特拉特》也以性别关系为主题，这也未必是巧合。这些综合来看即可构成彼时戏剧文化的关注趋向。或许这才是阿里斯托芬谐剧与欧里庇得斯肃剧接受中最具阐释可能的所在：关于戏剧对属人生活及人与人的关系的演绎，观众看到什么，以及做何反应。

前文提到，原先阿里斯托芬剧中对欧里庇得斯的批评在重演

---

[1] Patrick Hadley, "Circulation: Theatre as Mobile Political, Economic and Cultural Capital", p. 84。此外，还可对比格林的观察：在希腊西部的瓶画上，肃剧主题实际深入到人们的日常生活之中，成为其人生的重要时刻的参考，例如当其面临亲人的过世，见 J. R. Green, "Tragedy and the Spectacle of the Mind: Messenger Speeches, Actors, Narrative, and Audience Imagination in Fourth-Century BCE Vase-Painting", p. 54。

[2] J. R. Green, *Theatre in Ancient Greek Society*, pp. 63-64.

[3] Aristotle, *Poetics*, trans. Stephen Halliwell, Aristotle, et al., *Poetics, On the Sublime, On Style*, trans. Stephen Halliwell, et al., Cambridge: Harvard University Press, 1460b.

[4] Colin Austin and S. Douglas Olson, eds., *Aristophanes: Thesmophoriazusae*, p. xxxii.

中会淡化。而细察"维尔茨堡瓶画"对演出现场的再现,某些与剧本的细节出入也可从这个角度做进一步解读。例如,画作中的涅西罗科斯并没有穿女性化的鞋子,这在一方面体现了接近肃剧人物的特征;而另一方面,也通过性别特征的模糊减低了谐剧扮装所指向的性别议题的尖锐性。在阿里斯托芬的谐剧设定中,欧里庇得斯是因为对女性的出格描写而受到雅典妇女的审判,她们指责欧里庇得斯诋毁她们的名誉,其指控集中在肃剧中过度的女性情欲:"这个人对我们做了许多坏事,捏造谎话创作那些坏女人,写一些墨兰尼珀和淮德拉,却从没写过珀涅罗珀这样公认贞洁的好女人。"(545-548)谐剧中涅西罗科斯尤为女气的装扮暗合女性情欲的不受控制对男性造成的损害:涅西罗科斯的女鞋来自阿伽通,而后者自谓"偷取"了女性的淫荡(204-205),仿佛正是窃自后文所指欧里庇得斯剧中不贞的女人。无论瓶画上涅西罗科斯鞋子的消失是否出于绘图者的原创,都暗示了这个原本意在讽刺欧里庇得斯剧作的女性情欲化的指涉,在当时的戏剧观看者眼中不再是特别的焦点。

这种阐释重心的偏移同样出现在画面的另一个人物身上。画面左侧拿着超大号饮杯去接酒的演员所戴面具显示这是一位老妇人,而阿里斯托芬剧中并没有提到这个角色的年龄。的确,在谐剧中老妇人被表现为酒鬼是一个常见套路,因为通常没有丈夫可以限制她们;而对年轻的女人们来说,丈夫的限制使她们只有在一些宗教场合才能群聚饮酒。① 但是《地母节妇女》这部剧的背景正是一个只有女性参加的宗教节庆,没有必要将这个角色设定为一位老妇人。此外,剧中的雅典妇女们指控欧里庇得斯写作女性的出轨诋毁她们的名声,自然也是年轻女性更为合理,因为通常情况下年老的女性不再与情欲主题相关。② 年轻女性之所以被限制饮酒,除了因为丈夫们认为贪酒会干扰她们对家务的安排,还因为醉酒可能助长通奸行为。③ 从这些相关线索来看,在一定程度上可以推定,这部剧最初在雅典上演时,在阿里斯托

---

① Jeffrey Henderson, "Older Women in Attic Old Comedy", *Transactions of the American Philological Association*, Vol. 117 (1987), pp. 119-120.
② 阿里斯托芬的《公民大会妇女》正是反转了这一常规。
③ Jeffrey Henderson, "Older Women in Attic Old Comedy", p. 120, n. 107.

芬自己导演的情况下，这个贪酒的女性角色最有可能是一位年轻女性。而瓶画上的老妇人更可能是该剧重演时演员或导演的设置。从这一设置同样可以看出情欲主题的淡化。谐剧的笑点从对肃剧中情欲主题的讽刺转移到贪饮的老妇这一更具套路性的幽默。

此外，这一新的设定还放大了剧中原有的一处笑点。涅西罗科斯威胁要杀掉她的"孩子"，也就是手中的酒囊，并且问道："确定这孩子是你的？""是我怀胎十月生的啊！"（741-742）如此反复几次。本来剧情的可笑之处在于她不可能生下酒囊，而老年的设定又增加了她不可能生下"孩子"这一重谐剧效果。[①] 而接下来涅西罗科斯真的"杀死"酒囊的时候，她急于上前"接我的孩子的血"（755），也就是流出来的酒。如果这是一位尚在生育年龄的年轻女性，或者说如果没有老年的设定使"生育"完全不可能，那么"接我的孩子的血"这句话中蕴含的现实性就会增加：嗜酒的欲望也许会使女人真的不在意自己孩子的生死。毕竟欧里庇得斯剧中即有一位令人震惊的杀子者美狄亚。阿里斯托芬在这部剧中对女性的德性做了复杂的讽刺呈现，一方面她们指责欧里庇得斯诋毁她们的清白；另一方面她们又表现出放纵的行为，或许她们仍不免隐秘地耽于过度的情欲——或许正是欧里庇得斯的剧作助长了城邦中女性的道德败坏。如果这是一位年轻女性，这种讽刺的暗示会更加有力，因为她更接近《忒勒福斯》中原本这个位置上的女性角色，即俄瑞斯忒斯的母亲克吕泰涅斯特拉，这位在神话及肃剧传统中既偷情又杀夫的坏女人。而换成一位老妇人，这种谐剧讽刺的针对性就不再那么直接。

换言之，在该剧的重演中，更为温和的、套路化的幽默很可能取代了原本谐剧讽刺的攻击性，或许在重演的语境中，人们不再像该剧在雅典首演时那样聚焦于城邦中女性德性的败坏。我们知道，欧里庇得斯剧中对克吕泰涅斯特拉的神话传统也做了诸多改写，比如对《伊菲革涅亚在奥利斯》《厄勒克特拉》等剧的处

---

① 卡萨普和哈德利都注意到这一设定额外的谐剧效果，虽则并未涉及它是不是重演中的再次设定。参见 Eric Csapo, *Actors and Icons of the Ancient Theater*, p. 57; Patrick Hadley, "Circulation: Theatre as Mobile Political, Economic and Cultural Capital"。

理，这些剧作试图更多地探究克吕泰涅斯特拉对阿伽门农憎恨的由来，以及描绘她与儿女之间更为深刻而悖谬的情感联系，而非如先前的肃剧版本那样更多地展示其不贞、谋杀对城邦秩序的威胁以及其子的复仇带来的秩序重建。可以说，阿里斯托芬敏锐地洞见了欧里庇得斯的剧作对城邦德性与秩序的再现未如从前。而在重演中，随着这一城邦伦理纬度重要性的降低，剧场中的观众在对戏仿的辨识中也许就会更顺理成章地联想起他们更熟悉的欧里庇得斯剧作中的共情体验。《忒勒福斯》这部剧中的对应场景很可能如《伊菲革涅亚》等剧一样表现了克吕泰涅斯特拉的母子关系。在相关的肃剧瓶画上，面对忒勒福斯对俄瑞斯忒斯的持剑胁迫，克吕泰涅斯特拉或者惊恐地后退，或者试图阻止阿伽门农与忒勒福斯之间的剑拔弩张。① 其中"克利夫兰的忒勒福斯"（Cleveland Telephus）为我们提供了姿态尤为特别的一个画面：克吕泰涅斯特拉和俄瑞斯忒斯分别向前伸出双手，这样克吕泰涅斯特拉既像是在阻止阿伽门农，又像是与俄瑞斯忒斯遥相呼应、试图相拥。② 尽管我们不知道这个版本有多贴合现场的演出，但是它可能最接近欧里庇得斯剧中的情感力量，③ 也就是"忒勒福斯"的挟持画面最可能勾连起的观众的剧场体验。

当然以上只是一些阐释的可能，我们并不能确知公元前 4 世纪剧场中的观众反应是怎样的。毕竟，阿里斯托芬这部剧的剧情

---

① 参见塔普林列出的四幅这样的瓶画及相关分析，Oliver Taplin, *Comic Angels and Other Approaches to Greek Drama Through Vase-Paintings*, p. 38, plate 1.102, 3.105; Oliver Taplin, *Pots & Plays: Interactions between Tragedy and Greek Vase-painting of the Fourth Century B.C.*, plate 75, 76, 77。

② 现藏美国克利夫兰艺术博物馆（The Cleveland Museum of Art），馆藏编号：1999.1，这个双耳喷口杯的另一面画的正是《美狄亚》一剧，是为意味深长之组合。在线图片参见 https://www.clevelandart.org/art/1991.1#。

③ 对比塔普林："这一生动的画作强有力地唤起这样的时刻，它到公元前 400 年可能就已经是欧里庇得斯肃剧最令人记忆深刻的场景之一。"见 Oliver Taplin, *Pots & Plays: Interactions between Tragedy and Greek Vase-painting of the Fourth Century B.C.*, p. 207。根据希吉努斯的记载，忒勒福斯是在克吕泰涅斯特拉的建议下武力挟持俄瑞斯忒斯，这一细节几乎肯定是神话作者或其他来源在欧里庇得斯版本之外的发明，参见 Euripides, *Fragments: Oedipus-Chrysippus, Other Fragments*, p. 188。前述图像证据的情感表现也可以辅证这一点。

围绕着对欧里庇得斯的审判,希腊西部的观众是否会和剧中的雅典妇女一样认为欧里庇得斯应当被判罪,那终究是未知之数。我们确实知道,在古代学者的评注中,欧里庇得斯被称为"女性憎恨者",并且《地母节妇女》很可能是这一名号的来源之一。① 不过,学者传统与剧场接受是两个相互交叉但未必并行不悖的传统。而后者的状态总是比前者复杂得多。关于剧场中的"每一个人",或可看柏拉图的相关记载:《法律篇》(又译《法义》)中的对话者讨论了小孩子、老年人以及"受过教育的女性和年轻男性还有几乎全体观众"会喜欢什么剧种,这强烈暗示了剧场中多样化的观众构成。② 此外,柏拉图还特别提到,希腊西部剧场中的评价机制"像意大利和西西里的现行规则,让剧场中的众人通过举手来决定胜出者"。③ 早在公元前5世纪末阿里斯托芬即注意到,欧里庇得斯对人们熟悉的生活的描写给了观众更多"审视"戏剧表演的能力。④ 或许在公元前4世纪随着欧里庇得斯剧作的盛行,这一能力有增无减。无论彼时剧场中的观众赞同学者传统到何种程度,其剧场体验终究指向一种雅典式的政治生活方式:在公共语境中观看言辞与行动,做出属于每一个人的评判。或许剧场始终都是城邦生活及其伦理的协商场域。在这里我们也可以重新思考前文的问题,即观众观看舞台上的戏剧"演绎希腊",看到的究竟是什么:雅典的历史知识,抑或属人生活的可能? 不妨对观莎士比亚的名言:

---

① Friedrich Dübner, ed., *Scholia Graeca in Aristophanem: cum Prolegomenis Grammaticorum*, Parisiis: Editore Ambrosio Firmin Didot, 1842, p. 252. Cf. Jennifer March, "Euripides the Misogynist?" *Euripides, Women, and Sexuality*, A. Powell ed., London and New York: Routledge, 1990, p. 32.

② Plato, *Laws*, Vol. 1, trans. R. B. Bury, London: William Heinemann, 1926, 658c-d. Cf. Plato, *Laws*, Vol. 2, trans. R. B. Bury, London: William Heinemann, 1926, 817c.

③ Ibid., 659b. 这似乎比雅典的方式更"民主",尽管雅典的评选机制受到民意的极大影响,但在组织形式上戏剧竞赛的评判仍由专门的评审做出。参见 Eric Csapo and William J. Slater, *The Context of Ancient Drama*, Ann Arbor: The University of Michigan Press, 1995, pp. 157-158。

④ Aristophanes, *The Frogs*, Aristophanes, *The Peace, The Birds, The Frogs*, trans. Benjamin B. Rogers, London: William Heinemann, 1924, lines 959-962.

自古至今，演戏的目的不过是好像把一面镜子举起来映照自然。①

在这个意义上，悬于"维尔茨堡瓶画"上方的镜子，给了我们一个超越戏剧情境的意象。

* 本文为中国博士后科学基金第 72 批面上资助项目（编号：2022M 722793）的阶段性成果。

---

① 莎士比亚，《哈姆雷特》，梁实秋译，北京：中国广播电视出版社，2001，页 144-145。梁实秋将"自然"（nature）译为"人性"。

男人、女人、战争与政治

——阿里斯托芬和欧里庇得斯笔下的家庭与城邦

萨克森豪斯（Arlene W. Saxonhouse）
段奕如　译

一

过去主流政治哲学家的女性研究，主要关注女性作为家庭（family）或家（household）成员的角色。男性领导家庭（女性是家庭的组成部分），并超越家庭成为政治世界的一员。在古希腊生活中，邦民（polites）最初是家庭成员，在共同体生活中寻求自我实现。[①]对女性而言，只有在家庭中才可能自我实现。然而，男性主导的共同体与女性的家庭领域之间的二分，不要求也不应要求隔绝和独立。这里存在一种相互作用：家庭的发展和培育为政治体提供男性公民，政治体保护家庭，政治体彰显男性美德。[②]

索福克勒斯的《安提戈涅》（Antigone）兴许最为戏剧化地呈现出试图分离家庭领域和政治体领域的后果。安提戈涅反抗克瑞

[①] 亚里士多德，《政治学》1.2。参黑格尔，《精神现象学》，J. B. Baillie 译本（New York: Harper & Row, 1967），兼有导论与注释，页478。

[②] 参 Sarah B. Pomeroy, *Goddesses, Whores, Wives and Slaves*（New York: Schoken Books, 1975），页60，这里讨论家庭（oikos）的保存与城邦的关系。

翁（Creon）政治世界中的法令和必然性，以保护其父母的家庭的宗教与神法。伊斯墨涅（Ismene）在整部肃剧中表明，与女性相关的社会领域传统上是私人的、特殊的、脆弱的（59-67），依赖由男性主导的政治体通过关切战争而提供的保护。① 在《安提戈涅》中，这两个领域相隔绝，安提戈涅和克瑞翁都拒绝承认彼此相互依赖，从而导致所有灾难。安提戈涅竭力保护父母的家庭，自己却无法拥有家庭。她的伴侣是阿刻戎（Acheron），而非海蒙（Haemon）。克瑞翁拒绝承认安提戈涅和社会维护家庭的宗教单位的需要，最终失去妻儿。②

问题在于家庭领域和政治领域能多大程度相统一。城邦公民也是家庭成员，但共同体对公共生活的要求摧毁了家庭幸福——共同体将男性公民的注意集中于公共事务，而非他出生的家庭单位。这个困难是政治生活的核心问题之一：普遍社会与特殊个人之间的关系，共同的、需要人们积极参与的事物与私人事物之间的关系。古希腊女性的家庭领域与男性的政治领域之间的冲突，鲜明地呈现出私人与公共之间的这种张力。男性共同体必须努力将单独由女性负责的家庭纳入普遍考量。正如黑格尔对古代城邦的见解，女性是"共同体生活中永恒的反讽"。③ 这篇文章中，我将讨论三部写于公元前5世纪雅典的戏剧，此时初次出现对这些冲突具有自我意识的评价。公元前5世纪的后三分之一阶段，伯罗奔半岛战争的危机迫使雅典人直面私人与公共的冲突——乡村与城市之间的冲突，人们目睹斯巴达士兵烧毁乡村，

---

① See Marilyn B. Arthur, *Early Greece: The Origins of the Western Attitude Toward Women*, Arethusa, VI. 1(Spring 1973), pp. 7-58。亚瑟（Arthur）区分了单独构成一个阶层的荷马式战士与同时作为家的主心骨和战士的赫克托尔。这篇文章关注赫克托尔的典范形象，亚瑟将其描述为与"旧荷马式社会"相对的"前城邦社会"的象征（页10）。

② Sarah B. Pomeroy, *Goddesses, Whores, Wives and Slaves*, p. 102，讨论克瑞翁角色的模糊性，因为他作为家庭中的男性主心骨应当对安提戈涅和她的罪过负责，且作为血缘关系最近的男性亲属，应负责安葬波吕尼刻斯（Polyneices）。因此，克瑞翁明确拒绝自己作为家庭成员的身份。参A. R. W. Harrison, *The Law of Athens: The Family and Property*(Oxford: Clarendon Press, 1968)，页22注释3，以及页114。

③ 黑格尔，《精神现象学》，前揭，页496。应当说明，我使用的语词male并不指男人，female同样不专指女人。这两个语词指的是人性的两个面向，在古代，这两个面向通过政治世界与家庭的清晰分野相对立。

撤退回城市的城墙里。① 本文考察的戏剧为阿里斯托芬的《吕西斯特拉特》(Lysistrata)和《公民大会妇女》(Ecclesiazusae)，以及欧里庇得斯的《特洛亚妇女》(Trojan Women)，写于伯罗奔半岛战争期间或结束后。虽然这些戏剧的主题和主要意图不同，但每部剧中女人的角色都阐明公共和私人之间的重大张力。

在古希腊，公共世界只能通过战争来界定。政治领袖就是军事领袖。② 政治生活需要通过战争保护城邦。荷马式英雄仍为希腊社会提供道德基础，他们在战场上展现惊奇而令人敬畏的功绩。有的英雄(比如赫克托尔)赢得的名声与荣光不仅源自这些功绩，也源自他们对共同体的贡献。他们通过投身公共事务赢得个体荣誉。③ 荷马史诗中的英雄极具男子气、勇敢、无畏，甚至时而野蛮。当赫克托尔将被阿喀琉斯杀死，当他再也无法保护这座城市，他看上去像孩子和女人。④ 荷马式英雄为保护无力自卫或无力保护孩子的女性而战。

然而，赫克托尔战死沙场揭示了城邦中的张力。"共同体只有失去一些成员才能保护自己：参战的战士投身于集体。因此，家庭义务和城邦义务间存在张力。"⑤ 参战是参与政治生活最充分的表现，意味着为公共事务牺牲一切，献出个体的身心。正如修昔底德归给伯里克勒斯的葬礼演说所言，只有在杀敌中死去，一个男人才成为真正的雅典人。为了共同体，所有私人事物都被

---

① 修昔底德，《战争志》II.14–17 和 21.2。
② 在雅典，他们是 strategoi，众将军；在斯巴达，君王是军队领袖。See Alexander Kojeve, *Introduction to the Reading of Hegel*, Edited by Allan Bloom, translated by James H. Nichols. Jr.(New York: Basic Books, 1969), pp. 57–58。
③ 此处需要注意，英雄阿喀琉斯作为独立于共同体的半神，不同于共同体中有死的成员赫克托尔。See James M. Redfield, *Nature and Culture in the "Iliad": The Tragedy of Hector*(Chicago: University of Chicago Press, 1975), pp.28。
④ 《伊利亚特》XXII.123–125、135–138。
⑤ James M. Redfield, *Nature and Culture in the "Iliad": The Tragedy of Hector*, p. 123.

抹杀。① 古代政治世界关注战争,因此也关注献出私人事物。城邦的防卫否定关注私人和个体,不过私人和个体的保存需要城邦的保存。古希腊强调人在公共领域的角色,这反过来促使人们追求名声与荣誉。虽然趋向私人荣誉后,战争的初衷——不仅为保护城邦,也为保护家庭——常常被遗忘。因而,伯里克勒斯葬礼演说辞的结尾毫不同情妇女:失去父亲、儿子和丈夫的妇女继续被忽视,②正如忽视赫克托尔与妻子安德罗玛刻(Andromache)告别辞里的沉痛。③

公元前5世纪初的波斯战争中,少量战斗和迅速决断可能一定程度增强了荷马式美德(英勇),但世纪末希腊人之间旷日持久的战争破坏了战争的荣耀。阿喀琉斯凶猛杀敌的荷马式理想,随着政治体中对战争残酷的感知而失去魅力。《吕西斯特拉特》和《特洛亚妇女》描绘了这种理想的败坏。两者表明,仅仅关切战争、关切可能导致私人荣耀的普遍观念,如何导致不可能铭记家和家庭的特殊领域(正是为此才打仗)。英勇、阳刚的勇士成了无意义的人,他的行动是徒劳的,因为不再像赫克托尔那样清楚地明白,妻儿支持他暴力杀敌。《吕西斯特拉特》和《特洛亚妇女》各自以独特的方式质疑公共的普遍领域在何种程度上可以支配和侵入家庭,确切地说,还试图摧毁家庭。《公民大会妇女》情况相反:和平时期,社会中的男性部分或者说公共领域被遗忘,城邦转变为一个大家庭。这部戏剧的结果表明,消除普遍的英雄美德对解决永恒冲突无所助益。《公民大会妇女》中的乌托邦设想,败坏为满足私人感官享受的城邦。荷马理想逐渐瓦解,雅典社会失去了为政治生活辩护的强大言辞。这三部剧都暗示了政治行动的徒劳,没有在这些家庭的退避中找到简单的答案。没有解决方案,只有清晰的张力。我们必须转向古典文学,求助于柏拉图,

---

① 修昔底德,《战争志》II.42.3。"因为这种说法公正,即在祖国的战场上的坚定不移,应该作为掩盖一个人其他缺陷的斗篷;因为善行遮蔽恶行,他作为公民的功绩远超他作为个体的缺陷。"(根据克劳利[Crawley]译本翻译)
② 修昔底德,《战争志》II.45.2。
③ 《伊利亚特》VI.440-493。参亚瑟对赫克托尔与安德罗玛刻的关系的解释:Marilyn B. Arthur, *Early Greece: The Origins of the Western Attitude Toward Women*, pp. 11-13。

他在哲学对话中找到超越私人与公共冲突的方法；或求助于亚里士多德，他的公共生活不由战争定义，而由统治和判断的过程定义。

我首先讨论处理女性战时角色的两部戏剧。必须紧密关注对必要性的讨论。本文不试图从各个方面探讨整部戏剧，而只考察剧中与公共和私人生活问题直接相关的方面。[①] 在《吕西斯特拉特》中，希腊妇女举行性罢工（sex strike），迫使她们的丈夫签署和平条约。女人们成功用缺陷百出的密谋影响外交事务，[②] 谐剧结局是性饥渴的丈夫们接受和平，避免战争，至少此刻如此。在《特洛亚妇女》中，女人在政治体系中没有主动角色。她们是去打仗的男人的棋子，被指派给希腊将军做奴隶和情妇。女性通过忍受男性造成的痛苦的程度，获得肃剧地位。一部剧中，女人非常主动，另一部中则非常被动，但这两部剧中，女人都只出现在她们与家庭和战士共同体的关系中。她们提供了两者的联系和张力。

二

《吕西斯特拉特》开场的女人形象并不讨喜。吕西斯特拉特是阴谋的组织者，她正气恼女人们没及时参会。如果有人叫她们去狂欢或去阿芙罗狄忒神庙，她们很快就蜂拥而至（1—3）。女人对政治阴谋缺乏热情。在这部剧以及阿里斯托芬的其他谐剧中，女人主要对性和酒感兴趣。她们的领域是给予并接受性满足，她们想通过阻止男人为战争努力，重新确立这一角色。[③] 要成功，她们就必须在政治上组织起来，占领卫城，从而入侵公共领域。困

[①] 对古希腊戏剧中男性与女性角色更为普遍的处理，参 Sarah B. Pomeroy, *Goddesses, Whores, Wives and Slaves*, pp. 97–114。

[②] 已有学者提出这个问题，如 Kenneth Dover, *Arisiophanic Comedy*（Berkeley and Los Angeles: University of California Press, 1972）, p.160; Leo Strauss, *Socrates and Aristophanes*（New York: Basic Books, 1966）, pp. 211–212，合法结婚的妻子是否会成为雅典公民性满足的唯一来源——雅典不仅有奴隶，还有妓女。施特劳斯进一步提出一个问题：女人渴望的男人在雅典的家中做些什么。

[③] Kenneth Dover, *Arisiophanic Comedy*, p.159。多佛（Kennerth Dover）评论说，希腊人"倾向于相信女人比男人更享受性交，更不易抵抗性诱惑"。

难在于执行政治任务,这需要巨大的个人牺牲,也给剧作增添了许多谐剧趣味。男人般的吕西斯特拉特似乎没有丈夫或孩子(即家庭),其他女人不在乎集会或追求政治权力。由于不知道吕西斯特拉特清晨召开的会议与性有关,她们接着睡。等她们赶到,听闻吕西斯特拉特计划不与男人性交,扭头就要回去(125)。只有斯巴达同盟拉墨比托(Lampito)的支持,才使女人们勉强接受这个计划。然而,就连拉墨比托也犹豫不决,因为知道一个女人晚上独自入睡多么难(142-144)。

不同于《公民大会妇女》里的珀拉克萨戈拉(Praxagora),吕西斯特拉特不急于把女人变成男人,以赋予她们政治权力。女人们到达集会,吕西斯特拉特就仔细观察每个女人独特的性魅力(82-93)。她的第一个计划是让女人们坐在家里,穿透明长袍,露出精心装扮的身体。阿里斯托芬认为女性天生就引发欲望,令人垂涎。吕西斯特拉特明白如何利用这种性欲(eroticism)来反抗男性政治的目的与利益,保护家庭免受战争和死亡的伤害。通过短暂入侵公共领域,这部剧中的情欲成功打败了所有公共事务。在《公民大会妇女》中,女人对抗自然而成了男人,为了获得超越男人的权力;因此,私人生活与公共生活的界限被摧毁,而家庭一旦被消除,就无法为公共生活提供任何替代品。相比之下,《吕西斯特拉特》充满家庭和家庭生活的意象,对家庭生活的保护统领全剧。[1]

谨慎进入男性政治世界的同时,吕西斯特拉特强调保护女人的事物,她注意不让女人们模仿男人。宣誓忠于密谋时,女人们拒绝在盾牌上宣誓(188)。相反,她们觉得女人最好用酒宣誓和平。热爱酒正如热爱性;两者都提供私人欢愉,都与战争的公共活动无直接关联。热爱酒和性与政治无关。女人不适合以象征政治和战争的盾牌起誓。临近戏剧结尾,和解将要到来,吕西斯特拉特要求女人们把斯巴达代表带来,但不要粗暴行事,不要像"我们的男人"那样(1116-1117)。

除了拒绝性,吕西斯特拉特修改后的计划还包括占领雅典的

---

[1] Cedric H. Whitman, *Aristophanes and the Comic Hero*, Cambridge, MA: Harvard University Press, 1964, pp. 205-209。See Kenneth Dover, *Arisiophanic Comedy*, p.161.

城堡和国库。吕西斯特拉特认为，女人控制公共资金是合理的，因为她们处理所有"[家庭]内部"的资金（495）。地方官努力阻止女人进入他的行动领域，他回应说，女人不应该分发钱，因为钱用于政治和战争。吕西斯特拉特回答，战争并不必要（497行）；如果女人掌握公共权力，她们将把城邦变成家庭，消除对战争的兴趣——就像《公民大会妇女》中发生的那样。吕西斯特拉特通过类比纺纱、洗涤和织造，来给政治问题找解决办法（567-588）。在没有战争时，私人与公共的区别对吕西斯特拉特来说无关紧要。

虽然女人必须与男人争夺国库的控制权，但阿里斯托芬还是很好地展现了这场冲突的性内涵。他不断使用双关语，把老男人用攻城槌攻击拒绝打开城堡的女人的过程，变成一场性交。女人把政治舞台，甚至武装战斗，变成私人生活的方方面面。戏剧结尾，吕西斯特拉特为和平作最后的安排，她把领土分割成不同的部分，好像土地是女性身体的不同部分（1162-1170），斯巴达和雅典的代表则色情地看着吕西斯特拉特的身体（1147、1157-1158）。短暂进入政治世界的阿里斯托芬式女性，从战争转向个人欢愉。

由于女人不习惯参与政治生活，且屈服于性欲，于是吕西斯特拉特的计划几乎失败。因此，在阿里斯托芬的谐剧中，我们看到女人们为了溜出卫城去看她们的男人而编造一连串滑稽可笑的谎言：一个声称得把羊毛铺到床上；另一个要剥亚麻；第三个女人则把雅典娜的黄铜头盔藏到斗篷里，谎称自己马上要生产。所有借口都与女性对家庭的依恋相关，还带有性暗示。不过，阿里斯托芬此处表现的仍是由于私人世界与公共福祉之间冲突，个人被迫牺牲肉体的欢愉。阿里斯托芬在这部谐剧中明确反战，但他对公共事业必须限制私人生活同样敏感。在《吕西斯特拉特》中，女人大获全胜，但这是一个幻想，一部谐剧，一个不可能进入公共空间的私人梦想，一个将善看作轻易追逐性欢愉和酒的梦想。剧中的家庭只为满足私人欢愉。

谐剧背景下，吕西斯特拉特计谋成功，正如她所说：没有女人，男人毫无欢愉。吕西斯特拉特认为男人不能只有战争，公共生活不足以维持他们的生活。他们需要性与家庭的私人世界。吕西斯特拉特料想,性罢工将让男人意识到,他们忽视了自己为之战斗的那部分生活(家庭生活)。在一幕中,一个性饥渴的丈夫恳求妻子回到他身边。起初她假装不理他。他让他们的孩子呼唤,这孩子没洗澡,也没吃东西。他问,难道她不可怜孩子吗?她回答说:"我可怜他,因为他父亲一点也不关心他。"(880-883)虽然妻子为丈夫不管孩子洗澡和吃饭伤心,但背后也是父亲太关心战争,以至完全忽视家庭。妻子忽略的是丈夫参战和照顾孩子之间的关系。在《伊利亚特》中,赫克托尔与安德罗玛刻和阿斯图阿纳克斯(Astyanax)的关系彰显了雅典男人忽略的事物。然而,由史诗改编的肃剧中的赫克托尔必须死,谐剧舞台上的男人才可能如帕里斯那样[1]逃离战场的血腥和死亡,到女人的床上享乐。然而,只有在谐剧舞台上张力才能和解;帕里斯最终同样死于战争。

《吕西斯特拉特》中的女人毫不同情正在进行的战争。由于拒斥政治领域,她们支持阿里斯托芬的泛希腊主义。男人以他们为之而战的特定城邦的公共领域为中心,无法超越城邦的界限。女性不为[自我]实现(fulfillment)而缚于城邦,她们能超越城邦生存。女人密谋阻止战争本身就是泛希腊的,包括雅典人、斯巴达人、波伊俄提阿人和科林多人。通过阻止战争,女人否定一个公共单位与另一个公共单位相对立的基础。女人的利益并不受丈夫在其中作为公民的直接政治单位定义。女人对性的兴趣没有创造政治界限。

阿里斯托芬笔下的女人之所以是泛希腊的,正是因为她们关切私人事务;这不是公共事务观念的延伸。这是拒绝公共事务,认为公共事务毫无意义——除非它能在私人生活中带来她们想要的东西。在否定公共领域的过程中,女人几乎忽视了公共领域的作用,即保护古希腊的女人所在的私人世界。生育城邦男性的女性并未意识到,城邦有时必须夺走这些生命。阿里斯托芬的谐剧反对愚蠢的牺牲,因为这源于虚假的、男子气的虚张声势。女人自己也没给出明确解答。她们渴望性满足,这并不比男人渴望荣耀更具美德。争论双方都只关切私人利益,忽略并摧毁了阿里斯托芬非常关心的公共单位。

---

[1] 《伊利亚特》III.380-384。

三

《吕西斯特拉特》欢乐的谐剧式结局是性罢工大获全胜,与《特洛亚妇女》中以赫克托尔之子阿斯图阿纳克斯的葬礼结局形成鲜明对比。《特洛亚妇女》的肃剧在于展现人类通过战争招致毁灭和荒凉的力量。[1] 剧中的肃剧源自人为战争,聚焦女性的柔弱和坚忍。特洛亚妇女受丈夫、父亲和儿子保护,但她们无法保护自己。当安德罗玛刻竭力抵抗带她儿子去处刑的卫兵时,卫兵告诉她:

> 保持柔弱,不要故作坚强……你的城邦和丈夫都毁了。你在我们的掌控之中。我们能和一个女人作战。(728-731)

在《吕西斯特拉特》中,对性的关注将肃剧变为谐剧;在《特洛亚妇女》中,对女性的关注凸显了肃剧。只有妇女和儿童站在希腊帐篷旁,等待希腊将军决定她们的命运。丈夫、成年的儿子和父亲都已阵亡。

> 男人被杀,女人和孩子被奴役。一个成年人不能被奴役……孩子可以……成年人不再那么顺从。但女人顺从;她曾属于一个男人,也可以属于另一个男人。[2]

安德罗玛刻在计划自杀而非接受新丈夫时说,"他们说女人在男人床上睡一晚,敌意便会消失"(665-666),她说自己并非那种女人。然而,赫克托尔的母亲赫卡柏(Hecuba)劝她忘记死去的丈夫。"现在眼泪救不了你。尊敬现任丈夫,用你的魅力给他

---

[1] 《特洛亚妇女》公认是反战主题。可能出现的问题是,欧里庇得斯对战争的看法何种程度上可能是对现实外交政策决断的回应,以及这种回应何种程度上可能影响剧作的戏剧质量。参 D. G. Conacher, *Euripidean Drama: Myth, Theme and Structure*(Toronto: University of Toronto Press, 1967),页 136 注释 17。

[2] James M. Redfield, *Nature and Culture in the "Iliad": The Tragedy of Hector*, p.120.

爱的诱惑。"(698-700)戏剧结尾,安德罗玛刻似乎接纳了赫卡柏的建议。她把赫克托尔的盾牌送进阿斯图阿纳克斯的棺材,以免在她的新卧室里唤起哀伤(1139-1140)。其他年纪尚轻的特洛亚妇女,也将被迫与征服自己城邦、杀死自己丈夫的男人同床。"卧室,被屠杀的年轻人一片凄凉,把新娘给希腊人为他们生儿育女。"(563-566)

　　肃剧中,女性不是独立的存在,而是在与男人的关系中得到定义,无论这个男人是丈夫还是儿子。赫卡柏如此言说自己:"我们曾是统治者,我嫁给一位统治者;我由此生育杰出的孩子。"(474-475)随后,她傲慢地抱怨,她必须像一个奴隶那样工作,闩门和烤面包,"我是生育赫克托尔的人"(493-494)。赫卡柏第一次言说时,她哀叹:"我这个失去祖国、孩子和丈夫的人的叹息无用吗。"(106-107)最后一幕,她对着小阿斯图阿纳克斯的尸体哀悼——她生命中最后一个被杀的男人,也是特洛亚重生的最后希望。她被带离营地时,回望并哀念"养育我的孩子的土地"(1302)。安德罗玛刻面对可能的新丈夫时可以说:"哦,亲爱的赫克托尔,我有你这样与我相配的丈夫,卓越的智慧、出身、财富和勇气。"(668-669)男性永远无法从妻儿身上找到满足。对他来说,身份的充分表达超越家庭。

　　现在特洛亚的妇女沦为希腊人的奴隶,她们在织布机和床上,完成同过去一样的工作,不过是以奴隶身份,而非作为她们的法定丈夫的共同体的一部分(as part of the community of their legitimate husbands, 614-615)。相对于其他女人,她们的身份已经改变。赫卡柏一想到卡珊德拉(Cassandra)会沦为拉刻岱蒙人妻子的奴隶,就退缩了(249)。然而,由于女人与家庭的关系,她们能够超越政治界限。她们曾是国王和王子的合法妻子,现在沦为奴隶——但她们在家庭中的职能依旧。从一个政治共同体转移到另一个,她们失去地位,但角色不变。男人——即使赫克托尔的小儿子——必须处死。男人的公共单位不能转移。他们不能从贵族战士变为奴隶,在新的地位做同样的事情。在为奴的特洛亚妇女肖像中,海伦若隐若现——是她毁了特洛亚。安德罗玛刻是模范妻子,她不离开城邦、默默服从丈夫的意志(645-655),与抛弃家庭和城邦的海伦截然相反。海伦华丽登台前,安德罗玛刻刚失去儿子,离开舞台,这强调了海伦的角色:她拒绝家庭,引发了斯巴达和特洛亚的战事。[1] 海伦扮演的女人受情欲和财富欲的驱使(987-997)。她放任激情,使之战胜对家庭私人世界或城邦公共世界的忠诚。她作为个体,从统一家庭与城邦的纽带中脱离出来。她的脱离对希腊人和特洛亚人的私人世界和公共世界而言是破坏性的。[2]

剧中,海伦的个人主义表现为通奸,她自愿越过家庭的界限,对她来说,这也是越过城邦的界限。于是,海伦脱离悲恸的特洛亚妇女,自取灭亡。与赫卡柏辩驳时,她辩解道,是阿芙罗狄忒迫使她和帕里斯私奔。赫卡柏把阿芙罗狄忒看作海伦为情欲找的蹩脚借口。[3] 海伦自作自受;留在家中的特洛伊妇女,因共同体中男人的军事努力而受苦。《吕西斯特拉特》中的女人在安德罗玛刻与海伦之间。她们渴望满足指向私人欢愉的欲望,但这些欢愉来自她们的家庭生活,而非无视家庭和家庭责任。[4]

《特洛亚妇女》也表明男性对荣耀和名声的追求(战争让男人得以获得荣耀和名声)。这部剧关乎荷马式英雄的妻子,但这

---

[1] 诺伍德(Gilbert Norwood)认为,欧里庇得斯"在其他人上船的半小时前,把安德罗玛刻捆在船上,所以赫卡柏也许能对着阿斯图阿纳克斯的尸体哭泣,而非安德罗玛刻"。Gilbert Norwood, *Essays on Euripidean Drama*, Berkeley and Los Angeles: University of California Press, 1954, p. 21。而科纳赫(D. G. Conacher)认为,此时赫卡柏仅存的希望破灭了,即安德罗玛刻抚养赫克托尔的儿子以有朝一日重建城邦,而海伦的出现使赫卡柏重拾对神圣正义的信仰。D. G. Conacher, *Euripidean Drama: Myth, Theme and Structure*, p. 142。不过,诺伍德仅仅发现戏剧的一个"基本结构"(页44),科纳赫则力图表明"希望与凄凉的韵律"(页39)。

[2] See Philip Vellacott, *Ironic Drama: A Study of Euripides' Method and Meaning* (Cambridge, MA: Cambridge University Press, 1975), pp. 139-140。维拉科特(Philip Vellacott)呈现出一个动人、值得同情的海伦形象,她必须回应赫卡柏的仇恨的指控。

[3] Gilbert Norwood, *Essays on Euripidean Drama*, p.109,诺伍德将这称为"残忍的理性主义"。Philip Vellacott, *Ironic Drama: A Study of Euripides' Method and Meaning*, p. 145。维拉科特为阿芙罗狄忒"深邃温柔和瑰丽的面向"辩护,也许在帕里斯和海伦之间已存在爱,而欧里庇得斯心中可能因此免除海伦的罪责。

[4] 这些责任的本质在安德罗玛刻言说自己作为赫克托尔妻子的生活时显露(645-655)。Philip Vellacott, *Ironic Drama: A Study of Euripides' Method and Meaning*, p. 90,维拉科特质疑安德罗玛刻生活的品质。他这样评价她的话:"它真的含有反讽的批评?……她刻画的[早前的生活]图景远非幸福;它充满恐惧与顺从。"

种史诗英雄典范只有通过战场赢得荣耀,才能获得满足,这为该剧指明方向。正是这种典范带给女性如此强烈的痛苦,而她们仍继续承受这种痛苦。卡珊德拉在言说真相时非常癫狂,她曾疯癫地说,尽管赫克托尔的命运让人哀恸,但如果希腊人没有来犯,"哪怕他如此卓越,也无人知晓"(394-397)。安德罗玛刻初次忆起赫克托尔时说,他的长矛杀死最多的阿尔戈斯人(610-611)。哪怕对她而言,证明他的名声的也是他在战争中的角色。宣布处死阿斯图阿纳克斯的命令时,安德罗玛刻咒骂的是海伦,而非战争中摧毁特洛亚及其子息(male line)的战士(766-773)。戏剧末尾,赫卡柏面对阿斯图阿纳克斯的尸首,哀叹这孩子死得多么悲惨;如果他成年,他会为这座城战斗(1167-1168)。即使遭受如此苦难,赫卡柏仍然认为男人的角色是为公共事务献身,凭战争功绩获得荣耀。整部戏剧充满她的悲叹,她在埋葬孙子时说:"如果神不在上夺走、倾覆我们的土地[特洛伊],我们将默默无闻,不会给来者留下缪斯的颂歌。"(1242-1245)赫卡柏暗示,城邦与男人的名声,也许该为她受的苦负责。

在《吕西斯特拉特》这部谐剧中,女性和家庭获胜。在欧里庇得斯的肃剧中,胜利的是男人的需要与判断,随着胜利而来的是为奴的赫卡柏的眼泪和哀号。除了海伦,欧里庇得斯戏剧中的女人都为她们与家庭和家的关系所束缚。特别是赫卡柏,对她而言,家庭领域由它与公共领域的关系界定;她的儿子生来就要为城邦战死。她为城邦献身,哀叹城邦毁灭和自己的苦难。她认识到公共和私人的统一,尽管两者的张力带来如此悲痛。因此,赫卡柏非常痛恨海伦,后者拒绝承认公共领域,宁愿嫁给赫卡柏的儿子——他明确选择私人欢愉,选择最美女人的爱,而非雅典娜和赫拉在对帕里斯著名的判断中给予他的公共征服和荣誉。①

《吕西斯特拉特》中的女人最终关切私人领域。她们接受不光彩的和平,只要她们的男人回家。家庭和欢愉占据主导地位。在《吕西斯特拉特》中,女人往往更接近海伦,而非赫卡柏或安德罗玛刻,更接近充满情欲的个体,而非男人死去时受苦的女人,

---

① Philip Vellacott, *Ironic Drama: A Study of Euripides' Method and Meaning*, pp.141-142.

但她们最终接受政治优先的重要性以及男人对荣耀的渴望。在《吕西斯特拉特》中,对家庭和公共单位的忠诚不复存在,吕西斯特拉特保护整个希腊的说辞,仅仅打算让男人回家。阿里斯托芬把欧里庇得斯剧中的肃剧张力变成闹剧。赫卡柏和安德罗玛刻绝不会通过性罢工让男人从战争和破坏中回家。吕西斯特拉特和她的女人们会这样做。海伦只是在墨涅拉奥斯走后换了男人。

四

《公民大会妇女》上演时,雅典和斯巴达的战争已结束数年。女性与政治的关系不再通过家庭与共同体的对立来界定。战争缺席作为理解公共事务的来源,《公民大会妇女》标示着为这个术语[公共事务]寻找新意涵。男人放弃公共生活中的利益和公共生活可能带来的名声;他们漫不经心地把政治权力交给女人,让她们重新定义公共事务。阿里斯托芬在《公民大会妇女》中让女人创造她们自己的乌托邦,但他把女人的乌托邦描绘为私人世界的感官享受在城邦的公共世界的延伸。阿里斯托芬对女人的刻画同样不尽如人意。纵使拥有政治权力,她们的兴趣仍是酒和性;因此,最终建立的乌托邦只关注酒、性和暴食等私人欢愉,没有更高的理想,除了珀拉克萨戈拉起初关于美德或当前的公共利益的修辞。

谐剧开场,我们看到政变领导人珀拉克萨戈拉对陶灯说话。她描述陶灯看到的一切:女人是性的客体,或者说酒窖里的贼。但我们很快发现,这盏陶灯即将见证女人政治化的新计谋——让女人成为雅典的立法者和管理者。公共角色和私人角色之间的张力即刻出现,阴谋家们挣扎着参加黎明会议,她们刚从与男人的各式性接触中逃脱,这些男人不再打仗。女人们一集合,珀拉克萨戈拉就开始练习演讲。她强调,女人进入政治舞台也许新奇,但她们可以推出共同体需要的在外交和内部事务上保持安全的秩序。她以家类比进行论证。她将政治单位呈现为更大的家。珀拉克萨戈拉和吕西斯特拉特一样忽略战争事务。"首先,作为母亲,她们渴望保护士兵。"(233—234)她说这句话时忽视了家庭和政治的对立。将城邦与家庭等同的过程中,珀拉克萨戈拉也将男性和女性等同。由于一方没有被她在家庭中作为生命养育者的角色所界定,而另一方没有由剥夺生命来界定,所以两者看起来相同。①

然而,珀拉克萨戈拉也认为,女人可以为城邦提供男人无法提供的东西:保存古老的事物。传统的家务模式依旧。女人染羊毛"是根据习俗,而非一时兴起。她们烤大麦,一如从前;……她们有情人,一如从前;她们喜欢通奸,一如从前"(221-228)。珀拉克萨戈拉认为,虽然女人掌权起初是一种变化,但女人将带给雅典新的稳定。珀拉克萨戈拉是狡猾的政客。她指责旧的权力结构玩弄新奇的想法(218-220;参586-587),导致雅典处在灾难边缘。旧事物看起来是新的,而彻底的新事物——女人从政——蒙上旧事物的面纱。当她们走去公民大会,女人们拄着拐杖,步履蹒跚,活像老头儿。一旦珀拉克萨戈拉掌权,为了创造全新的乌托邦,她即刻忘掉传统事物。珀拉克萨戈拉揭露,她计划把雅典变成既没有私人财富也没有家庭的大同社会,人们会立刻感到女人掌权的新鲜。城邦而不是家庭负责分配食物和衣物;女人进入政治生活,使城邦取代家庭的职能成为当务之急。珀拉克萨戈拉的愿景是没有贫穷、审判、盗窃、通奸的社会,因为这儿没有可以偷盗的私有财产,也没有可以败坏的婚姻。②只有美食、美酒和性的欢愉。奴隶耕作时,公民关心的是"当人的影子有十尺长,去享用奢华的晚餐"(650-651)。

乌托邦通常揭示社会所基于的神话。文化创造需要神话创造,文化向完美观念的转变,需要神话基于文化的转变。在《公民大会妇女》中,有两个神话被舍弃:女人束于家庭和私有财产的神话。在希腊社会,这两者密不可分。女性用生育能力世代传

---

① Leo Strauss, *Socrates and Aristophanes*, pp.279-280; Allan Bloom, "Response to Hall", *Political Theory* V. 3(August 1977), pp.325-326。二人在这部谐剧的平等中发现阿里斯托芬对民主制所基于的平等主义的最终结果的刻画。

② 由于合法性的重要性,在雅典通奸既是私人罪行,也是公共罪行。W. K. Lacey, *The Family in Classical Greece*(Ithaca, NY: Cornell University Press, 1968), p.113。

承财产，或通过婚姻将财产从一个家庭转至另一个。① 珀拉克萨戈拉意图摧毁家庭和私有财产。女性解放进入政治舞台，也意味着界定家庭排他性的事物（性与财产）解放到公共世界。通过女性政治化，家庭也实现政治化。政治单位没有超越家庭，也没有向公民提供私人世界外的东西，而是成为幸福的大家庭，一起生活、吃饭、睡觉。女性解放必须从完全激进的视角来理解，因为它摧毁了社会已经建立的所有基础。

珀拉克萨戈拉提出激进的计划后就下场，谐剧的余下部分都在展现这些法令的结果。私有财产在一段插曲中首先得到处理，其中有两个人争论是否要根据新法律上交产品。赫勒梅斯（Chremes）热爱自己的家什，像朋友一样同它们交谈。他爱筛子和夜壶，几乎把它们看作人，他有对共同体的责任感，对当局命令放弃私产负有责任。对私人事物的热爱，促使他同样热爱公共事物。相比之下，妇女乙的丈夫既不爱私人事物，也不爱公共事物。他不服从珀拉克萨戈拉的法令，因为他不信其他人或政府会用搜刮的物品造福自己。他面对霍布斯（Hobbes）的第一个执行者（first performer）的问题，法令背后没有利维坦的力量，他拒绝摆脱自然状态。赫勒梅斯能在私人和公共之间转变，为了公共事务超越私利。然而，珀拉克萨戈拉的城邦通过允诺免费食物与（如果不免费的话）频繁的性吸引另一人。他乐意向他人索取（875-876），就算自己不愿付出。

但是，城邦赖以生存的是第一个人。《公民大会妇女》上演的时期，雅典充满妇女乙的丈夫一样的公民。他们不再关心公共世界，容许全面的革命，只要某个珀拉克萨戈拉出现。二人争论把家什交给城邦的义务的场景，体现了戏剧背后公共单位的解体。不过，目前还不清楚，在这种特殊情况下，二人谁更明智。阿里斯托芬通过赋予女性权力，传达了自己的信念：公共领域已完全瓦解，不再比女人对性和宴享的私人渴望更为实质。戏剧的最后一部分处理珀拉克萨戈拉改革的第二部分，取消家庭。在她的计划中，这不会带来爱情自由和性公共化，而会在老与丑、年轻与貌美之间带来强制的平等。女人显得和男人一样自私——为自己争

---

① See Marilyn B. Arthur, *Early Greece: The Origins of the Western Attitude Toward Women*, pp. 23-24。

取永远的性满足,即便年老色衰。珀拉克萨戈拉规定,一个人要想和年轻人享受欢愉,首先得满足年老丑陋的人。最后一个主要场景中,三个肮脏的老妇抢夺一个年轻男子,而他已经到了年轻性感的情人家里。根据法令,他得先满足一个老妇。在争吵和粗俗的冲突中,阿里斯托芬破坏了谐剧的欢乐结局——醉酒的女奴带着珀拉克萨戈拉的丈夫和歌队赴宴。

在这部谐剧中,阿里斯托芬让女人有机会改变政治制度,但没有赋予她们把私人事物转变为公共事物的力量,也没赋予她们将私人的爱与公共的爱相结合的力量。谐剧中只有一个男人能做到这点;其他人则无力地关切私人舒适。《公民大会妇女》创作于阿里斯托芬谐剧生涯的终点,为保护公共世界而战的荷马式男英雄鸣响丧钟。《吕西斯特拉特》与《特洛伊妇女》从女人视角呈现男人专注于在战争中获得荣耀的危险。《公民大会妇女》则阐明,当男人离开战场、对公共事物不再忠诚时会发生什么。对阿里斯托芬来说,私人事物与公共事物都不能满足人的需要;二者的统一是早已遗失的理想,仅仅让女人拥有政治权力完全无济于事。珀拉克萨戈拉激进的计划行不通,她们没有创造出珀拉克萨戈拉起初预言的那种有序、稳定的美好政治制度,因为她的政治最终着眼于私人利益而非公共利益。对阿里斯托芬来说,曾在古希腊伯里克勒斯的理想中呈现的统一,无法再次实现。

透过《云》思索

——黑格尔与施特劳斯的谐剧

林　登（Ari Linden）撰
段奕如　译

一份怀旧颂辞？

阿里斯托芬的《云》（作于公元前 423 年）表演了农民斯特瑞普西阿得斯的故事及其与奢侈的儿子、贪婪的债主和一位来自附近"思想所"的老师之间忧虑重重的关系。这位老师是伟大的苏格拉底，他在悬空的吊篮中登场。在斯特瑞普西阿得斯放弃让儿子斐狄庇得斯向明智的苏格拉底学习如何赖账后，他本人做了苏格拉底的学生，结果一无所成。他搬起石头砸了自己的脚：斐狄庇得斯终于掌握颠倒黑白的论辩术。他为了私利使用这门技术，以此为打父亲作逻辑辩护。高悬在戏剧行动之上的是苏格拉底发明的神，即同名的云神，她们作为歌队，能成为自己想成为的任何形状，正如苏格拉底所说，如果古老的诸神不存在，则可以创造新神。最后，斯特瑞普西阿得斯身边的人都要了他，连云神也严惩他不纯的意图。戏剧落幕，这位农民窘迫愤恨，一把火烧了思想所，彻底崩塌中留下完全困惑的苏格拉底。

马克·洛奇（Mark Roche）称《云》为"否定的谐剧"（comedy of negation），谐剧主体有"非实质的目标和失败，但在失败中指明实质的手段(means)"。①换句话说,斯特瑞普西阿得斯的意图从一开始就误入歧途,观众当然不为他的失败而不满。不过,戏剧的另一个谐剧主体苏格拉底如何？与阿里斯托芬的多数谐剧一样,《云》嘲笑雅典社会的迷信、堕落和愚蠢。不过,与多数谐剧不同,《云》的结局并非欢笑与和解,而是彻底毁灭。的确,在对诗人的批评中,长期以来争论的焦点是诗人对苏格拉底的描绘,有的推测《云》可能甚至(间接)导致哲人最终受到审判和处决。②在总结这部戏剧的标准读法时,多佛(Kenneth Dover)主张,阿里斯托芬将苏格拉底刻画为"寄生虫般的知识分子"(parasitic intellectual),尽管他承认对哲学家和思想史家而言,这是"残酷的不公"。③哪怕粗读剧作,这种观点也显得合乎逻辑:例如,阿里斯托芬的苏格拉底收取学费(这是智术师的普遍做法),不过据说苏格拉底从不收取学费。尽管多佛坚持认为阿里斯托芬并非哲人,但他仍以《云》值得品读来为阿里斯托芬的失察辩护,就算《云》对于历史上的苏格拉底没有呈现任何有价值的东西。④

虽有人尝试修正这种解读,如当代哲学家纳斯鲍姆(Martha Nussbaum),但是多佛的解读仍占上风,并为阿里斯托芬谐剧提供了一个特定形象。因为,如果阿里斯托芬把苏格拉底视为智术师,如果他认为智术对雅典社会只有害处,那么他在这部黑暗谐剧中——如在其他谐剧中——的意图只会是让恶行和愚蠢

---

① Mark Roche, *Tragedy and Comedy: A Systematic Study and a Critique of Hegel*, State U of New York P, 1998, p. 162.
② 如果我们从字面上理解柏拉图的《申辩》。接受审判时,苏格拉底提及阿里斯托芬,指出诗人没有准确刻画出他的形象(John Cooper ed., *Plato: Complete Works*, Hackett, 1997, pp. 19–20)。据说苏格拉底在《云》中看到戏剧中的自己,便在观众席起身。但问题在于,他起身是为了表示自己和舞台上的角色相像,还是为了表示阿里斯托芬的描述虚假。
③ Kenneth Dover, *Aristophanes. Clouds*, Introduction, Abridged Edition, Oxford UP, 1976, pp. xxii.
④ 纳斯鲍姆同样证实,大多数"对《云》的现代批评基于这样的假设:如果阿里斯托芬确实以一种将苏格拉底同化为智术师教学的方式攻击苏格拉底,那么这种攻击是错的,对苏格拉底不公正",并进一步指出,批评家要么选择"恶意攻击阿里斯托芬,指控他愚昧",要么"否认他事实上确实在攻击苏格拉底"(Martha Nussbaum, "Aristophanes and Socrates on learning Practical Wisdom", *Aristophanes: Essays in Interpretation*, edited by Jeffrey Henderson, Cambridge UP, 1980, p. 46)。

显得可笑,以至不再显得可欲。这种谐剧可以简化为扫除错误(常常与新事物有关)来保护现存制度中蕴含的善和真。诚然,现代文学批评中,一个突出的倾向(strain)是将谐剧——以及相关范畴的反讽与讽刺——视为保守或恢复性的体裁。例如,的确在最萧瑟的环境中写作的阿多诺(Theodor Adorno)主张,悬置(moratorium)谐剧(他将其混同于反讽和讽刺)是一种正当的批评形式。在阿多诺的流亡作品《最低限度的道德》(*Minima Moralia*)中,题为"尤维纳利斯的错误"(Juvenals Irrtum)并指向那位罗马讽刺诗人的一节中,他坚称讽刺或反讽依赖必要的社会共识,使独立、主观的反思变得过度。什么构成值得戏谑的通常道德败坏的客体,对阿多诺来说,就这个问题所形成的社会共识表明,讽刺同"强者"和"权威"(即过去的权威)是传统盟友。① 追溯这个结构的历史渊源时,阿多诺接下来指出阿里斯托芬是一大元凶,他认为其谐剧是一份"对(谐剧)所丑化的杂众的现代主义的怀旧颂辞"(modernistische laudatio temporis acti auf den Pöbel, den sie verleumdete;同上,页240)。因此,尽管谐剧有现代主义倾向,对阿多诺而言,谐剧本质上仍是向后看的"媒介"(medium;同上,页239),力图保护为新生和陌生力量所威胁的东西。阿多诺暗示,当我们大笑时,我们是在权威和传统的保护下笑的。

然而,我认为这种观点的内涵并非谐剧这一"媒介"的最终结论。实际上,在这篇文章中,我将论证两位政治倾向公认保守的哲学家——黑格尔与施特劳斯(Leo Strauss)——所呈现的稍显反讽的阿里斯托芬和谐剧的形象,与上面勾画的那种截然不同。我的论证将如此展开:首先,我将概述黑格尔的谐剧辩证法,并解释为何他特别把谐剧的主体性(subjectivity)置于不同但相关的范畴——讽刺和"主观幽默"或者说反讽——之上。接下来,我将表明,黑格尔对《云》的辩护在《哲学史讲演录》中讨论得最为透彻,他不仅为阿里斯托芬给出可信的例证,还说明为何他和苏格拉底在政治哲学的倾向上,可能有比敌对关系更根本的关联。最后,我将转向施特劳斯常被忽略的晚期文本《苏格拉底与

---

① Theodor Adorno, Minima *Moralia. Reflexionen aus dem beschädigten Leben. Gesammelte Schriften*, vol. 4, edited by Rolf Tiedemann, Suhrkamp, 1998, p. 239.

阿里斯托芬》(*Socrates and Aristophanes*),① 指出他对《云》的解读是间接地以不同的措辞对黑格尔的立场的重新解读。黑格尔和施特劳斯都实质上复杂化了谐剧诗人与哲人的关系，让我们得以重新思考谐剧在城邦面前扮演的角色：古时如此，在某种程度上今时亦然。留给我们的，只有阿里斯托芬、黑格尔或施特劳斯的传统保守形象，以及谐剧作为可行的政治批判形式的更为有力的形象。②

谐剧及其畸变

黑格尔认为，旧谐剧——尤其阿里斯托芬——不仅是希腊"艺术宗教"(Kunstreligion)的最高成就，一种消解艺术本身的形式，③而且是现象学的形式，对开启现代主体性原则负有最大责任，④甚至比它辩证地扬弃的肃剧艺术还负有更大责任。但是，若谐剧是这种形式的顶点，那么它内部也有"畸变"(aberrations)的可能。⑤这些次要的谐剧形式从未胜过原型所展现的精神自由(freedom of spirit)，这个立场让黑格尔的谐剧理论显得有些保守。那么，究竟黑格尔如何得出这些差异？

对黑格尔来说，肃剧本质上展现一个英雄的命运，他虽有最好的意图，但仍在高于自身控制的力量下走向毁灭，从而在观众

---

① Leo Strauss, *Aristophanes and Socrates*, U of Chicago P, 1966.
② 为了限定研究范围，我忽略了阿里斯托芬接受传统中的重要人物：基尔克果(Soren Kierkegaard)。不过，不仅19世纪的哲人有志于恢复希腊诗人的声誉：歌德(Goethe)和海涅(Heine)都以不同的方式受到谐剧诗人的影响。歌德改编过阿里斯托芬最著名的作品《鸟》，海涅多次写到这位"父亲"的形象，他把阿里斯托芬谐剧称为"开玩笑的肃剧"(scherzendetragödien)，想象自己是重生的希腊诗人(Heinrich Heine, *Sämtliche Werke. Düsseldorfer Ausgabe*, edited by Manfred Windfuhr, Hoffmann und Campe, 1973–1997, p.178)。
③ Georg Wilhelm Friedrich Hegel, *Vorlesungen über die Ästhetik III. Werke*, vol. 15, edited by Eva Moldauer and Karl Markus Michel, Suhrkamp, 1986, p.572.[译注]中译见黑格尔，《美学》第三卷下，朱光潜译，北京：商务印书馆，1996，页334。下文仅注书名、卷次和页码。
④ Ibid., p.573.[译注]中译见《美学》第三卷下，页335。
⑤ Stephen C. Law, "Hegel and the Spirit of Comedy: Der Geist der stets verneint", *Hegel's Aesthetics*, State U of New York P, 2000, p. 120.

身上激发恐惧和怜悯。肃剧英雄虽然渴望自由,但最终受缚于必然性,这种必然性以抽象神灵的形式出现。肃剧英雄的单向性(one-sidedness)表明,他没有完全获得自由,困境在分裂的行动主体与知情的歌队之间浮现。在谐剧中,必然之神被赶下舞台,谐剧人物的自我意识不再与普遍意识(universal consciousness)分离。因此,虽然肃剧激发个体自决原则,或至少"自我决断",但黑格尔在《美学》(Vorlesungen über die Ästhetik)中断言,"至于谐剧的出现,还更需要主体的自由权和驾驭世界的自觉性"。[1]在谐剧中,这个原则全面彰显——或正如史蒂芬·劳(Stephen Law)所说:"谐剧精神宣称,客体世界其实是我们为自身创造的主观世界。"[2]因此,纵使常常由于意图低劣、手段错误或环境不幸而失败,谐剧人物的自我肯定仍本质上保持完好,并与自身和解。黑格尔认为,这就是旧谐剧的世界。谐剧通过揭露假象与实在之间的矛盾否定非实体,给已在谐剧主体的意识中自我显现的实体以形象。然而,非实体在自身眼中必定是透明的,所以黑格尔认为,不仅观众觉得真正的谐剧主体可笑,他自己同样也认为自己可笑:在某种意义上,他的严肃总伴随自身的"毁灭"。[3]这并非即刻自明的断言;正如我稍后探讨的那样,很难想象为何不仅我们觉得《云》中的斯特瑞普西阿得斯和苏格拉底可笑,连他们自己也觉得如此。不过,正是这一特征,让黑格尔将真正的谐剧从那些他觉得毫无品味的谐剧的畸变迭代——讽刺和反讽或者说主观幽默——中区分开来。

在黑格尔的美学中,讽刺如同谐剧,是边缘形式,介于古典艺术与浪漫艺术之间。然而,不同于谐剧的无所限制和自由的主体性,讽刺困在抽象、有限和不完满的主体性(由于讽刺作家对善和真的看法无法在经验世界实现而不完满)与"一种无神性的

---

[1] Georg Wilhelm Friedrich Hegel, *Vorlesungen über die Ästhetik III. Werke*, p.534.[译注]中译见《美学》第三卷下,页297。
[2] Stephen C. Law, "Hegel and the Spirit of Comedy: Der Geist der stets verneint", p.116.
[3] Georg Wilhelm Friedrich Hegel, *Vorlesungen über die Ästhetik III. Werke*, p.552, 553.

现实,一种无生命的东西"之间。① 讽刺尽管钟爱实体——谐剧亦然——但愤世嫉俗,缺乏超越它否定的事物(material)所必需的和解时刻:它不像希腊谐剧那样"明快爽朗"(heiter)和"不带忿恨"(zornlos),更明确地说,不像阿里斯托芬的谐剧。② 因此,讽刺不可能使"虚伪的、可厌的东西得到真正的诗的处理,在真理中达到真正的和解";③ 它仍是黑格尔蔑称的"乏味的",即毫无美感。黑格尔认为,讽刺要成为诗,必须

> 把现实界的腐朽形象摆到我们眼前,使这种腐朽由于它自己的空虚而陷于全面崩溃(zusammenfällt)。④

换句话说,讽刺只有变成谐剧,将其呈现的客体内部固有的冲突表现为自身愚蠢的崩溃,像阿里斯托芬能够完成的那样,才可能变成诗。如史蒂芬·劳所说,当黑格尔认为冷酷、抽象的讽刺必然在罗马大地兴起时,他似乎显露出自己的希腊情结和对所有拉丁事物的偏见——认为罗马由冷酷、抽象的法律统治。⑤

如果将讽刺定义为讽刺作家对实体之物的爱,这种爱让他因无力实现这个视阈(vision)而受苦,那么反讽——在其美学形式中被黑格尔称为"主观幽默"——则由艺术家"对实体的觉醒"来定义,如此他便否定一切,只把自己提高到神的位置。⑥ 这个艺术家进入自身作品的质料(material),他的首要行动在于

> 凭主体的偶然幻想、闪电似的念头、突现的灵机以及惊人

---

① Georg Wilhelm Friedrich Hegel, *Vorlesungen über die Ästhetik II. Werke*, vol. 14, edited by Eva Moldauer and Karl Markus Michel, Suhrkamp, 1986, p.122.[译注]中译见《美学》第二卷,页266。
② Ibid., p.120.[译注]中译见《美学》第二卷,页264。
③ Ibid., p.125.[译注]中译见《美学》第二卷,页270。
④ Ibid., p.124.[译注]中译见《美学》第二卷,页268。
⑤ Stephen C. Law, "Hegel and the Spirit of Comedy: Der Geist der stets verneint", p.124.
⑥ Ibid., p.125.

的掌握方式,去打碎和打乱一切化成对象的获得固定的现实界(Wirklichkeit)形象或是在外在世界中显现出来的东西。①

换句话说,主观幽默作家和黑格尔提到的典范让·保尔(Jean Paul,但他更常思考浪漫主义),在没有提供任何形式的替代时,摧毁一切实体。这个过度膨胀的主体进行毫无限制的否定,这是他与真正的谐剧艺术家的不同之处。我将论证,主观幽默含蓄地出现在黑格尔对《云》的解读中。

在已讨论的三种情况中,黑格尔强调,主体性的共同原则在于反对普遍败坏。在讽刺中,主体性不完满,但仍与实体的观念密切相关;在主观幽默中,主体性对给定事物(the given)如此失望,以至完全放弃任何实体的观念。只有谐剧恰当地进行那种限定的否定,通过这种否定,非实体逐渐消失,实体留存完好。这已吸引一些评论者,包括霍尔特曼(Martin Holtermann),在近年关于19世纪德国阿里斯托芬接受史的研究中,他认为黑格尔的谐剧理论本质上是"保守的",就其试图固化"好的"与"理性的"这类观念而言。②不过,我想强调的是,对于留存在谐剧中的规范或价值如何仅仅来自过去,或来自任何现存的权威或事态,黑格尔并未给出任何明确的主张,如阿多诺在反对谐剧批评的正当性中论证的那样。试问:如果这些范畴的内容尚未确定,仍是推测的而非经验的,那么,固化好的与理性的又有何保守可言? 应用于特定文本时,黑格尔的谐剧理论如何施展作用? 根据上面讨论的理论来细致解读黑格尔对《云》的思考,兴许能带领我们就谐剧的意识形态意蕴得出不同结论。

黑格尔的正义谐剧家

尽管最近学者们对谐剧在黑格尔、让·保尔和基尔克果

---

① Georg Wilhelm Friedrich Hegel, *Vorlesungen über die Ästhetik II. Werke*, p. 229.[译注]中译见《美学》第二卷,页372-373。
② Martin Holtermann, *Der deutsche Aristophanes. Die Rezeption eines politischen Dichters im 19. Jahrhundert*, Vandenhoeck & Ruprecht, 2004, p. 116.

(Kierkegaard)等人身上的作用很感兴趣,但阿里斯托芬在德国背景下的特殊遗产得到的批评性关注较少。① 霍尔特曼认为,19世纪德国的阿里斯托芬接受史,与国家迅速成长的政治意识密切相关。但他未充分重视《云》,不认为这是诗人最重要的政治谐剧之一。诚然,霍尔特曼对浪漫派的解读比对黑格尔的处理更为实质(substantial),尤其是施勒格尔兄弟。他指出,弗里德里希·施勒格尔称赞阿里斯托芬是最卓越的"民主"诗人,他的美学价值包含施莱格尔所说的"自由"与"欢乐"(gaiety)——这与黑格尔对诗人的看法不无关系。② 与黑格尔不同,施勒格尔兄弟认为阿里斯托芬是当代德国谐剧舞台的典范。相反,黑格尔的辩证法拒绝纯粹的复制:我也将指出,即使阿里斯托芬的谐剧面向未来,但在很大程度上他仍是过去的人物。

在《精神现象学》中,黑格尔第一次对《云》的影射紧随对希腊肃剧的讨论:

> 过去,表象曾经赋予神性本质性以偶然的规定和表面上的个体性,现在由于这些东西已经消失了,所以各种神性本质性按照它们的自然的方面看来仅仅具有一种赤裸裸的、直接的实存,它们是一些浮云,是一缕转瞬即逝的烟,就和那些表象一样。但是,从神性本质性的处于思想中的本质性方面看来,它们已经转变为美和善之类单纯的思想,可以用任何内容去填充。③

---

① 对黑格尔和谐剧的最新研究,参德斯蒙德(William Desmond, *Beyond Hegel and Dialectic: Speculation, Cult, and Comedy*, State U of New York P, 1992)、洛奇(Mark Roche, "Hegel's Theory of Comedy in the Context of Hegelian and Modern Reflections on Comedy", *Revue Internationale de Philosophie*, 56.3, no. 221, 2002, L'esthétique de Hegel Hegel's Aesthetics, pp. 411,431)和祖潘契奇(Alenka Zupančič, *The Odd One In: On Comedy*, MIT Press, 2008)。
② Martin Holtermann, *Der deutsche Aristophanes. Die Rezeption eines politischen Dichters im 19. Jahrhundert*, pp. 92-101.
③ Georg Wilhelm Friedrich Hegel, *Phänomenologie des Geistes. Werke*, vol. 3, edited by Eva Moldauer and Karl Markus Michel, Suhrkamp, 1986, p.543.[译注]中译见黑格尔,《精神现象学》,先刚译,北京:人民出版社,2013,页459。

肃剧中可怖的神灵，在谐剧的诙谐中变成几近消失的薄雾，神灵不过是她们存在的偶然形态。她们就像云，正如苏格拉底在云神初次登场时对斯特瑞普西阿得斯夸口，云神能变成任何事物，任何自己想变成的事物。黑格尔认为，就起初作为内容——云是苏格拉底创造的神——后来沉淀为形式而言，《云》如此展现最为纯粹的谐剧：谐剧要屠戮所有神，将所有普遍降格为特殊。或如哈马赫（Werner Hamacher）对这段文本的解读，谐剧需要"完全摧毁天堂"。① 又如黑格尔所言，谐剧呈现新生的主体性如何从败坏的普遍秩序中自我解放，并轻蔑此秩序（Spott）。②

黑格尔基于《云》的谐剧理论所具有的这些基本原则，已形成普遍学术共识。例如德斯蒙德（William Desmond）认为，黑格尔构建的谐剧的立场，如同古代世界与现代世界的中介，以其转向"内在"（inwardness）为标志。③ 洛奇认为，黑格尔的核心洞见在于发现谐剧与主体性的结合，他对阿里斯托芬的解读主张，诗人的剧作最为一贯的特征在于攻击所有形式的偶然的主体性，包括"摧毁国家的智识人"（intellectual destroyers of the state）。④ 不过，上述段落含糊的表达令人疑惑：黑格尔是否在《云》的作者与最难忘的人物苏格拉底之间建立了清晰的界限。事实上，他似乎暗示了这两个人物有亲缘关系，因为他们都亵渎了希腊万神殿：剧作家创造了可以嘲笑诸神的场域，在这个场域中，众神不对个体施展绝对权力；苏格拉底轻易否定宙斯，继而创造新神。德斯蒙德没有穷尽模糊性的含义，而是提出类似的观点，认为阿里斯托芬"必定已染上哲学的揭露精神，以便既有能力指出它的威胁，又能与之对抗"。在另一处，他称诗人为苏格拉底的"美学

---

① Werner Hamacher, "The End of Art with the Mask", *Hegel after Derrida*, translated by Kelly Barry, edited by Stuart Barnett, Routledge, 1998, p. 114.
② Georg Wilhelm Friedrich Hegel, *Phänomenologie des Geistes. Werke*, p. 543.
③ William Desmond, *Beyond Hegel and Dialectic: Speculation, Cult, and Comedy*, p. 320.
④ Mark Roche, *Tragedy and Comedy: A Systematic Study and a Critique of Hegel*, p. 160.

的双生子"。① 换句话说,阿里斯托芬不是在天真地批评苏格拉底;正如哲人,他超越对神灵权威的直接信仰。如此看来,阿里斯托芬和苏格拉底在某种程度上处于同一阵营,而非完全敌对。在《精神现象学》和《美学》中,黑格尔暗示了主体性的胜利——透过它,一个全新的、尚未得到透彻理解的原则正变得清晰——同时是古希腊世界衰落的密码。② 阿里斯托芬和苏格拉底都卷入历史转折的阵痛。那么,阿里斯托芬觉得苏格拉底哪里值得嘲笑?是什么让《云》不仅好笑,而且真正滑稽?为此,我们必须转向《哲学史讲演录》,黑格尔在其中最彻底地展现了这部谐剧的政治哲学意义。

开始讨论苏格拉底时,黑格尔在伯罗奔半岛战争与这位哲人之间创造出一种类比,考察二者各自与雅典的关系。③ 他认为,苏格拉底的出现,与希腊"德性"(sittlichkeit)的崩溃一致,他在《法哲学原理》(*Philosophie des Rechts*)中将此定义为 die [⋯] konkreteidentität des Guten und des subjektiven Willens, die Wahrheitderselben[善和主观意志的这种具体的同一,两者的真理性]④——道德铭刻于一个民族的生活中,而非在个体选择上发挥作用。接着,黑格尔在讨论苏格拉底的方式和这位哲人著名的反讽时,慎重区分了智术师与苏格拉底——苏格拉底四处告诉人们,他们是无知的,他自己同样无知。⑤ 相比以高尔吉亚和普罗塔戈拉为代表的智术师,苏格拉底知道如何引导谈话者完全驳倒自己"意见"(Vorstellungen)的预设。⑥ 因此,赞颂完这位哲人,黑格尔转向苏格拉底哲学所谓的"消极面向":引发失序,剥夺雅典

---

① William Desmond, *Beyond Hegel and Dialectic: Speculation, Cult, and Comedy*, p. 318, 320.
② Georg Wilhelm Friedrich Hegel, *Vorlesungen über die Ästhetik III. Werke*, p.555.
③ Georg Wilhelm Friedrich Hegel, *Vorlesungen über die Geschichte der Philosophie I. Werke*, vol.18, edited by Eva Moldauer and Karl Markus Michel, Suhrkamp, 1986, p.448.
④ Georg Wilhelm FriedrichHegel, *Grundlinien der Philosophie des Rechts. Werke*, vol. 7, edited by Eva Moldauer and Karl Markus Michel, Suhrkamp, 1986, p.286.[译注]中译黑格尔,《法哲学原理》,邓安庆译,北京:人民出版社,2017,页276。
⑤ Georg Wilhelm FriedrichHegel, *Vorlesungen über die Geschichte der Philosophie I. Werke*, p.458.
⑥ Ibid., pp.406-428.

人曾有的安全感。这为阿里斯托芬的出现奠基。这也标志着黑格尔与谐剧诗人开始结盟,或他的位置介于苏格拉底与阿里斯托芬之间,介于谐剧与哲学之间。

在一个关键段落中,黑格尔提到,现存法律的消失和反思意识的培养,使从前被认为合法的东西,即"在意识中有效的东西,习俗,合法的东西",突然令人震惊:

> 阿里斯托芬就是从这个消极的方面来理解苏格拉底哲学的。阿里斯托芬对苏格拉底的片面性的这种认识,可以当作苏格拉底之死的一个极好的前奏,它说明了雅典人民如何对他的消极方式有了很好的认识,因而把他判处了死刑。①

从这一段能得出两个结论:首先,黑格尔认为《云》是对苏格拉底本人的攻击,而非针对智术;哲学家似乎是更值得嘲笑的客体。第二,阿里斯托芬的攻击合理,纵使苏格拉底有道德、品格正直。但黑格尔认为,这出戏剧的真正意义是"预言"雅典人的意愿,正如我们所知,雅典人后来处死了苏格拉底。阿里斯托芬因而能在苏格拉底的消极时刻(negative moment)促成悲惨结局,通过精准揭露苏格拉底哲学破坏社会的维度,带来谐剧效果:否定之否定。黑格尔因此声称:

> 希腊世界的原则尚不能忍受主体反思的原则;因此主体反思的原则是以敌意的、破坏的姿态出现的。②

限定词 noch nicht [尚不] 值得强调,它意味着阿里斯托芬 / 黑格尔认为,苏格拉底的主体反思原则不合时宜,因而有威胁,而

---

① Georg Wilhelm FriedrichHegel, *Vorlesungen über die Geschichte der Philosophie I. Werke*, p.481,482.[译注]中译见黑格尔,《哲学史讲演录》第二卷,贺麟、王太庆译,北京:商务印书馆,1983年,页76。下文仅注书名和页码。
② Ibid., p.514。[译注]中译见《哲学史讲演录》第二卷,页107。译文略有修改。

非仅仅不道德和不虔诚。①

转向《云》的情节和苏格拉底与斯特瑞普西阿得斯的关系时,黑格尔更加明确:

> 在苏格拉底的方式(Verfahren)中,最后决定永远是放在主体内部,放在良心内部;可是在某种情况下,如果良心是坏的,那么斯特瑞普西阿得斯的故事一定要重演了。②

对黑格尔来说,阿里斯托芬嘲笑苏格拉底,不因他坚决反对哲人挑战诸神及其代表的道德和政治权威,不因他渴望恢复希腊伦理生活——这将使他的批评直接变得保守,也不因他简单地反对抽象思维和纯粹的"主体反思的偶然",如德斯蒙德的观点所示。③ 相反,这正因阿里斯托芬认为,在苏格拉底所处的雅典,斯特瑞普西阿得斯的贪婪、懒惰和狂妄可能出现。正如黑格尔笔下的阿里斯托芬,苏格拉底教导主体性的原则,却不能防止它败坏为单纯的放纵:这就是斯特瑞普西阿得斯,一个真正的谐剧人物,他的严肃终将自行崩溃。他的老师更为复杂,也许黑格尔在批评中有浪漫主义和/或主观幽默。④ 相应地,苏格拉底的问题在于,他把自己且只把自己看得太过严肃。因为从结构上看,认为自己可笑意味着拒绝把自己的立场绝对化。相比之下,苏格拉底否定除自己外的一切,且不给任何补偿——他是一位最卓越的反讽家或主观幽默家。在他的哲学史中,黑格尔明确提出关于谐剧本身的主张,他如此描述:

> 一个人或一件事如何在自命不凡中暴露出自己的可笑。如果主题本身之中不包含着矛盾,谐剧就是肤浅的,就是没有

---

① 黑格尔把苏格拉底的死表述为一种献祭,最终得到铭记或进入意识的历史(history of consciousness),这显然类似于耶稣。
② Georg Wilhelm Friedrich Hegel, *Vorlesungen über die Geschichte der Philosophie I. Werke*, p.485.[译注]中译见《哲学史讲演录》第二卷,页79。
③ William Desmond, *Beyond Hegel and Dialectic: Speculation, Cult, and Comedy*, p. 324.
④ Ibid.

根据的。①

可以推测,《云》如果仅仅针对斯特瑞普西阿得斯或苏格拉底,那就只是可笑的,而非真正的谐剧。但相反,《云》把矛盾独立出来,处于主体性原则与其变得畸形、低劣并最终具有破坏性的可能之间。

对于官方指控苏格拉底引入新神和败坏青年的罪名,黑格尔确实肯定雅典法庭的观点,但有所改变。黑格尔认为,苏格拉底对个体良心的提升在某种意义上等于创造新神:这种提升给个体强加道德权威,因此,起码与苏格拉底同时揭露的神灵发挥同样的作用。这一姿态必然与雅典的宗教和政治基础冲突。可以推测,阿里斯托芬比雅典人更早、更清楚地认识到这一点,于是创作《云》,以谐剧表现这个根本冲突。阿里斯托芬明白苏格拉底带来的威胁,也清楚他将在希腊人的集体意识中带来转折。黑格尔最后提到,处死苏格拉底并不意味着其开创的主体性原则的失败;相反,这强调了苏格拉底在向更成熟的思想阶段发展中扮演的角色。苏格拉底的谐剧式死亡是现实死亡的序幕,而他的现实死亡是古典雅典文化死亡的序幕,同时也是现代主体性诞生的序幕。作为偶然的个体,苏格拉底阐述这一原则,从而被视为违背城邦法律;结果他受到法律的严厉制裁。(这是黑格尔称苏格拉底为肃剧英雄的原因,这暗示了,阿里斯托芬的谐剧预示着一场仿佛已泄露的历史肃剧。)② 但作为一种新原则的代表,他承受谐剧判决,为后人巩固了自己对衰落的雅典文明的重要性。黑格尔的阿里斯托芬是更文雅的辩证家,铭记民众的最大利益,因而在苏格拉底同时代,唯有他能发现苏格拉底的个体罪行,同时颂扬他所支持的客观原则。无论当时或现在,阿里斯托芬对苏格拉底以及观众使了个眼色,正如他让苏格拉底像个傻瓜。接下来我将表明,如果在一

---

① Georg Wilhelm Friedrich Hegel, *Vorlesungen über die Geschichte der Philosophie I. Werke*, pp. 427-428. [译注] 中译见《哲学史讲演录》第二卷,页 77。此句疑作者注释的页码错误。
② 同样,洛奇认为阿里斯托芬是自相矛盾的肃剧人物,因为他的谐剧"预设其要否定的事物,即主体性……把敌人承认为敌人所预设的前提是打败天真的性情"(Mark Roche, "Hegel's Theory of Comedy in the Context of Hegelian and Modern Reflections on Comedy", p. 427)。

个清晰的解释学框架中考虑，施特劳斯在一个世纪后得出了类似的结论。

施特劳斯的总体谐剧

主要以政治哲学家知名的德裔犹太流亡学者施特劳斯不是训练出来的文学批评家，因此他晚期相当隐秘（cryptic）的作品《苏格拉底与阿里斯托芬》有些奇特。① 虽不是传统的文学批评，但该文本包含常见的施特劳斯式主题。它明确的目的是重启哲人与诗人的古老论争，并通过严肃看待诗人的观点来这么做：施特劳斯发问，阿里斯托芬对苏格拉底的真实想法是什么？这个问题不仅影响他对《云》的解读——《云》构成这本书的第一章即最重要的一章——也影响他对阿里斯托芬其他十一部谐剧的解读，每一部单独成章。② 通过强调戏剧中的细节、悖论和重复出现的主题，施特劳斯得出关于这些人物的结论（阿里斯托芬可能通过这些人物来表达自己的政治观点），以及苏格拉底如何以不同方式衬托这些政治观点。

施特劳斯是哲学出身，不像黑格尔那样明确关注苏格拉底的反讽或主体性原则，而关切诗人笔下的苏格拉底与希腊传统诸神、公民同胞的关系。施特劳斯还关注如何从阿里斯托芬对苏格拉底的看法中，推出阿里斯托芬与这些实体（希腊传统诸神与公民同胞）的关系。探讨《云》时，他暗示苏格拉底的神灵实际比包括宙斯在内的任何旧神都要强大，因为苏格拉底的神灵没有边界，也没有形式。在一个关键段落中，施特劳斯写道：

> ［云神］看见什么，就能模仿什么；她们通过模仿变形，显现所见之物的本性，她们特别善于夸张变形，嘲笑可笑之人，

---

① 虽然这个文本未得到充分关注，但施特劳斯在1962年写给亚历山大·科耶夫（Alexandre Kojève）的信件中说，这是他"真正的作品"（Devin Stauffer, "Leo Strauss's Unsocratic Aristophanes？", *The Political Theory of Aristophanes: Explorations in Poetic Wisdom*, edited by Jeremy Mhire and Bryan-Paul Frost, State U of New York P, 2015, p. 351）。

② ［译注］实际上，对《云》的解读构成第二章，其他十部剧（而非十一部）构成第三章。第一章和第四章分别是"引言"和"结语"。

亦即，她们尤其是谐剧诗人的榜样。①

云神呈现一切碰到的事物的形状，以便通过滑稽的模仿来嘲弄，嘲异对象包括苏格拉底和斯特瑞普西阿得斯，所以施特劳斯强调阿里斯托芬如何把自己作为云神般的人物穿插到戏剧中。事实上，在第一插曲中，诗人以云神之首、歌队长的身份直接对观众讲话。这一看法首先将谐剧诗人比作云神，两者都模仿并嘲笑：阿里斯托芬也成了他嘲笑的对象（包括苏格拉底），这种模仿／夸张使人物的形象相对化。苏格拉底也许智慧，但他的智慧有局限。但施特劳斯反思了阿里斯托芬式嘲讽的本质——它在谐剧范围内进行，因而发挥作用的有两种不同形式的嘲讽：苏格拉底肆心的嘲讽是针对宙斯和公民的虔敬，这放肆而且有害；而阿里斯托芬的嘲讽更为隐蔽，这些嘲讽分散在各种人物上，但效果显著，因为他们直接对观众说话。

施特劳斯总结道，只要阿里斯托芬分散且精炼的嘲讽形式能让他表达更多，他就能以哲人做不到的方式保护自己免受迫害。② 在此，施特劳斯似乎在援引"隐微"写作的概念，他在《迫害与写作艺术》(*Persecution and the Art of Writing*)中对此作了充分阐述。那些可能遭受政治环境威胁的作者，在"字里行间"写作，但更具影响，因为这能启发有意阅读的人。③ 不过，更为相关的段落出现得稍晚：

> 这并不是要否认某些伟大作家会把某个名声不好的人物当作传声筒，公开表达某些重要的真理，但这样一来，他们实际上就表明了自己多么强烈地反对把这些真理直接宣示出来。④

---

① Leo Strauss, *Socrates and Aristophanes*, p. 18. ［译注］中译见施特劳斯，《苏格拉底与阿里斯托芬》，李小均译，北京：华夏出版社，2011，页16。下文仅注书名和页码。
② Leo Strauss, *Socrates and Aristophanes*, p. 313.
③ Leo Strauss, *Persecution and the Art of Writing*, Free Press, 1952, p. 36.［译注］中译见施特劳斯，《迫害与写作艺术》，刘锋译，北京：华夏出版社，2012，页29。
④ Ibid.

在《苏格拉底与阿里斯托芬》中，施特劳斯提供了一个例证：声名狼藉的人物，包括苏格拉底，道出诗人至少部分赞同的真理。因此，阿里斯托芬的批评可能并不针对不虔敬本身，而针对如何表达对不虔敬的批评。虽然更隐蔽，但谐剧式揭露比抽象的、哲学的揭露更民主、更富有同情、更关注身体，即使二者目标相似。

施特劳斯认为《云》中的苏格拉底"逍遥法外"，[1] 从而成了政治威胁。不过，由于阿里斯托芬身为云神说话，由于苏格拉底既是云神的创造者，又是云神最喜欢的凡人，我们也可以从施特劳斯的观点推断，阿里斯托芬没有明确谴责苏格拉底——这把我们带回黑格尔的领域。斯托弗（Devin Stauffer）在论施特劳斯的解读的文章中认为，相比于对苏格拉底的政治批判，更重要的是阿里斯托芬伪装起来的对苏格拉底的魅力和狡黠的尊重甚至致敬，这从《云》中的苏格拉底对斐狄庇得斯的影响就能证明。[2] 我将修正这个观点，指出这两个维度与施特劳斯的解读相关，事实上，批评和赞赏一体两面。而且，如果说苏格拉底创造了云神，而阿里斯托芬也是其中之一，那么从某种意义上说，苏格拉底不也发明了阿里斯托芬吗？换句话说，苏格拉底的"极端主义"[3] 能为阿里斯托芬观点的浮现、他对苏格拉底之不审慎的嘲讽和对更大目标的同情创造可能的条件吗？尽管他们有不可调和的差异，但云神在二人之间建立联系——云神由阿里斯托芬笔下的苏格拉底创造，反之，阿里斯托芬附身云神成为代言人和模型。当云神因苏格拉底太"站不住脚"（untenable）或"无力辩护"（indefensible）而抛弃他时，我们可以看出阿里斯托芬与哲人何处相似，何处不同。当诗人试图扩展、扩大甚至安顿好传统的万神殿时，哲人却想要彻底摧毁它。[4] 施特劳斯认为，苏格拉底是"某种程度上由他所创造的'云神'的玩物，但他不懂云神"。[5] 他无法理解的是，云神可能

---

[1] Leo Strauss, *Socrates and Aristophanes*, p. 37.［译注］中译见《苏格拉底与阿里斯托芬》，页38。

[2] Devin Stauffer, "Leo Strauss's Unsocratic Aristophanes?", pp. 334–335.

[3] Leo Strauss, *Socrates and Aristophanes*, p. 47.

[4] Ibid.

[5] Ibid., p. 49.［译注］中译见施特劳斯，《苏格拉底与阿里斯托芬》，页51。

会对尚未准备与传统宗教、家庭和城邦这些希腊生活的约束力切断联系的人造成潜在的毁灭性影响。

阿里斯托芬也许确实肯定人们需要这些习俗,但并非因为它们在现存城邦中可取或值得保存。毕竟,他愿意在苏格拉底的形象中,保留完全毁灭习俗的可能。他关心的是突然舍弃习俗可能对民众产生的影响,首先表现为斯特瑞普西阿得斯良知败坏,其次表现为斐狄庇得斯学会歪理,要打父母。作为一位父亲和公民,斯特瑞普西阿得斯的生活不能离开这些习俗基础,而苏格拉底真正生活在云里,不理解这些需求和欲望,"蔑视一切朝生暮死者",不知道自己"有赖于城邦"。[1] 施特劳斯有力地指出,与阿里斯托芬不同,苏格拉底是"灵魂的向导",但不是灵魂的"知者"。[2] 回顾斯托弗的观点,我们的确可以在斐狄庇得斯的故事中发现苏格拉底的领导力和魅力。对任性的儿子,施特劳斯写道:

> 他最后对苏格拉底既不落井下石也不施以援手,很像云神的做法,在更高程度上也像阿里斯托芬的做法。斐狄庇得斯是不是等于阿里斯托芬的谐剧式对应者——或许感受到了苏格拉底的魅力或教育,但也只接受了苏格拉底的部分教导?[3]

阿里斯托芬又一次进入剧中,成为最缺乏同情心的角色之一,但在此过程中,他显露出对哲人的部分同情。苏格拉底成功向斐狄庇得斯传授了一种自我统治(self-governance)意识,也

---

[1] Leo Strauss, *Socrates and Aristophanes*, p. 49.

[2] Leo Strauss, *Socrates and Aristophanes*, p. 313.([译注]中译见施特劳斯,《苏格拉底与阿里斯托芬》,页329。)早期尼采和施特劳斯的阿里斯托芬似乎都认为苏格拉底是"非音乐的",但施特劳斯还指出苏格拉底"非爱欲"的特质,他拒绝家庭和城邦;尼采则称苏格拉底为"真正的爱欲家"(the true eroticist),他对新一代希腊青年极具诱惑。我认为这种差异可以用施特劳斯和尼采对爱欲(eroticism)的不同理解来解释。参 Leo Strauss, *Socrates and Aristophanes*, p. 173, 313; Friedrich Nietzsche, *The Birth of Tragedy and Other Writings*, Edited by Raymond Geuss and Ronald Speirs, Cambridge UP, 2006, p. 67, 71。

[3] Leo Strauss, *Socrates and Aristophanes*, p. 52.[译注]中译见施特劳斯,《苏格拉底与阿里斯托芬》,页54。

让斯特瑞普西阿得斯对自己的意图有更高的自我意识，因此苏格拉底受到阿里斯托芬称赞。然而，由于没料到这种教导会对无准备的人产生何种影响，他同样受到谴责。字里行间地阅读施特劳斯的文本，我们可以开始察明他对谐剧诗人的同情（正如黑格尔）。

施特劳斯留意到诗人与哲人的区别，从而得出更大的结论——二人在城邦中所处的位置。在结语一章，施特劳斯将《云》中的苏格拉底比作《鸟》（公元前414年）的主人公佩瑟泰洛斯，后者最终成为神，成为他帮助建立的空中之国的统治者，实际上取代了宙斯。根据施特劳斯的说法，尽管如此，这个野心勃勃的统治者"还是按照城邦的基本要求行事"，而苏格拉底则完全否认这些要求。与"智术师-哲人"[①]不同，他不是真正的公民，鸟类和人类的统治者同样旨在创造一个更完美的乌托邦社会：像阿里斯托芬一样，这位统治者想要"扩大万神殿"，而非仅仅摧毁它。苏格拉底和阿里斯托芬似乎同样关心对"整全"的理解，这构成二人冲突与亲缘的基础。[②] 苏格拉底完全放弃公民身份，成为非政治的叛逃者，而阿里斯托芬关心的是人物行动的政治后果，包括苏格拉底的行动，他清楚苏格拉底行动的重要性。[③] 因此，阿里斯托芬站在雅典公民与苏格拉底之间的某个地方：他从一定距离观察城邦，许多方面与苏格拉底的看法一致，尽管他与城邦相连，而苏格拉底全然脱离城邦。

这些反思让施特劳斯对这部戏剧的谐剧性以及谐剧本身得出某些结论。他声称，阿里斯托芬"不但把不义的东西表现得很可笑，而且把正义的东西也表现得很可笑"，[④] 这使

---

① Leo Strauss, *Socrates and Aristophanes*, p. 313. [译注]中译见施特劳斯，《苏格拉底与阿里斯托芬》，页329。
② Ibid.
③ 这一论点与施特劳斯在《自然正当与历史》中的观点不同，他在该著作中认为苏格拉底开创了政治哲学（Leo Strauss, *Natural Right and History*, U of Chicago P, 1965, pp. 120-126）。但在他依据的是柏拉图和/或色诺芬笔下的苏格拉底，而非更早的阿里斯托芬的描述。
④ Leo Strauss, *Socrates and Aristophanes*, p. 312. [译注]中译见施特劳斯，《苏格拉底与阿里斯托芬》，页327。

> 他的谐剧是总体的：阿里斯托芬笔下所有重要人物无不举止可笑，更不消说明智的化身了。[1]

换句话说，阿里斯托芬的谐剧对其视野内的一切都毫不留情，这就是其"总体"之所在。在这个层面，施特劳斯的谐剧观与黑格尔不谋而合：两者都使揭露有效，当这种揭露朝向实体化为绝对原则（hypostatized into an absolute）的一个主体时刻的所有重复（iterations），不用考虑每个重复的内在有效性。/ 回顾黑格尔的观点，阿里斯托芬的谐剧是雅典文明整体衰落的征兆。如果所有人都举止可笑，那么就都值得揭露，因为舞台上所有败坏的极端化都可能对社会有益。与黑格尔一样，施特劳斯不认为阿里斯托芬式揭露具有恢复性。但施特劳斯走得更远，他提出诗人谐剧视野的实质：

> 阿里斯托芬的谐剧……比肃剧更高……它变戏法似地为我们显现出一种纯粹愉快的假相：一种没有战争、没有法庭、没有诸神和死亡引起的恐惧、没有贫穷，也没有强制或者拘束或者遵循礼法的生活。[2]

同样，正如黑格尔，施特劳斯认为，谐剧在表现政治生活的基本冲突上是继肃剧之后或"高于"肃剧的。进一步说，施特劳斯的解读中，阿里斯托芬和总体的谐剧都不保守。相反，施特劳斯将诗人描述为理想主义者甚至无政府主义者，他的准乌托邦愿景需要一个剥离习俗的城邦。

然而，在施特劳斯对《和平》的解读中，也许有这两位现代哲学家之间最突出的亲缘关系，他们都在谐剧的阿里斯托芬式起源

---

[1] 同上。杰里米·米尔（Jeremy Mhire）得出类似的结论："《云》中的一切都是可笑的，因为一切都很愚蠢；只有戏剧本身，更准确地说，只有作者本人，才能作为愚蠢的作者身处愚蠢之上。"（Jeremy Mhire, "Rethinking the Quarrel anew", *The Political Theory of Aristophanes: Explorations in Poetic Wisdom*, edited by Jeremy Mhire and Bryan-Paul frost, State U of New York P, 2015, p. 51）不过，施特劳斯不认为诗人自己并不愚蠢。

[2] Leo Strauss, *Socrates and Aristophanes*, p. 312．[译注]中译见施特劳斯，《苏格拉底与阿里斯托芬》，页327-328。

中理解谐剧,但也从这些起源中抽离出来。施特劳斯写到伟大的"说大话者"宙斯：

> 虽然宙斯宣称——或者有人以他的名义宣称——他是诸神和人类之父,他最有权势、最智慧,他应该得到最高的尊敬,但是,如果他根本不存在,就像阿里斯托芬笔下的苏格拉底所断言,那么,他就是我们可以想象的说大话的最佳典型。宙斯的例子就是所言与所是之间反差的最好例子；他是谐剧的绝佳题材；最好的谐剧就是关于诸神的谐剧。①

黑格尔曾将《云》称为"元谐剧"(ur-comedy),当诸神本质上失去信仰,谐剧就此开始,这是个人主体性的内在性的基础。这虽不是施特劳斯准确的主张,但他认为说大话的诸神,尤其宙斯是谐剧的完美主题,因为有无数方式揭露神的自我理解与他的实际所是之间、"所言与所是"之间的断裂。诸神绝不是他们自称的那样,《云》塑造了这种现象,即使施特劳斯暗示阿里斯托芬所有的谐剧都是诸神的谐剧。此外,如果"假装、矫情或说大话"是谐剧的主要主题,②那么苏格拉底同样是谐剧的完美主题：他拒绝宙斯,假如他自夸、他就自己悄悄成了神灵,这无疑是不虔敬的冒犯。阿里斯托芬是一个"大话说得最好的人",③但他不把自己太当回事,他为了揭露说大话的荒谬而说大话。与黑格尔对说大话的看法一致,他不必虔诚地揭露可能性的范围,这些可能性由绝对化给定的立场产生。最后,谐剧诗人的主要职责似乎是将每一个立场或时刻推到逻辑极致：这就是让我们发笑的东西。

谐剧的过去与现在

黑格尔的阿里斯托芬兴许是一种抵御城邦当前威胁的修正,

---

① Leo Strauss, *Socrates and Aristophanes*, p. 143. [译注]中译见施特劳斯,《苏格拉底与阿里斯托芬》,页149。
② Ibid.
③ Ibid., p. 313. [译注]中译见施特劳斯,《苏格拉底与阿里斯托芬》,前揭,页328。

但他的谐剧并非纯粹应对(reactive)或修复的努力;借着削弱(undermmining)苏格拉底,他并不是根本地反对苏格拉底主义。表面严肃、保守的黑格尔显现了另一面向:他不仅赞同诗人嘲笑抽象思想,还暗示这种诗的嘲笑比哲人猛烈的主体性及其内在的危险更具体、更符合人们的意愿——更民主。施特劳斯在阿里斯托芬的"总体谐剧"中发现了对哲人的致敬——哲人的狡黠、权力与魅力,他因而主张诗人与哲人之间有一定共性。施特劳斯为谐剧诗人的观点提供了有力的证明,他将阿里斯托芬描述为"灵魂的知者"。[1] 施特劳斯因此似乎暗示,必须先懂得要嘲笑的人,而这是苏格拉底没做到的。

黑格尔和施特劳斯都将谐剧人物的作用限定在其始终身处其间的城邦中,但要论定他们偏爱改革家(阿里斯托芬)而非革命家(苏格拉底),则太轻率。这一政治单元的诸边界不断变化,在谐剧家或哲人揭示这些边界之前,它们并不存在。黑格尔也许认为阿里斯托芬是"真正的爱国者",[2] 但他从未充分补充这种爱国主义的内容,问题在于,人是否可以成为一个尚不存在的国家或另一种社会形态的爱国者。因此,不同于阿多诺,黑格尔和施特劳斯不用道德权威或社会共识的话语来描述阿里斯托芬谐剧。相反,他们认为,阿里斯托芬谐剧是展现矛盾最有效的媒介,当我们从根本上放弃对诸神及城邦的绝对信仰之时,这些矛盾就出现了——这也许是理解谐剧现代性的一种方式。在《云》中,当疯狂的主体性将意志强加给摇摇欲坠但仍成立的伦理规则时,冲突就出现了。阿里斯托芬似乎参与了一种同谋式和嘲讽式的嘲笑,因为在他从不倦于嘲笑的雅典城中,他处在一个既在其中又高于其上的独特位置。

不过,如果把黑格尔或施特劳斯对《云》的解读归结为规范性维度,则既不明智又违背二人的本意:在各自的历史时刻,他们从不认为阿里斯托芬应被效仿。尤其对黑格尔而言,旧谐剧是过去的事物,标志着承载精神的艺术就此终结。然而,他们对谐剧结构本身的洞察——如果它要以任何有意义的方式对思想或政

---

[1] Leo Strauss, *Socrates and Aristophanes*, p. 313.
[2] Georg Wilhelm Friedrich Hegel, *Vorlesungen über die Ästhetik III*, Werke, p.554.

治生活的发展带来贡献，什么使它失败，什么使它成功——也许仍对现在具有影响力。他们都表明，苏格拉底那样进步的、激进的立场带有内在盲目性和矛盾，即使这些立场的基本内容最终得到肯定。他们暗示，谐剧家对主体性的畸变形式的持续审查，甚至可以作为政治批判的严肃形式组织起来，这种严肃性以谐剧为媒介。

鲁礼郊禘与周公摄政

——郑玄君臣观浅析

李明真
（北京大学哲学系宗教学系）

摘　要：鲁能否用天子礼与周公是否称王是一体两面的问题，其核心在于对君臣关系的理解。郑玄认为鲁可用天子郊禘之礼，但其礼用殷礼，自卑不与天子礼同；其时用周正，鲁为天子郊天之傧相。这表明周鲁在相互关系中体现的尊尊之义。与此呼应，成王尊任周公称王，而周公的臣心使他仅"代王""摄政"。王者的身份并非仅属于成王或周公，而是在两者具体的关系中体现出来。在对鲁郊禘之礼和周公摄政之事的理解上，郑玄展现了一种"关系性"的君臣、尊卑观念，即认为尊卑之分在相互的关系中呈现出不同的样态，而不表现为一种绝对的君臣、尊卑身份。这一观念与后世经学家在皇帝制度的影响下对君臣关系的认识迥异。

关键词：郑玄　鲁礼　周公　郊禘　摄政

鲁能否用天子礼与周公是否称王是经学史上聚讼纷纭的大问题。对这两个问题的解答，关系到对经文中不同表述的梳理，对相关礼仪的整体认识，其核心则在于对君臣关系的理解，这一内核也使二者成为一体两面的问题。

郑玄明确认为鲁可用天子郊禘，并且认可周公摄政称王。这一认识不仅是随文求义，同时也关联着他对周鲁郊禘之礼具体异同的处理和理解，以及对成王和周公之间"王"这一身份的让渡与摄代的认识。本文想指明，在郑玄对这些问题的剖判中，体现了一种"关系性"的君臣观。概言之，即君臣、尊卑的身份并非"客观的"、绝对的，而是在相互的关系中呈现出不同的样态。

一　周鲁之别：各有尊卑

郑玄明确认为，鲁可用天子礼乐，"同之于周"。《礼记·礼运》载孔子有言"鲁之郊禘非礼"，后世学者多据以认为鲁用天子礼为僭越，郑玄对此的解释则是鲁国行礼懈慢亏失，故孔子言其"失礼"，鲁用天子礼本身不为非礼：

> 《礼记·明堂位》：命鲁公世世祀周公，以天子之礼乐。（注：同之于周，尊之也。鲁公，谓伯禽。）是以鲁君孟春乘大路，载弧韣，旗十有二旒，日月之章，祀帝于郊，配以后稷，天子之礼也。（注：孟春，建子之月，鲁之始郊日以至。大路，殷之祭天车也。弧，旌旗所以张幅也，其衣曰韣。天子之旌旗，画日月。帝，谓苍帝灵威仰也。昊天上帝，故不祭。）[1]
>
> 《礼记·礼运》：孔子曰："於呼哀哉！我观周道，幽、厉伤之。吾舍鲁，何适矣！"（注：政乱礼失，以为鲁尚愈。）鲁之郊、禘，非礼也，周公其衰矣！（注：非，犹失也。鲁之郊，牛口伤，鼷鼠食其角，又有四卜郊不从，是周公之道衰矣。言子孙不能奉行兴之。）[2]

鲁国得用之礼，上文所引《明堂位》已经提到两种：1）祀周公以天子礼乐；2）祀帝于郊，配以后稷。这二者是鲁用王礼中最重要、最核心的内容。对此，需要结合郑玄对天子诸侯祭礼的认识即"禘"的四种含义方能理解。

有关郑玄的禘祫学说，学者已经有了较为清晰的认识。清代学者孙诒让、黄以周、皮锡瑞做了充分的资料整理工作，陈赟

---

[1] 《礼记正义》卷三十一《明堂位》，阮元校刻，《十三经注疏》，北京：中华书局，2009，页3225。
[2] 《礼记正义》卷二十一《礼运》，前揭，页3069。

《"以祖配天"与郑玄禘论的机理》、冯茜《唐宋之际礼学思想的转型》第一章梳理了郑玄禘祫学说的理论构造与推论依据。① 郑玄对"禘"的解释共分四种,兹依冯茜《唐宋之际礼学思想的转型》一书的整理,罗列于下:①"禘"为圆丘祭昊天上帝。②"禘"为南郊祭感生帝。③"禘"为夏殷宗庙时祭。④"禘"为周代宗庙殷祭。②

其中,①②为天子祭天,③④为天子诸侯宗庙之祭。"昊天上帝,故不祭",③鲁无①之礼。鲁礼之1):祀周公以天子礼乐,即为④天子诸侯宗庙殷祭,对此经有明文,《礼记·祭统》:"昔者,周公旦有勋劳于天下,周公既没,成王、康王追念周公之所以勋劳者,而欲尊鲁,故赐之以重祭。外祭则郊、社是也,内祭则大尝、禘是也。"④ 又《明堂位》:"季夏六月,以禘礼祀周公于大庙。"⑤ 鲁礼之2):祀帝于郊,配以后稷。郑注:"帝,谓苍帝灵威仰也。"⑥ 对应周祭天之禘②南郊祭感生帝,即以后稷配灵威仰。二者一是宗庙殷祭,一是郊天大祭,且文献足征。通过对这二礼的分析,可以揭示郑玄对周鲁关系的认识。

对于郑玄的宗庙禘祫学说,马清源《构造禘祫》一文已梳理出,每一新公即位,为先君三年丧毕,祫祭于太庙,明年春禘祭(丧毕吉禘),此后以吉禘为基准计算禘祫,三年一祫,五年一禘。⑦ 在宗庙禘祭上,鲁与周最主要的差异,首先当然在于祭祀对象不同,就此无需赘述。除此之外,周、鲁宗庙禘祭的礼制异同,有两点需要说明:

(一)时间相同。《宋书·礼志》载朱膺之议,引郑云:"禘

---

① 孙诒让,《周礼正义》,王文锦、陈玉霞点校,北京:中华书局,2013;黄以周,《礼书通故》,王文锦点校,北京:中华书局,2007;皮锡瑞,《鲁礼禘祫义疏证》,吴仰湘编,《皮锡瑞全集》第4册,北京:中华书局,2015;皮锡瑞,《圣证论补评》,吴仰湘编,《皮锡瑞全集》第5册,北京:中华书局,2015;陈赟,《"以祖配天"与郑玄禘论的机理》,《学术月刊》,2016年第6期;冯茜,《唐宋之际礼学思想的转型》,北京:生活·读书·新知三联书店,2020。
② 冯茜,《唐宋之际礼学思想的转型》第一章,前揭,页66-68。
③ 《礼记正义》卷三十一《明堂位》,前揭,页3225。
④ 《礼记正义》卷四十九《祭统》,前揭,页3488。
⑤ 《礼记正义》卷三十一《明堂位》,前揭,页3226。
⑥ 《礼记正义》卷三十一《明堂位》,前揭,页3225。
⑦ 马清源,《构造禘祫——论郑玄之推论依据及特点》,《原道》,2016年第1辑,陈明、朱汉民主编,北京:新星出版社,2016,页189。

以孟夏,祫以孟秋。"①《明堂位》:"季夏六月,以禘礼祀周公于大庙。"郑注:"季夏,建巳之月也。禘,大祭也。"② 二者一言孟夏,一言季夏,然郑玄以建巳之月解经文"季夏六月",即以天子、诸侯庙禘时间一致,于周历为六月,在夏历为四月。此说合于《王制》郑注:"祭以首时,荐以仲月。"③《杂记》言鲁"七月""有事于祖",是因为鲁日后失礼,以周七月即建午之月禘祭:

> 孟献子曰:"正月日至,可以有事于上帝。七月日至,可以有事于祖。"七月而禘,献子为之也。(注:记鲁失礼所由也。孟献子,鲁大夫仲孙蔑也。鲁以周公之故,得以正月日至之后郊天,亦以始祖后稷配之。献子欲尊其祖,以郊天之月对月禘之,非也。鲁之宗庙,犹以夏时之孟月尔。《明堂位》曰:"季夏六月,以禘礼祀周公于太庙。")④

(二)庙禘礼乐唯牲不同。《明堂位》有言:"凡四代之服、器、官,鲁兼用之。"⑤《祭统》言鲁庙禘之乐舞为天子之乐。⑥《周礼·大司乐》明言周有六代之乐:"云门、大卷、大咸、大磬、大夏、大濩、大武。"⑦贾逵以周所用之礼乐为六代,与鲁用四代之间存在等差:"周兼用六代礼乐,鲁下周,用四代,其祭天之礼,亦宜损于周,故二至之日不祭天地也。"⑧郑说与贾异,认为六代之乐为天子祫祭所用,四代之乐则周、鲁禘祭皆用之。《左传疏》云:"郑康成义以为禘祫各异,祫大禘小。天子祫用六代

---

① 沈约,《宋书》卷十六《礼志》,北京:中华书局,1974,页456。
② 《礼记正义》卷三十一《明堂位》,前揭,页3225、3226。
③ 《礼记正义》卷十二《王制》,前揭,页2894。
④ 《礼记正义》卷四十三《杂记》,前揭,页3399–3400。
⑤ 《礼记正义》卷三十一《明堂位》,前揭,页3232。
⑥ 《礼记正义》卷四十九《祭统》,前揭,页3488。
⑦ 《周礼注疏》卷二十二《大司乐》,阮元校刻,《十三经注疏》,北京:中华书局,2009,页1700-1701。
⑧ 皮锡瑞,《驳五经异义疏证》卷十,吴仰湘编,《皮锡瑞全集》第4册,北京:中华书局,2014,页582。

之乐，禘用四代之乐。鲁有禘乐，谓有周之禘祭之乐。"① 由此可以合理推论，郑玄认为《明堂位》《祭统》所举鲁禘用四代之尊、灌、爵等，与周禘所用相同。其中有差别的是鲁禘"牲用白牡"，郑注："白牡，殷牲也。"② 此说源自《春秋》文公十三年《公羊传》："鲁祭周公，何以为牲？周公用白牲，鲁公用骍犅，群公不毛。"③ 鲁用殷牲是周、鲁宗庙禘祭中的核心差别，其中的义理将在下文讨论鲁郊后具体展开。

鲁礼之2）祀帝于郊，配以后稷，对应周禘②南郊祭感生帝，即以后稷配灵威仰。除二王后与鲁之外，一般诸侯不得郊天。《礼运》："杞之郊也，禹也。宋之郊也，契也。是天子之事守也。故天子祭天地，诸侯祭社稷。"郑注"是天子之事守也"云："先祖法度，子孙所当守。"④ 对于鲁郊礼制，亦有两点补说：

（一）时间不同。《大传》郑注："正岁之正月郊祭之。"⑤《郊特牲》："郊之祭也，迎长日之至也。"郑注："《易说》曰：'三王之郊，一用夏正。夏正，建寅之月也。'此言迎长日者，建卯而昼夜分，分而日长也。"⑥《月令》："是月也，天子乃以元日，祈谷于上帝。"郑注："谓以上辛郊祭天也。《春秋传》曰：'夫郊祀后稷，以祈农事。是故启蛰而郊，郊而后耕。'上帝，大微之帝也。"⑦ 天子郊感生帝，用夏正建寅之月上辛。

郑玄以鲁郊天之日与此有别。《郊特牲》郑注云：

> 郊之用辛也，周之始郊，日以至。（注：言日以周郊天之月而至，阳气新用事，顺之而用辛日。此说非也。郊天之月而日至，鲁礼也。三王之郊，一用夏正，鲁以无冬至祭天于圆丘之事，是以建子之月郊天，示先有事也。用辛日者，凡为人君，

---

① 《春秋左传正义》卷三十一，阮元校刻，《十三经注疏》，北京：中华书局，2009，页4227。
② 《礼记正义》卷三十一《明堂位》，前揭，页3226。
③ 《春秋公羊传注疏》卷十四，阮元校刻，《十三经注疏》，北京：中华书局，2009，页4934。
④ 《礼记正义》卷二十一《礼运》，前揭，页3069、3070。
⑤ 《礼记正义》卷三十四《大传》，前揭，页3264。
⑥ 《礼记正义》卷二十六《郊特牲》，前揭，页3146。
⑦ 《礼记正义》卷十四《月令》，前揭，页2936。

当齐戒自新耳。周衰礼废，儒者见周礼尽在鲁，因推鲁礼以言周事。）①

郑玄以《郊特牲》上文所言"迎长日"为夏正，以此处"日以至"为周正建子之月，并破此处"周"为"鲁"，王肃等后世经学家多非郑说。②郑玄"三王之郊，一用夏正"之说据《易纬》，鲁郊用周正之说据《明堂位》"孟春正月，乘大路，祀帝于郊"。

郑玄此说并非当时经学家的共识。《春秋》有三卜、四卜、五卜郊之事，亦有四月、五月、九月郊之时。《公羊》以鲁郊非礼，故需卜之："卜郊，非礼也。卜郊何以非礼？鲁郊，非礼也。"③定十五年夏五月郊，《公羊传》："曷为以夏五月郊？三卜之运也。"何休云："运，转也。已卜春三正，不吉，复转卜夏三月，周五月，得二吉，故五月郊。"④依《公羊》、何休之意，鲁郊可用建子、建丑、建寅、建卯、建亥上辛，在此五月中，若次次三卜日不吉，则不郊。《穀梁》说与《公羊》类似，唯以三正月可郊，四月五月则不可，与《公羊》有异，哀元年《穀梁传》云："郊自正月至三月，郊之时也。"⑤《左传》说与《公》《穀》大异，以鲁郊常祀，不须卜可郊与否，故僖三十一年《左传》云："礼不卜常祀。"成十年五卜郊不从，杜注云："卜常祀，不郊，皆非礼。"又《左传》以郊在三正月，四月则不可，襄七年《左传》云："启蛰而郊，郊而后耕。今既耕而卜郊，宜其不从也。"⑥

郑玄说与《左传》类似，《曲礼疏》引郑《箴膏肓》《驳异义》云：

> 若郑玄意，礼不当卜常祀，与《左氏》同，故郑《箴膏肓》云："当卜祀日月尔，不当卜可祀与否。"郑又云："以鲁之郊天，惟用周正建子之月，牲数有灾不吉，改卜后月，故或用周

---

① 《礼记正义》卷二十六《郊特牲》，前揭，页3146。
② 皮锡瑞，《圣证论补评》卷下，前揭，页538。
③ 《春秋公羊传注疏》卷十二，前揭，页4914。
④ 《春秋公羊传注疏》卷二十六，前揭，页5092。
⑤ 《春秋穀梁传注疏》卷二十，阮元校刻，《十三经注疏》，北京：中华书局，2009，页5318。
⑥ 《春秋左传正义》卷十七，前揭，页3976、4138、4207。

之二月三月,故有启蛰而郊,四月则不可。"故《驳异义》引《明堂》云:"孟春正月,乘大路,祀帝于郊。"又云:"鲁用孟春建子之月,则与天子不同明矣。鲁数失礼,牲数有灾不吉,则改卜后月。"①

郑玄所驳《异义》为:"春秋公羊说:礼,郊及日皆不卜,常以正月上丁也。鲁与天子并事变礼。今成王命鲁使卜从乃郊,不从即已,下天子也。鲁以上辛郊,不敢与天子同也。"②

郑玄以《春秋》卜郊为卜日与牲,鲁郊可用三正月之辛日(上辛、中辛、下辛),与天子用夏正上辛不同。然《春秋》确有卜郊不从之事,但郑玄不以"卜从乃郊"为鲁"下天子"之证,而把鲁卜郊不从与郊牛口伤、鼷鼠食其角归为一类,以之同为鲁懈慢失礼之表现。《礼运》郑注:"鲁之郊,牛口伤、鼷鼠食其角,又有四卜郊不从,是周公之道衰矣。言子孙不能奉行兴之。"③郑玄以鲁郊合礼,不以卜之与否为周鲁之别。

那么,周、鲁郊天在时间上的差异,到底意味着什么呢?《郊特牲》郑注:"三王之郊,一用夏正,鲁以无冬至祭天于圆丘之事,是以建子之月郊天,示先有事也。""先有事"之语,可见于《礼记·礼器》:

> 君子曰:礼之近人情者,非其至者也。(注:近人情者亵,而远之者敬。)郊血,大飨腥,三献爓,一献孰。(注:郊,祭天也。大飨,祫祭先王也。三献,祭社稷五祀。一献,祭群小祀也。爓,沉肉于汤也。血、腥、爓、孰,远近备古今也。尊者先远,差降而下,至小祀,孰而已。)是故君子之于礼也,非作而致其情也。(注:作,起也。敬非己情也,所以下彼。)此有由始也。(注:有所法也。)是故七介以相见也,不然则已悫,三辞三让而至,不然则已蹙。(注:已,犹甚也。悫、蹙,愿貌,大愿则辞不见,情无由至也。)故鲁人将有事于上帝,必先有事于頖宫。(注:上帝,周所郊祀之帝,谓苍帝灵威仰也。鲁以周

---

① 《礼记正义》卷三《曲礼》,前揭,页2710。
② 皮锡瑞,《驳五经异义疏证》卷七,前揭,页482。
③ 《礼记正义》卷二十一《礼运》,前揭,页3069。

公之故,得郊祀上帝,与周同。先有事于頖宫,告后稷也。告之者,将以配天,先仁也。頖宫,郊之学也,《诗》所谓頖宫也,字或为郊宫。)①

《礼器》此段"论礼以尊远为敬,近人情为亵"。正因如此,行礼之时不可自任己情,而是要有所由为始,"积渐摈相",依次递进,由近及远,自亲至敬,此为"敬慎之至"。② 如鲁人在郊祀上帝之前,要先在頖宫小学中告祭后稷,又如"晋人将有事于河,必先有事于恶池""齐人将有事于泰山,必先有事于配林"。鲁之郊祭,无冬至圆丘祭天,唯有南郊祭感生帝。鲁于建子之月郊天"示先有事",其所先之事,只能是周建寅月郊天。鲁郊既是鲁国大祭,同时也是周天子郊天的关键前置环节,在此鲁相当于天子的摈相,是天子郊天所由法、所由始。鲁郊与周郊,都是郊祀苍帝灵威仰,以后稷配祀,分而观之并无等级差别,但在天(亦即苍帝灵威仰)的视野下合而观之,二者的确存在轻重之差。这是郑玄强调的郊天的时间差异中所提示的微妙的等与不等。

(二)礼制不同。《郊特牲》《明堂位》载:

《郊特牲》:祭之日,王被衮以象天。(注:谓有日月星辰之象,此鲁礼也。《周礼》:"王祀昊天上帝,则服大裘而冕,祀五帝亦如之。"鲁侯之服,自衮冕而下也。)戴冕璪十有二旒,则天数也。(注:天之大数不过十二。)乘素车,贵其质也。旂十有二旒,龙章而设日月,以象天也。(注:设日月,画于旂上。素车,殷路也。鲁公之郊,用殷礼也。)天垂象,圣人则之,郊所以明天道也。(注:则,谓则之以示人也。)③

《明堂位》:是以鲁君孟春乘大路,载弧韣,旗十有二旒,日月之章,祀帝于郊,配以后稷,天子之礼也。(注:孟春,建子之月,鲁之始郊日以至。大路,殷之祭天车也。弧,旌旗所以张幅也,其衣曰韣。天子之旌旗,画日月。帝,谓苍帝灵威仰

---

① 《礼记正义》卷二十四《礼器》,前揭,页3116。
② 《礼记正义》卷二十四《礼器》,前揭,页3116。
③ 《礼记正义》卷二十六《郊特牲》,前揭,页3148。

也。昊天上帝,故不祭。)①

郑玄以《郊特牲》所言"王礼"为鲁礼。鲁郊用衮冕,下于天子之大裘冕。用旗与天子同。用车为殷之车,因《明堂位》云:"大路,殷路也。乘路,周路也。"郑注云"鲁公之郊,用殷礼也",鲁郊虽兼用周天子诸侯与殷礼,但如庙禘周公用殷之白牡,殷礼在鲁礼之中占据核心地位。鲁何以用殷礼?对此郑无明文。《明堂位》孔疏云:"'牲用白牡'者,白牡殷牲,尊敬周公,不可用己代之牲,故用白牡。"②文十三年《公羊传》:"周公用白牲。"何注:"白牡,殷牲也。周公死有王礼,谦不敢与文、武同也。不以夏黑牡者,谦改周之文,当以夏辟嫌也。"③孔疏以鲁用殷礼为尊敬周公,用殷礼高于用周礼;何注站在三代改制的立场上,认为鲁用殷礼为鲁谦不敢与天子同,用殷礼低于用王礼。关于这两种说法的取择,郑玄诗说可以给予提示。

《鲁颂谱》:初,成王以周公有太平制典法之勋,命鲁郊祭天,三望,如天子之礼,故孔子录其诗之颂,同于王者之后。问者曰:"列国作诗,未有请于周者。行父请之,何也?"曰:"周尊鲁,巡守述职,不陈其诗。至于臣颂君功,乐周室之闻,是以行父请焉。"④

《商颂谱》:问者曰:"列国政衰则变风作,宋何独无乎?"曰:"有焉,乃不录之。王者之后,时王所客也,巡守述职,不陈其诗,亦示无贬黜,客之义也。"⑤

鲁国之诗与王者之后同,皆为颂。之所以无"鲁风""宋风",是因为二者为天子所尊、所客,故在巡守述职之时不采其诗,表示天子对二者无贬黜之义。但是鲁国作颂,仍请于周,因

---

① 《礼记正义》卷三十一《明堂位》,前揭,页3225。
② 《礼记正义》卷三十一《明堂位》,前揭,页3226。
③ 《春秋公羊传注疏》卷十四,前揭,页4934。
④ 《毛诗正义》卷二十《鲁颂谱》,阮元校刻,《十三经注疏》,北京:中华书局,2009,页1312。
⑤ 《毛诗正义》卷二十《商颂谱》,前揭,页1338。

《鲁颂》为鲁国之臣颂其君僖公之功，宜使天子闻之以扬其善。从中可以看出，郑玄认为周室对待鲁国，尊之同于二王后，故不采其诗以观善恶，但是鲁国以臣自处，故其作颂须请于天子，与宋不同。鲁用殷礼，一方面是天子尊鲁，尊之、客之如二王后的表示，一方面又是鲁自卑不敢与天子礼同的体现。孔疏、何注的两种取向相兼乃具。

综合上述，不论是鲁郊天用夏正，还是鲁禘、郊时用殷礼，都体现出周鲁之间复杂的关系。将二王后纳入比较，杞、宋得郊天，"杞之郊也，禹也。宋之郊也，契也。是天子之事守也。""天子之事守"，即"先祖法度，子孙所当守"。杞、宋之先祖曾为天子，故在周时虽为诸侯，仍可用夏、殷之王礼郊各自的感生帝与先祖（杞郊白帝白招拒以禹配，宋郊黑帝汁光纪以契配）。鲁无"天子之事守"，虽可与周同郊苍帝灵威仰以后稷配祀，但其时用周正，"示先有事"，为周郊天之傧相。与之相应，二王后之禘、郊用夏、殷王礼，而鲁非殷后，得用殷礼，究其原因，一方面是天子尊之如二王后，另一方面也是鲁自卑不敢拟于王者礼制。由此可见，在鲁用王礼之事上，郑玄作了复杂而又细腻的处理。周以周公之故，待鲁如二王后，尊之、客之。鲁用殷礼，自卑不与天子礼同；用周正，为天子郊天之所由始。其中，周、鲁之间没有绝对的、"客观的"尊卑高低之分，而是在相互的关系、在与天的关系中表示出各自的尊尊之义。郑玄对周鲁关系的这一处理，可与其对周公践位摄政的认识相互发明。

二 成王与周公："代王"之义

周公是否称王是学术史上的一桩公案。在经学史上，这个问题既涉及霍光、王莽的合法性，也与今古文经学之争相关。在近代学术史中，这一问题又进入疑古的视野，并将出土文献纳入讨论范围。本文无意直接介入这个绵延千年的大问题，仅尝试探讨郑玄对这一问题的理解。本文认为，郑玄在天子－王这个一体两面的结构中理解周公践位摄政，与他对周鲁关系的认识可以关联起来。

郭伟川在《周公称王与周初礼治》一文中总结了近代学术史

上对周公是否称王的三种代表性意见：

> 一是顾颉刚先生在遗作中指出周公既执政，又称王；二是马承源先生持完全相反的意见，认为周公既未执政，更无称王；三是杨向奎先生折衷尊俎，引经据典，指出周公有摄政，但无称王。①

可以发现，这几种解释的背后蕴含着同样的共识，即承认君／王－臣的二元对立结构。这一对立结构并非近代人的发明，早在宋代，二程就将这一对立当作天理："父子君臣，常理不易。"②二程认为周公从未践天子之位，只作为冢宰即天子之相处理国事，管摄众官：

> 问：世传成王幼，周公摄政，荀卿亦曰"履天下之籍，听天下之断"，周公果践天子之位，行天子之事乎？
> 曰：非也。周公位冢宰，百官总己以听之而已，安得践天子之位？③

然而，在两汉经学中，"君"这一身份隐含着"天子"与"王"两种面向。刘伟基于对《尚书·金縢》的分析，提出：

> 天子受命于天帝，王受命于祖先；天子与天联结的纽带为生民，王与祖先联结的纽带为继承而来的土地；天子广有四海，王权则直辖于王畿；天子最重要的品质是凝聚人心的德，而王最核心的品质则是恪守祖先成业的才。④

这一分疏具有启发性，但此结论成立的前提在于承认周公

---

① 郭伟川，《周公称王与周初礼治——〈尚书·周书〉与〈逸周书〉新探》，郭伟川主编，《周公摄政称王与周初史事论集》，北京：北京图书馆出版社，1998，页187。
② 程颢、程颐，《程氏遗书》，上海：华东师范大学出版社，2010，页62。
③ 程颢、程颐，《程氏遗书》，前揭，页295。
④ 刘伟，《天帝与祖先：〈尚书·金縢〉解义》，《开放时代》，2020年第2期。

称王,并非经学的视野。本文尝试从经学的角度,梳理郑玄对天子－王这一一体两面的结构以及对周公摄政一事的理解,在最终结论上与之有异。"天子"与"王"的区分,突出体现在《白虎通》中:

> 天子者,爵称也。爵所以称天子何？王者父天母地,为天之子也。故《援神契》曰:"天覆地载,谓之天子,上法斗极。"《钩命决》曰:"天子,爵称也。"帝王之德有优劣,所以俱称天子者何？以其俱命于天,而王治五千里内也。《尚书》曰:"天子作民父母,以为天下王。"①
>
> 或称天子,或称帝王何？以为接上称天子者,明以爵事天也。接下称帝王者,得号天下至尊之称,以号令臣下也。②

"天子"的字面义即"天之子",指示的是天命所授,与一个朝代的德运相关联。"王"则意味着仁义所归往,是最高统治者个人对邦畿内臣民的治理与教化。《王制》孔疏辨明为何言"王者之制禄爵"而不言"天子之制禄爵"时有云:

> 《白虎通》云:"王是天子爵号。"《穀梁传》曰:"王者,仁义归往曰王,以其身有仁义,众所归往谓之王。"王者制统海内,故云"王制",不云"天子制"也。③

天子不一定都是王者,换言之,圣人才能既是天子,又是王者:

> 《伏生大传》:圣人者,民之父母也。母能生之,能食之。父能教之,能诲之。圣王曲备之者也,能生之,能食之,能教之,能诲之也。为之城郭以居之,为之宫室以处之,为之庠序学校以教诲之,为之列地制亩以饮食之。故《书》曰:"作民父

---

① 陈立,《白虎通疏证》卷一,北京:中华书局,1994,页1-4。
② 陈立,《白虎通疏证》卷二,前揭,页47。
③ 《礼记正义》卷十一《王制》,阮元校刻,《十三经注疏》,北京:中华书局,2009,页2861。

区分"天子"与"王"两个面向是两汉经学的基本共识。对此,还可举出易纬《乾凿度》、何休《解诂》之说作为印证:

> 《乾凿度》:孔子曰:"易有君人五号:帝者,天称也;王者,美行也;天子者,爵号也;大君者,兴盛行异也;大人者,圣明德备也。"②
>
> 《公羊解诂》:王者号也,德合元者称皇。孔子曰:"皇象元,逍遥术,无文字,德明谧。"德合天者称帝。河洛受瑞,可放仁义,合者称王。符瑞应,天下归往。天子者,爵称也。圣人受命,皆天所生,故谓之天子。③

两汉经学中似还有另一种对天子与王的区分方式,即京师/畿内称王、夷狄称天子。《左传疏》引贾逵云:"诸夏称天王,畿内曰王,夷狄曰天子。"④《曲礼》注疏详言之云:

> 君天下曰"天子",朝诸侯、分职、授政、任功,曰"予一人"。(注:皆摈者辞也。天下,谓外及四海也。今汉于蛮夷称天子,于王侯称皇帝。《觐礼》曰:"伯父实来,余一人嘉之。"余、予,古今字。)
>
> [疏]:"君天下"者,"天下"谓七千里外也。天子若接七千里外四海之诸侯,则摈者称天子以对之也。所以然者,四海难伏,宜尊名以威临之也。不言王者,以父天母地,是上天之子,又为天所命,子养下民,此尊名也。崔灵恩云:"夷狄不识王化,无有归往之义,故不称王临之也。"不云皇者,戎狄不识尊极之理,皇号,尊大也,夷狄唯知畏天,故举天子威之也。"朝诸侯"者,此谓接七千里以内诸侯也。……自"朝诸侯"

---

① 皮锡瑞,《尚书大传疏证》卷四,吴仰湘编,《皮锡瑞全集》第1册,北京:中华书局,2015,页166。
② 赵在翰,《七纬》卷二,北京:中华书局,2012,页39。
③ 《春秋公羊传注疏》卷十七,前揭,页4978。
④ 《春秋左传正义》卷二十六,前揭,页4134。

以下，皆是内事，故不假以威称，但自谓"予一人"者，言我是人中之一人，与物不殊，故自谦损。《白虎通》云："王自谓一人者，谦也，欲言己才能当一人耳，故《论语》云：'百姓有过，在予一人。'臣下谓之'一人'者，所以尊王者也。以天下之大，四海之内，所共尊者一人耳。"]①

《曲礼疏》提到许慎、服虔等人亦持此说。京师/畿内称王、夷狄称天子之说其实并不与《白虎通》对天子与王的区分相矛盾，反而是对后者的补充。如《曲礼疏》所提示的，正因"天子"一词有"父天母地"、为天命所授的内涵，因而"天子"一称才可以用于应接不可被仁义归化的夷狄。与此相应，"予一人"一词是王者之称，在对邦畿或京师之臣民朝见、授政、任功时称"予一人"，正是王者在内事上施行教化的体现，即《白虎通》所谓"王治五千里内也"。②

综合上述，在两汉经学中，天子干系天命，王者关联教化。如《曲礼》注疏显示的，郑玄接受这一区分。本文想进一步指出，基于对天子与王的区分，可以澄清郑说之中成王与周公的关系。首先，郑玄并不如二程那样，认为周公只是作为天子之相的冢宰。在郑玄的理解中，周公从摄政到归政有身份的改变。郑玄以《豳风·狼跋》言周公摄政七年后"复成王之位"之事，成王在周公居摄之时并不是完全的君的身份：

　　《狼跋》，美周公也。周公摄政，远则四国流言，近则王不知。周大夫美其不失其圣也。（郑笺：不失其圣者，闻流言不惑，王不知不怨，终立其志，成周之王功，致大平，复成王之位，又为之大师，终始无怨，圣德著焉。）

　　……公孙硕肤，赤舄几几。（笺云：公，周公也。……孙之言孙遁也。周公摄政，七年致大平，复成王之位，孙遁辟此，成公之大美。欲老，成王又留之，以为大师，履赤舄几几然。）③

---

① 《礼记正义》卷四《曲礼》，前揭，页2727。
② 陈立，《白虎通疏证》卷一，前揭，页3。
③ 《毛诗正义》卷八《狼跋》，前揭，页853。

又《明堂位》孔疏引郑玄《箴膏肓》云:"周公归政,就臣位乃死,何得记崩?隐公见死于君位,不称薨云何?"①其中提到周公复成王位后居于臣位。这表明在郑玄看来,周公摄政时不居臣位。

周公居摄,可以说是居于君位。与此相配合的是,郑玄认为周公此时可自称为王,《尚书》所记诰命中的"王若曰"都是周公自称:

> 《大诰》:王若曰:猷!大诰尔多邦,越尔御事。[疏:郑玄云:"王,周公也。周公居摄命大事,则权称王。"惟名与器不可假人,周公自称为王,则是不为臣矣。大圣作则,岂为是乎?]②
>
> 《康诰》:周公咸勤,乃洪大诰治。[疏:郑玄以洪为代,言周公代成王诰,何故代诰而反诰王?]王若曰:孟侯,朕其弟,小子封。③

孔传认为,《大诰》《康诰》中的"王若曰"皆是"周公称成王命",而非周公自称。孔疏站在孔传的立场上,认为郑玄之说使周公僭越成王。与郑玄时代更为接近的王肃,对"王若曰"的理解也与孔传一致,而与郑玄相悖,《明堂位》孔疏有引:

> 天子负斧依,南乡而立。(注:天子,周公也。)[疏:以周公朝诸侯,居天子位,故云"天子,周公也"。故《大诰》云:"王若曰。"郑云:"王,谓周公居摄命大事,则权称王也。"王肃以为称成王命故称王,与郑异也。]④

郑玄显然不像王肃那样,认为周公完全居于臣位,"王"之所指只能是成王。结合上文揭示的两汉经学中对"天子"与"王"的

---

① 《礼记正义》卷三十一《明堂位》,前揭,页3224。
② 《尚书正义》卷十三《大诰》,阮元校刻,《十三经注疏》,北京:中华书局,2009,页420。
③ 《尚书正义》卷十四《康诰》,前揭,页431。
④ 《礼记正义》卷三十一《明堂位》,前揭,页3224。

区分，可以得出这样的结论：在郑玄看来，周公"朝诸侯于明堂，制礼作乐，颁度量，而天下大服"。① 其居摄时之所处正是王位。与此同时，周公摄政，其中并不涉及天命的转移，在天子之位的始终只有成王一人。

虽然天子不一定都是王者，但是当天子与王两个身份同时存在时，二者本应统一在一人身上。然而周公居摄一事恰恰体现了两个身份的某种分离。这种分离并不是成王对应天子，周公对应王者这么简单，如上文所引《尚书》郑注，其中有意提到周公只是"权称王""代成王"，而不是直接称王。对于这一区分，还可举出别的例子，如郑玄《发墨守》提到，周公不同于鲁隐公："隐为摄位，周公为摄政，虽俱相幼君，摄政与摄位异也。"② 鲁隐公摄位称王，当是之时，桓公全然是臣子身份。但是周公与成王的情况与此不同，周公仅"摄政"而不"摄位"。与此相应，郑玄也认为，周公作为"天子"（实际上是"王"），接受诸侯朝觐之时，所用之礼仪与真正的王者有别：

> 昔者周公朝诸侯于明堂之位，（注：周公摄王位，以明堂之礼仪朝诸侯也。不于宗庙，辟王也。）天子负斧依，南乡而立。（注：天子，周公也。负之言背也。斧依，为斧文屏风于户牖之间，周公于前立焉。）……此周公明堂之位也。（注：朝之礼不于此，周公权用之也。朝位之上，上近主位，尊也。）③

此处经注虽概言"朝"，但其实所指为诸侯秋觐之事，因天子之位为"负斧依"，《曲礼》有言："天子当依而立，诸侯北面而见天子曰觐。天子当宁而立，诸公东面，诸侯西面曰朝。"④ 郑玄认为，诸侯觐天子，受挚、受享皆在庙："秋见曰觐，一受之于

---

① 《礼记正义》卷三十一《明堂位》，前揭，页3224。
② 《礼记正义》卷三十一《明堂位》，前揭，页3224。按，《明堂位》郑注"周公摄王位"，似与《发墨守》所言矛盾。然此注经文为："昔者周公朝诸侯于明堂之位"，"摄王位"仅指"摄王者所处明堂之位"，并非与"摄政"相对的"摄位"之义。
③ 《礼记正义》卷三十一《明堂位》，前揭，页3223。
④ 《礼记正义》卷五《曲礼》，前揭，页2739。

庙。"① 周公接受诸侯朝觐之时在明堂,与天子在庙不同,这是行权之礼,为了"辟王"。

周公并非完全的王者,换言之,他那并非天子的身份使他只可"摄政"而不能称王。周公是代理的王者,但这同时意味着他"本质上"不只是天子之相。与此相应,周公的这一身份由成王赋予,也不是说成王原本是天子－王,而将"王"的身份分割给周公。郑玄重构周初史事,认为武王崩后两年,周公为冢宰总摄王政。三年管、蔡流言起,周公避位出居东都。五年有雷雨大风之变,成王启金縢之书,知周公之志,亲迎周公归而摄政,即为摄政元年。当年三监(管叔、蔡叔、霍叔)及淮夷叛,周公东征,三年后而归。② 郑玄此说不同于《尚书大传》《史记·鲁世家》和王肃《金縢》注的说法,即以武王卒后周公即摄政,管叔流言后周公即东征。《书传》《鲁世家》对金縢一事的处理则是,周公卒后雷雨大风,成王及大夫启金縢之书,以王礼葬周公。③ 在郑玄理解的周初史事中,周公在成王心有疑虑时即出避,在成王自新迎归后才摄政,而不是在武王崩后当即居摄。这既是周公的"忠孝"臣心,也是成王"自新"之后尊任周公的体现。④

综合上述可以认为,成王作为天子,本非能敷政的王者。只在他"自新"迎周公归而摄政之后,成王才有了王者的身份。成王对王者身份的拥有,与他对此身份的让渡互为前提。与之相呼应,对周公而言,他的忠孝臣心让他代王摄政,"成周之王功",同时也让他不会妄图转移天命,成为与天子身份合一的、完全的王者——若周公真的这么做了,他便不再是"仁义归往"之人。周公的"代王"身份得以成立的关键就在于"代"。周公对王者身份的接纳,与他对此身份的拒绝互为前提。简言之,周公是代理的王者,成王则是隐藏的王者。王者的身份并非仅属于成王或周

---

① 《礼记正义》卷五《曲礼》,前揭,页2739。
② 《毛诗正义》卷二《邶鄘卫谱》,前揭,页622;《毛诗正义》卷八《豳谱》,前揭,页826。
③ 皮锡瑞,《尚书大传疏证》卷五,前揭,页242。司马迁,《史记》卷三十三《鲁周公世家》,北京:中华书局,1982,页1518;《毛诗正义》卷八《豳谱》,前揭,页826。
④ 王鸣盛,《尚书后案》卷十三,北京:中华书局,2010,页658;杨起予,《〈金縢〉经义纷争与郑玄注的意图》,中山大学硕士学位论文,2016。

公,而是在相互之间的关系中形成并表现出来。

在郑玄对周公居摄一事的理解上,体现出与鲁礼学说类似的结构,其核心在于对身份的关系性理解。成王尊任周公为王者,周公之于成王仍"辟王"。成王与周公的关系,与周鲁关系之间可以建立起紧密的逻辑关联。成王尊任周公为王者,由此,鲁国确实为王者之后,周待鲁自然应如二王后,鲁国可以庙禘周公以天子礼乐,郊禘感生帝配以后稷。但从周公与鲁国的角度来说,周公并非天子,"摄政"而不"摄位",仅为"代王"。因此鲁国在行郊禘之礼时,同样自卑不敢同于王者之后,与杞、宋的礼制有别。在结构、内容上,都能看到郑玄对周公的认识与鲁礼学说的一致和关联。

余 论

郑玄的鲁礼学说复杂且精妙,他一方面认为鲁之郊禘用天子礼不为僭礼,另一方面又对周鲁郊禘的细节作了安排。鲁用殷礼,郊天之时为周正,这表明周鲁在相互关系中体现的尊尊之义:天子尊鲁如二王后,但鲁仍自卑不敢拟于周。与之相呼应,在郑玄对周公的理解中,王者的身份并非仅属于成王或周公,而同样相互叠加,在不同的关系中体现出来。成王尊任周公为王者,周公的臣心使他仅"代王""摄政"。由此,郑玄对周公的理解,与他的鲁礼学说可以直接勾连起来:成王尊任周公为王者,由此,对周而言鲁确实为王者之后,可行周礼。但从周公与鲁国的角度来说,周公并非天子,自辟于王。因此鲁国在行郊禘之礼时,自卑而不敢与杞、宋的礼制相同。郑玄对鲁礼郊禘与周公摄政问题认识的核心,正在于他对君臣、尊卑身份的关系性理解。

从历史的角度概言之,对于鲁之郊禘的问题,中唐以前的经学家多认为鲁可用天子礼,郑玄、何休、杜预、王肃、崔灵恩、皇侃皆有认可鲁用天子礼的记载。而在啖助、赵匡之后,鲁用天子之禘郊为僭礼则成为经学家的普遍共识。与之相应,宋代之后的经学家也大多认为周公摄政而不称王,自始至终一直居于臣位。这一经学判断的转变,体现的是君臣观的改变,有历史和思想的背景。此处仅简述禘礼与禘说的演变来展示这一点。曹魏及之后北朝的郊祀虽然吸收了郑玄说,将昊天上帝与五方帝都纳入皇帝祭祀的系统,但是感生帝祭祀逐渐变得不再重要。在贞观礼中,尚且规定正月祭祀感生帝含枢纽;而在显庆礼、开元礼中,正月祭祀的主体对象也变成昊天上帝,五方帝只是从祀。[①] 在禘礼学说上,中唐时期的赵匡承袭王肃说并加以发展,以禘礼"禘其祖之所自出,以其祖配之"非指以始祖配感生帝,而是以始祖配祀始祖所自出之人帝。后世经学家如王夫之、惠士奇等人理解的禘祭也都与之类似,以其只与天子的君统相关,祭祀对象是始祖所自出之人帝,其性质为宗庙祭祀。[②] 贬低感生帝,以及将禘祭理解为只与君统相关,都强调皇帝自身直接来源于最高的昊天上帝的超绝地位。落实到《白虎通义》"天子－王"一体两面的话语中,可以说作为"仁义归往"的"王"这一面向被极大削弱,一个不是皇帝却在事实上是敷政之王者的人不复有存在的可能。后世经学家否认鲁用天子礼、否认周公称王,正是这一认识的结果。郑玄所提供的则是在这一趋势发展到不可逆转之前,对天子、对皇帝的一种不同的政治构想。

[①] 金子修一,《古代中国与皇帝祭祀》,肖圣中、吴思思、王曹杰译,上海:复旦大学出版社,2017,页27-58;金子修一,《中国古代皇帝祭祀研究》,徐璐、张子如译,西安:西北大学出版社,2018,页21-64。
[②] 陈赟,《郑玄"六天"说与禘礼的类型及其天道论依据》,《陕西师范大学学报》(哲学社会科学版),2016年第2期。

真德秀《大学衍义》在元代的流传及其影响

周春健

(中山大学哲学系)

摘　要:南宋儒臣真德秀推崇朱子四书之学,羽翼《四书章句集注》而撰著《大学衍义》四十三卷,成为四书学史上的重要著述。编撰此书,乃出于对当朝皇帝宋理宗的谏诤,内容上以帝王为治之序与为学之本为纲,故带有鲜明的经筵特色。南儒赵复被俘北上传学,使元代北方学术发生了四书学转向,元代帝王对于《大学衍义》也甚为重视,将其列为经筵进讲的重要教材。与此相关,《大学衍义》在元代的端本堂教育和学校书院教育中也得到广泛流传,产生了良好教育效果。《大学衍义》对元代学术的影响,主要在于出现了诸多模仿其开创的"衍义体"的著述。由于真德秀及《大学衍义》在元代的重要地位,元人曾建议将真氏从祀孔庙。随着朱子其人其学地位的逐步提升,真德秀从礼孔庙在明、清两代成为现实。

关键词:真德秀　《大学衍义》　元代经筵教育

南宋儒臣真德秀(1178—1235,字景元,后改希元,号西山,福建浦城人)所撰《大学衍义》四十三卷,是中国理学史、四书学史上的一部重要著作。此书无论在政治领域还是在学术领域,都对后世产生了重要影响。考察《大学衍义》一书在元代的流传及其影响,既可以窥见元代四书学史之一斑,也可以了解元代君臣的某些政治观念,对认识"四书"时代之学术与社会颇有意义。

一 《大学衍义》的编撰及其经筵特色

《大学衍义》乃就《四书》中的《大学》一书推衍发挥而成，并且受到朱子(1130—1200)的直接影响，因此显然是宋代四书学的产物。《大学衍义》的成书经历了一个不断修订的过程，有学者考证，该书始撰于宋理宗宝庆元年(1225)，草成于绍定二年(1229)，修订于绍定五年(1232)，最后成书于端平元年(1234)，距其去世仅有一年。①

谈及《大学衍义》的编撰动机，真西山云：

> 臣尝妄谓："《大学》一书，君天下者之律令格例也，本之则必治，违之则必乱。"近世大儒朱熹，尝成《章句》《或问》以析其义。宁皇之初，入侍经帷，又尝以此书进讲。愿治之君，倘取其书玩而绎之，则凡帝王为治之序、为学之本，洞然于胸次矣。臣不佞，窃思所以羽翼是书者，故剟取经文二百有五字，载于是编，而先之以《尧典》《皋谟》《伊训》与《思齐》之诗、《家人》之卦者，见前圣之规模，不异乎此也；继之以子思、孟子、荀况、董仲舒、扬雄、周敦颐之说者，见后贤之议论，不能外乎此也。②

朱子的四书学体系特别强调四部书的排列次序，而以《大学》居于首位，他认为：

> 某要人先读《大学》，以定其规模；次读《论语》，以立其根本；次读《孟子》，以观其发越；次读《中庸》，以求古人之微妙处。③

---

① 参孙先英，《真德秀学术思想研究》第四章，上海：上海人民出版社，2008，页164。
② 真德秀，《大学衍义》卷首《大学衍义序》，影印文渊阁《四库全书》，台北：台湾商务印书馆，1986，第704册，页498下栏、499上栏。
③ 朱熹，《朱子语类》卷十四《大学一》，朱杰人等主编，《朱子全书》第14册，上海：上海古籍出版社/合肥：安徽教育出版社，2002，页419。

当然，朱子主要强调的是《四书》习学角度的《大学》居先，真德秀在这里则更强调《大学》作为"君天下者之律令格例"的首要地位，以为愿治之君关注《大学》，则"凡帝王为治之序、为学之本，洞然于胸次"。不过，这丝毫不妨碍真西山对朱子之学的尊崇与维护，《宋史》本传即载：

> 然自侂胄立伪学之名以锢善类，凡近世大儒之书，皆显禁以绝之。德秀晚出，独慨然以斯文自任，讲习而服行之。党禁既开，而正学遂明于天下后世，多其力也。①

所谓"伪学"，即指被时任丞相的韩侂胄（1152—1207）打压的以朱子之学为代表的"道学"，朱子《四书章句集注》诸书，便是"庆元党禁"中首当其冲的禁书。真德秀竭力讲习并服行之的，正主要是朱子四书之学。② 真德秀在《大学衍义》序文中，还特意强调撰作《大学衍义》以"羽翼"朱子《大学章句》《或问》的意愿，更可见受到朱子四书学的直接影响。

《大学衍义》一书，无论从编撰动机还是其实际应用看，都具有明显的经筵特色。首先，真德秀本人即拥有经筵讲臣的身份。理宗即位之初，召西山为中书舍人，寻擢礼部侍郎、直学士院，曾入见而奏启理宗"惟愿陛下知有此失而益讲学进德"。③ 理宗初御清暑殿，西山以经筵讲臣身份侍上，曾劝理宗"惟学可见明此心，惟敬可以存此心，惟亲君子可以维持此心"。④ 其间，真德秀曾因得罪权相史弥远（1164—1233）而遭弹劾落职。绍定六年（1233），史弥远去世，理宗亲政，遂于次年召回真德秀，西山"乃以《大学衍义》进，复陈祈天永命之说，谓'敬'者德之聚"。⑤ 此时距其落职，已经整整十年。

其次，真德秀撰著《大学衍义》，不同于一般的学术著述，

---

① 脱脱等，《宋史》卷四三七《真德秀传》，北京：中华书局，1985，页12964。
② 清人全祖望曾云："西山之望，直继晦翁。"见黄宗羲、全祖望，《宋元学案》卷八十一《西山真氏学案》，北京：中华书局，1986，页2695。
③ 脱脱等，《宋史》卷四三七《真德秀传》，前揭，页12962。
④ 脱脱等，《宋史》卷四三七《真德秀传》，前揭，页12962。
⑤ 脱脱等，《宋史》卷四三七《真德秀传》，前揭，页12963–12964。

其目的正在于为帝王提供为治之方。当年赋闲归家时，西山专心修撰《西山读书记》，曾对门人说："此人君为治之门，如有用我者，执此以往。"① 《大学衍义》便是从《西山读书记》中抽出单行之本。这里的人君亦非泛指，确切说便指当朝皇帝宋理宗。真德秀在《大学衍义札子》中曾言：

> 恭惟陛下有高宗之逊志时敏，有成王之缉熙光明。即位以来，无一日不亲近儒生，无一日不讲劘道义。自昔好学之君，未有加焉者也。臣昨值龙飞之初，获陪讲读之末，尝欲因《大学》之条目附之以经史，纂集为书，以备清燕之览。匆匆去国，志弗之遂。而臣区区爱君忧国之念，虽在畎亩，未尝少忘。居闲无事，则取前所为而未遂者，朝夕编摩，名之曰《大学衍义》。②

可见，西山《大学衍义》之撰，乃专为理宗而发。正缘于此，朱鸿林先生称：

> 《衍义》是有感而发、有为而作的。从《衍义》的序和进书时所上的表、状，以及尚书省札子等文件看，《衍义》正是真氏直上理宗的谏诤。③

又次，与这一"直上理宗"的用意相关，《大学衍义》在体例和内容上，也都体现出明显的经筵特色。比如对于《大学》一书的定位，便强调此书为君臣之所用之政治价值，称：

> 为人君者，不可以不知《大学》；为人臣者，不可以不知《大学》。为人君而不知《大学》，无以清出治之源；为人臣而

---

① 脱脱等，《宋史》卷四三七《真德秀传》，前揭，页12963。
② 真德秀，《大学衍义》卷首《大学衍义札子》，前揭，页500上栏。
③ 朱鸿林，《理论型的经世之学——真德秀〈大学衍义〉之用意及其著作背景》，《中国近世儒学实质的思辨与习学》，北京：北京大学出版社，2005，页8。

不知《大学》，无以尽正君之法。①

全书在体例设置及内容编排上，也有意将与帝王为治有关的内容贯穿进去。《大学衍义札子》阐说全书体例称：

> 首之以帝王为治之序者，见尧、舜、禹、汤、文、武之为治，莫不自心身始也；次之以帝王为学之本者，见尧、舜、禹、汤、文、武之为学，亦莫不自心身始也。此所谓纲也。首之以明道术、辨人材、审治体、察民情者，格物致知之要也；次之以崇敬畏、戒逸欲者，诚意正心之要也；又次之以谨言行、正威仪者，修身之要也；又次之以重妃匹、严内治、定国本、教戚属者，齐家之要也。此所谓目也，而目之中又有细目焉。每条之中，首之以圣贤之典训，次之以古今之事迹。诸儒之释经论史有所发明者录之，臣愚一得之见，亦窃附焉。②

《大学衍义》以"帝王为治之序"和"帝王为学之本"二者为纲，以"格物致知之要""诚意正心之要""修身之要""齐家之要"四者为目。与《大学》经传文本相比，一方面，缺少《大学》八目中的"治国、平天下"二目；另一方面，《大学衍义》在体例内容上与朱子围绕《大学》文本的章句释经体例不同，更带有鲜明的作为政治教本的经筵讲义性质。

二 《大学衍义》与元代经筵

《大学衍义》甫一进献，便得到理宗的高度赞赏，理宗对该书及真德秀之进言表示"欣然嘉纳"。③后世更是将其作为经筵进讲频率极高的读本，为历代君臣所推崇。明人即曾有这样的评价："西山《衍义》一书，万世人君之轨范，为政之准绳。"④《大学衍义》在元代经筵进讲中，也曾发挥过重要作用。

---

① 真德秀，《大学衍义》卷首《大学衍义序》，前揭，页498下栏。
② 真德秀，《大学衍义》卷首《大学衍义札子》，前揭，页500。
③ 脱脱等，《宋史》卷四三七《真德秀传》，前揭，页12964。
④ 涂山，《明政统宗》卷十七，明万历刻本。

张帆先生认为，元代经筵的发展，以泰定元年（1324）为界，大体可分前后两个阶段。前期是胚胎阶段，这一阶段中，具体的经筵进讲事例并不罕见，但无论进讲时间、进讲地点、进讲形式等，都没有形成固定的制度。自泰定帝开始进入后期定型阶段，元代经筵才有了制度上的具体规定。①有元一代，无论帝王还是儒臣，对《大学衍义》均较为看重，在帝王经筵以至太子教育方面，都曾有所推重。元代由于特殊的政治情形，还推出了一些配套措施，以保证《大学衍义》在经筵领域的顺利推行。

自南儒赵复（约 1215—1306）在德安之战（1235 年）中被俘北上传学，尤其是在位于燕京的太极书院大力弘扬程朱之学，"北方经学，实赖鸣之。游其门者将百人，多达材"，②带来北方学风的四书学转向。由此，无论帝王还是学者，都受到四书之学的深刻影响。在这一背景下，皇帝的经筵进讲也加入四书学的内容。比如元世祖忽必烈尚在潜邸时，就曾向儒臣窦默（1196—1280）问以治道，窦默答以："帝王之道，在诚意正心。心既正，则朝廷远近莫敢不一于正。"③又曾"访求遗逸之士，遣使聘（王）鹗。及至，使者数辈迎劳，召对。进讲《孝经》《书》《易》及齐家治国之道、古今事物之变，每夜分，乃罢。世祖曰：'我虽未能即行汝言，安知异日不能行之耶！'"④"诚意正心""齐家治国"之学，便是《大学》八目之主要内容。"我虽未能即行汝言，安知异日不能行之耶"的表态，也表明忽必烈此时对于四书之学的充分肯定。

忽必烈早在为亲王时，即曾与许国祯、赵璧（1220—1276）等金末儒士有所接触，并对儒学表现出浓厚兴趣。《元史·赵璧传》载：

  赵璧，字宝臣，云中怀仁人。世祖为亲王，闻其名，召见。

---

① 参张帆，《元代经筵述论》，《元史论丛》第五辑，北京：中国社会科学出版社，1993，页 136–159。
② 姚燧，《牧庵集》卷四《序江汉先生死生》，影印文渊阁《四库全书》，台北：台湾商务印书馆，1986，第 1201 册，页 441 上栏。
③ 宋濂等，《元史》卷一五八《窦默传》，北京：中华书局，1976，页 3730。
④ 宋濂等，《元史》卷一六〇《王鹗传》，前揭，页 3756。

呼秀才而不名,赐三僮,给薪水。命后亲制衣赐之,视其试服不称,辄为损益,宠遇无与为比。命驰驿四方,聘名士王鹗等。又令蒙古生十人,从璧授儒书。敕璧习国语,译《大学衍义》,时从马上听璧陈说,辞旨明贯,世祖嘉之。[①]

这一记载,大概是元代帝王(或尚为亲王、尚在潜邸时)在类似经筵进讲领域(此时尚不算正式意义上的经筵)接受《大学衍义》的最早记录。从"世祖嘉之"的反应看,他对赵璧"辞旨明贯"的讲说相当满意。这一态度,与窦默、王鹗等讲说"诚意正心""齐家治国"之学时的反应,一脉而相承,这是其后来推行以儒治国方略的一个思想基础。赵璧、窦默、王鹗等儒臣集中讲说《大学》《大学衍义》,也进一步表明当时元朝北方四书学的兴盛。而赵璧以"国语"蒙文翻译《大学衍义》,固然是面对蒙古统治者讲说经典的实际需要,同时,这一形式也加速《大学衍义》在整个元朝的传播。

继世祖之后的元成宗铁穆耳,即位前曾从真定名儒董文用学习经书,有一定的儒学素养。在位前期屡开经筵,曾召张文谦(1215—1283)、焦养直(1238—1310)等人进讲经史。对于《大学衍义》,成宗也曾表现出浓厚兴趣。元人苏天爵(1294—1352)称:

> 元贞、大德之初,天下号为无事。退朝之暇,优游燕闲,召公(按:韩公麟)读《资治通鉴》《大学衍义》。公开陈其言,缓而不迫,凡正心修身之要、用人出治之方、君臣善恶之迹、兴坏治忽之由,皆烂然可睹。帝从容咨询,朝夕无倦。[②]

这里所谓"正心修身之要、用人出治之方、君臣善恶之迹、兴坏治忽之由"等,也正是《大学衍义》的主要内容。"帝从容咨询,朝夕无倦",表明成宗对《大学衍义》思想的接受。惜乎成宗在位后期因多病不理朝政,经筵进讲渐趋荒废,也失去更多接触

---

① 宋濂等,《元史》卷一五九《赵璧传》,前揭,页3747。
② 苏天爵,《滋溪文稿》卷二十二《资善大夫太医院使韩公行状》,北京:中华书局,页373。

了解四书学的机会。至于后继的武宗海山,因长期抚军漠北,对汉文化较为隔膜。武宗曾对《孝经》表示过推崇,但未见其对其他经书及四书学产生过兴趣,《大学衍义》或许未能进讲。1311年,元仁宗爱育黎拔力八达即位,因在其任上恢复元代科举,并规定首考《四书》,且以朱子《四书章句集注》为基本依据,实现了四书学与国家制度的有效链接,从而给元代四书学带来革命性变化,大大加速了《四书》在元代的流行与传播。仁宗自幼生活在汉地,早年师事汉中名儒李孟(1255—1321),受儒家思想的浸染较深。仁宗任皇太子时,即对《大学衍义》表示了强烈好感,《元史·仁宗纪》载:

> (大德十一年五月)甲申,武宗即位。六月癸巳朔,诏立帝为皇太子,受金宝。遣使四方,旁求经籍,识以玉刻印章,命近侍掌之。时有进《大学衍义》者,命詹事王约等节而译之。帝曰:"治天下,此一书足矣!"因命与《图象孝经》《列女传》并刊行,赐臣下。①

身为皇太子的元仁宗,不但命儒臣王约(1252—1333)等翻译出《大学衍义》的蒙文节本,还真正在经筵中习学此书,并给予其"治天下,此一书足矣"的至高评价,且将其作为重要赏赐,颁赐臣下,②足见《大学衍义》在元代帝王及经筵中的崇高地位。

仁宗即位后,经筵进讲中亦有《大学衍义》,并曾令人将全本译为蒙文。《元史·仁宗纪》载,延祐四年(1317)夏四月,

> 翰林学士承旨忽都鲁都儿迷失、刘赓等译《大学衍义》以进,帝览之,谓群臣曰:"《大学衍义》议论甚嘉。"其令翰林学士阿怜铁木儿译以国语。③

"《大学衍义》议论甚嘉"的看法,对仁宗而言实一以贯之。

---

① 宋濂等,《元史》卷二十四《仁宗纪一》,前揭,页536。
② 王圻辑,《续文献通考·经籍考》(明万历刻本)又载:"(延祐)五年八月,复以江浙省所印《大学衍义》五十部赐朝臣。"
③ 宋濂等,《元史》卷二十六《仁宗纪三》,前揭,页578。

讲说此语并命人将《大学衍义》译为蒙文的时间为延祐四年,距元朝恢复科举后的正式开科取士(延祐元年)已有四年,四书学的观念在元代君臣心目当中已较稳固。延祐五年(1318),元仁宗又曾将《大学衍义》颁赐给河北易州人敬俨以及诸朝臣,①以示礼遇,这与《大学衍义》在经筵受到重视直接相关。

继任的元英宗硕德八剌,亦将《大学衍义》列为经筵进讲书目当中,《元史·英宗纪》载:

> (延祐七年十二月乙卯)翰林学士忽都鲁都儿迷失译进宋儒真德秀《大学衍义》,帝曰:"修身治国,无逾此书。"……以《大学衍义》印本颁赐群臣。②

元英宗对待《大学衍义》的这一态度,与他自幼受到的儒学教育直接相关。英宗尚为皇太子时,其父仁宗即曾吩咐将"前代帝王治天下的文书"交予英宗习读,这其中就包括真德秀的《大学衍义》和唐太宗的《帝范》等。③

至于泰定帝也孙铁木儿时期,元代的经筵制度渐趋完备,比如泰定元年(1324)二月,"开经筵。壬午,会议进讲事宜条奏,勅讲官赐坐。三月壬寅,上御明仁殿听讲"。④这表明,元代经筵开始初步形成一系列严整制度。泰定帝时期的经筵进讲中,《大学衍义》依然是重要内容之一,《元史·泰定帝纪》载:

> (泰定元年二月)甲戌,江浙行省左丞赵简,请开经筵及择师傅,令太子及诸王大臣子孙受学,遂命平章政事张珪、翰林学士承旨忽都鲁都儿迷失、学士吴澄、集贤直学士邓文原,

---

① 《元史》卷一七五《敬俨传》:"五年夏五月,拜中书参知政事,台臣复奏留之。俨亦陛辞,不允。赐《大学衍义》及所服犀带。每入见,帝以字呼之,曰威卿而不名,其见礼遇如此。"(前揭,页 4095)又,《元史》卷二十六《仁宗纪三》:"(五年九月)己卯,以江浙省所印《大学衍义》五十部赐朝臣。"(前揭,页 586)
② 宋濂等,《元史》卷二十七《英宗纪一》,前揭,页 608–609。
③ 王士点、商企翁编次,《秘书监志》卷五《秘书库》,杭州:浙江古籍出版社,1992,页 95。
④ 危素编,《临川吴文正公年谱》,清乾隆二十一年刻本。

以《帝范》《资治通鉴》《大学衍义》《贞观政要》等书进讲,复敕右丞相也先铁木儿领之。①

谈到元代的经筵进讲时,张帆先生认为:

> 元代经书进讲较多者首推《尚书》,另外《易》《诗》等也曾进讲。真德秀《大学衍义》在元代影响很大,成为经筵的一部主要教材。……值得注意的是,《四书》在元代经筵进讲中尚未显示出特殊地位。这一点与明、清有很大差别。②

此话诚然! 至于明、清时期,尤其随着明朝永乐年间推出《四书大全》《五经大全》《性理大全》三部《大全》作为科举考试的主要依据,无论在科考领域还是在经筵领域,《四书》居先的地位更加稳固。③ 作为四书学重要著述的《大学衍义》,也伴随这一学术大势,在经筵进讲中占据更重要的地位。④

至于《大学衍义》等儒学著述通过经筵进讲所发挥的作用,一方面,固然会加强元代蒙古统治者的汉化程度和儒学修养,促进其以儒治国政策的推行,使其统治更为稳固;但另一方面,元朝毕竟是一个由少数民族统治的国家,包括对待整个儒家文化,都是在一个较低的起点和严格的限度上展开的。

三 《大学衍义》与元代教育

《大学衍义》受到元代统治者的重视,其影响不仅体现在经筵领域,在教育领域也有体现。今主要从两个方面来展开分析,一是作为皇太子教育的端本堂教育,一是元代的学校、书院教育。

---

① 宋濂等,《元史》卷二十九《泰定帝纪一》,前揭,页644。
② 张帆,《元代经筵述论》,《元史论丛》第五辑,前揭,页142。
③ 参孙承泽,《春明梦余录》卷九《文华殿》;鄂尔泰等,《词林典故》卷三《职掌》。
④ 参张英聘,《试论明代的经筵制度》,《明史研究》第五辑,合肥:黄山书社,1997;陈东,《清代经筵制度研究》,山东大学博士学位论文,2006。

蒙元统治者素来重视太子教育，元朝初年，儒臣王恽（1227—1304）曾对元世祖进言，强调太子教育的重要性，称：

> 孟轲氏曰："天下之本在国，国之本在家，家之本在身。"人君者，天下之表则，故以一身为天下之本；太子者，国之储副，天命所系属，人心所归向。是本正则国正，国正则百官正，百官正则远迩莫敢不一于正。故伊尹之训太甲，正谓此也。①

不难看出，王恽用来劝说世祖重视太子教育的理论依据，正来自四书之学。有元一代，自世祖至元十一年（1274）开始设立东宫，后又延请设置太子太师、太傅、太保等职位。至元顺帝至正九年（1349），正式定名为"端本堂"，让皇太子学于其中，以右丞相脱脱、大司徒雅不花等主其事。王风雷先生认为：

> 元代的皇太子教育机构的名称也有一个演变过程，最终命名为端本堂。所有这些，无论机构的规模，还是所设官员数，都已远远超过了金代的水平。②

值得一提的是儒士李好文，好文字惟中，大名府东明县人，曾参与《宋史》《辽史》《金史》的编纂。顺帝开设端本堂时，李好文正任太常礼仪院使。顺帝曾命好文以翰林学士兼谕德，遭好文极力拒绝，

> （好文）上书宰相曰："三代圣王，莫不以教世子为先务，盖帝王之治本于道，圣贤之道存于经，而传经期于明道，出治在于为学，关系至重，要在得人。自非德堪范模，则不足以辅成德性。自非学臻阃奥，则不足以启迪聪明。宜求道德之鸿儒，仰成国家之盛事。而好文天资本下，人望素轻，草野之习，而久与性成，章句之学，而寖以事废，骤膺重托，负荷诚难。必

---

① 王恽，《秋涧集》卷七十八《端本》，影印文渊阁《四库全书》，台北：台湾商务印书馆，1986，第1201册，页147下栏。
② 王风雷，《元代的端本堂教育》，《内蒙古大学学报》（哲学社会科学版），1992年第2期。

别加选抡,庶几国家有得人之助,而好文免妨贤之讥。"①

好文的谦逊以及对待太子教育的敬畏,得到顺帝的称赞,"丞相以其书闻,帝嘉叹之,而不允其辞"。②于是好文进言道:

> "欲求二帝三王之道,必由于孔氏,其书则《孝经》《大学》《论语》《孟子》《中庸》。"乃摘其要略,释以经义,又取史传及先儒论说,有关治体而协经旨者,加以所见,仿真德秀《大学衍义》之例,为书十一卷,名曰《端本堂经训要义》,奉表以进,诏付端本堂,令太子习焉。③

《端本堂经训要义》十一卷,清人朱彝尊《经义考》、黄虞稷《千顷堂书目》、倪灿和卢文弨《补辽金元艺文志》、金门诏《补三史艺文志》等目录书,均有著录。这部在元代端本堂教育中居于重要地位的著述,即仿照真德秀《大学衍义》而来,由之亦可见《大学衍义》在元代太子教育领域的重要影响。

《大学衍义》与元代学校、书院教育的关联,则可以通过一部儒学教材来考察,这部教材便是由鄞县(今属浙江宁波)学者程端礼(1271—1345)编纂的《读书分年日程》三卷。

《读书分年日程》,又称《进学规程》《读书工程》或《读书日程》。此书初编于元仁宗延祐二年(1315)八月,刊刻于元顺帝元统三年(1335)十一月。④按照程端礼本人的说法,《分年日程》是在朱子弟子辅广所撰《朱子读书法》的基础上编纂而成的。全书凡三卷,卷首为"纲领",收录"白鹿洞书院教条""程董二先生学则""西山真先生教子斋规""朱子读书法"以及朱子论读书相关言论数则。其中"西山真先生教子斋规",包括学礼、学坐、学行、学立、学言、学揖、学诵、学书等八条,即为真德秀之倡导。

在正文中,程端礼将青少年的读书学习分为三个阶段:"八

---

① 宋濂等,《元史》卷一八三《李好文传》,前揭,页4217-4218。
② 宋濂等,《元史》卷一八三《李好文传》,前揭,页4218。
③ 宋濂等,《元史》卷一八三《李好文传》,前揭,页4218。
④ 参程端礼,《读书分年日程》之《自序》及《跋语》,清福州正谊书院藏版。

岁未入学之前""自八岁入学之后""自十五志学之年"。于每一阶段,《分年日程》皆详细规定当读之书之目录、读法及日程安排。"八岁未入学之前",主张读程逢原增广之《性理字训》。"自八岁入学之后",则先读《小学书》正文,次读《大学》经传正文,次读《论语》正文,次读《孟子》正文,次读《中庸》正文,次读《孝经刊误》,次读《易》正文,次读《书》正文,次读《诗》正文,次读《仪礼》并《礼记》正文,次读《周礼》正文,次读《春秋》经并《三传》正文。待"自十五志学之年",则专心读朱子之《四书章句集注》《或问》等书。

在"自八岁入学之后"的第二个阶段,程端礼述列读书书目及读书之法曰:

> 《小学书》毕,读程氏《增广字训纲》,次看《北溪字义》《续字义》,次读《太极图》《通书》《西铭》,并看朱子解及何北山发挥,次读《近思录》《续近思录》,次看《读书记》《大学衍义》《程子遗书》《外书》《经说》《文集》、周子《文集》、张子《正蒙》、朱子《大全集》《语类》等书。或看或读,必详玩潜思,以求透彻融会;切己体察,以求自得性理。紧切书目通载于此,读看者自循轻重先后之序,有合记者仍分类节钞。若治道,亦见西山《读书记》《大学衍义》。①

这其中,有两处提到真德秀的《读书记》和《大学衍义》。对于二书作用的认识,端礼认为读之一可"自得性理",更重要的则是,《读书记》《大学衍义》是研究"治道"之首选,这也正是《大学衍义》所以受到历代经筵重视的真正缘由。

之所以将《读书分年日程》作为考察《大学衍义》与元代学校、书院教育关联的一个文本,是因为这部书曾经在元代各种不同层级的学校间广为流传,且曾取得良好的教育效果。《元史》本传载:"(端礼)所著有《读书工程》,国子监以颁示郡邑校官,为学者式。"② 清人陆陇其(1630—1692)亦称:

---

① 程端礼,《读书分年日程》卷一,清福州正谊书院藏版。
② 宋濂等,《元史》卷一九〇《史蒙卿传》,前揭,页4343。

当时曾颁行学校，明初诸儒读书，大抵奉为准绳。故一时人才，虽未及汉宋之隆，而经明行修，彬彬盛焉。①

需要说明，程端礼本人一生以讲学为主，"初用举者，为建平、建德两县教谕。历稼轩、江东两书院山长，累考授铅山州学教谕，以台州教授致仕"。②《读书分年日程》正是他在州学、县学及书院的讲学过程中总结而成的。正基于此，李兵先生称："《程氏家塾读书分年日程》虽然是为家塾子弟所作，但实际上成为了指导书院和官学教学的课程教学计划。"③因《读书分年日程》受到重视，真德秀《大学衍义》也随之在元代学校、书院等教育领域得到更广泛的流传。

四 《大学衍义》与元代学术

从学术的角度讲，真德秀《大学衍义》一书对后世的影响，首先在于开创了一种新的经典诠释体例——衍义体。对于这一体例，朱人求先生曾下过一个较为详细的定义：

> 所谓"衍义体"，就是以真德秀《大学衍义》诠释体例作为典范的经典诠释方式。《大学衍义》开创了一种遵循"确立纲目，先经后史，诸子议论，自己按语"的原则和次序的经典诠释体例，它遵从"以义求经"的诠释原则，根据自己的诠释目的和诠释框架来推衍、发挥经义，重视经史互证、理事合一，以经世致用为基本价值取向，以服务帝王为根本目的，带有鲜明的时代性。④

---

① 程端礼，《读书分年日程》附陆陇其跋，清福州正谊书院藏版。
② 黄宗羲、全祖望，《宋元学案》卷八十七《静清学案》，前揭，页2913。
③ 李兵，《书院与科举关系研究》第五章，武汉：华中师范大学出版社，2005，页130。
④ 朱人求，《衍义体：经典诠释的新模式——以〈大学衍义〉为中心》，《哲学动态》，2008年第4期。又参夏福英，《〈大学衍义〉所开创的衍义体之特点——兼谈〈大学衍义〉的结构设计》，《苏州大学学报》(哲学社会科学版)，2016年第1期。

这一新的经典诠释体例,在《大学衍义》的结构安排上体现得非常明显。全书分二纲四目,其下又分四十四细目,每一细目"皆征引经训,参证史事,旁采先儒之论以明法戒,而各以己意发明之,大旨在于正君心、肃宫闱、抑权幸"。[1]朱人求认为,从经典注疏到经典衍义是我国经典诠释学发展的一个新的突破,与传统的经典注疏体式相比,"'衍义体'的突破在于完成了诠释中心、对话客体、诠释的时间性、诠释方法、内容和形式等的根本转变"。[2]虽然"根本转变"一说过于绝对——因为毕竟面对的还是经典本身,是"衍义"而非完全另起炉灶,但《大学衍义》的问世及其流传,确实给学界带来一股新风。

南宋金华儒者王柏(1197—1274),亦著有《大学衍义》一卷。到元代,以"衍义"命名的著作亦有多种,比如吉州吉水人周燚,著有《四书衍义》;安徽旌德人汪注,著有《大易衍义》;新安婺源人程松谷,著有《孝经衍义》;福建福安人谢翱,著有《春秋衍义》十卷;胡震著有《周易衍义》十六卷等。虽然后面几种书,尚无直接文献证据表明受到《大学衍义》的直接影响,而周燚之《四书衍义》却应当与《大学衍义》有直接关联。时人王义山(1214—1287)为该书作序,即曾将二书作比较:

> 衡斋薄蓬莱弗即,老于著书,有《通鉴论断》行于世。今又有《四书衍义》,不特史学精,于理学尤精也。近世真西山作《中庸大学衍义》而不及《论》《孟》,非若衡斋所衍为全书也。[3]

义山在序中,固然是为推崇周燚而标举《四书衍义》为"全书",却也同时点明此书乃顺承真西山《中庸大学衍义》而来。应当说,无论从体例还是内容上,周氏之作都受到西山之作的直接影响。

至于明、清,这一"衍义体"著述更为风行,比如清代康熙时

---

[1] 永瑢等,《四库全书总目》卷九十二《子部·儒家类二》,北京:中华书局,1965,页785。
[2] 朱人求,《衍义体:经典诠释的新模式——以〈大学衍义〉为中心》,前揭,页65。
[3] 王义山,《稼村类稿》卷六《周衡斋四书衍义序》,影印文渊阁《四库全书》,台北:台湾商务印书馆,1986,第1193册,页37。

编撰的《御定孝经衍义》一百卷,康熙帝在序言中明确表示,体例即仿西山《大学衍义》:

> 世祖章皇帝弘敷孝治,懋昭人纪,特命纂修《孝经衍义》,未及成书。朕缵承先志,诏儒臣搜讨编辑,仿宋儒真德秀《大学衍义》体例,征引经史诸书,以旁通其说。[1]

当然,作为"衍义体",最有名的仿作或续作,无疑要数明代海南琼台人丘浚(1421—1495)所撰《大学衍义补》一百六十卷。

> [丘浚]以宋真德秀《大学衍义》止于格致、诚正、修齐,而阙治国、平天下之事。虽所著《读书乙记》采录史事,称为此书之下编,然多录名臣事迹,无与政典,又草创未完,乃采经传子史,辑成是书,附以己见,分为十有二目,于孝宗初奏上之。[2]

虽然丘浚本人并不完全认同真德秀在《大学衍义》中的观点,甚至持一种批判态度,但《大学衍义补》确乎是受了《大学衍义》的影响而撰。四库馆臣也认为《大学衍义补》在思想层面,可以补《大学衍义》"所未备,兼资体用,实足以羽翼而行"。[3]

此外,如新安陈栎(1253—1335)在《尚书集传纂疏》、董鼎在《书传辑录纂注》等著述中,多次引用真德秀《大学衍义》之说以解释经典,则表明西山"衍义体"之解说,又与传统的"经典注疏"体式合二为一了。

五 真德秀从礼孔庙及《大学衍义》在元代的影响

作为朱学后传,真德秀所撰《大学衍义》及《读书记》等著述,

---

[1] 玄烨,《御定孝经衍义序》,叶方蔼等编撰,《御定孝经衍义》,影印文渊阁《四库全书》,台北:台湾商务印书馆,1986,第718册,页1下栏、页2上栏。
[2] 永瑢等,《四库全书总目》卷九十三《子部·儒家类三》,前揭,页790-791。
[3] 永瑢等,《四库全书总目》卷九十三《子部·儒家类三》,前揭,页791。

在治道、性理等方面都对后世产生很大影响。尤其《大学衍义》,更成为南宋以至元、明、清各朝经筵进讲的主要教材,成为各朝政治生活的重要理论指导。四库馆臣也给予真氏以很高评价:

> 德秀《大学衍义》羽翼圣经,此书(按:指《读书记》)又分类铨录,自身心性命、天地五行以及先儒授受源流,无不胪析。名言绪论,征引极多,皆有裨于研究。至于致治之法,《衍义》所未及详者,则于《乙记》中备著其事。古今兴衰治忽之故,亦犁然可睹。在宋儒诸书之中,可谓有实际者矣。①

不惟清代人如此认识,元代人对真德秀及其《大学衍义》也颇为推崇。元顺帝至正十九年(1359)十一月,江浙行省据杭州路申备本路经历司呈,准许胡瑜上牒。胡瑜称:

> 文治兴隆,宜举行于旷典;儒先褒美,期激励于将来。凡在闻知,讵容缄默。盖国家化民成俗,莫先于学校。而学校之设,必崇先圣先师之祀者,所以报功而示劝也。
>
> 我朝崇儒重道之意,度越前古。既已加封先圣大成之号,又追崇宋儒周敦颐等封爵,俾从祀庙庭,报功示劝之道,可谓至矣。然有司讨论未尽,尚遗先儒杨时等五人,未列从祀,遂使盛明之世,犹有阙典。②

胡瑜在这里提到的尚有遗阙未能从祀的五位先儒,分别是杨时(1053—1135)、李侗(1093—1163)、胡安国(1074—1138)、蔡沈(1167—1230)和真德秀。此五人皆为两宋大儒,胡瑜认为:

> 此五人者,学问接道统之传,著述发儒先之秘,其功甚大。况科举取士,已将胡安国《春秋》、蔡沈《尚书集传》表章而尊用之,真德秀《大学衍义》亦备经筵讲读,是皆有补于国家之治道者矣。各人出处,详见《宋史》本传,俱应追锡名爵,

---

① 永瑢等,《四库全书总目》卷九十二《子部·儒家类二》,前揭,页785。
② 宋濂等,《元史》卷七十七《祭祀志六》,前揭,页1921。

从祀先圣庙庭,可以敦厚儒风,激劝后学。如蒙备呈上司,申达朝省,命礼官讨论典礼,如周敦颐等例,闻奏施行,以补阙典,吾道幸甚。①

在这里,胡瑜特意表彰真德秀《大学衍义》在元代经筵中的重要地位,以为其"有补于国家之治道",这也是他将真氏与其他四位大儒并列的主要原因。胡瑜提出,五人"俱应追锡名爵,从祀先圣庙庭",如此做法的目的是"可以敦厚儒风,激劝后学"。这既表明时人对于真德秀《大学衍义》有补治道的充分肯定,也可见出元人对于理学四书学的推崇与表彰。

此次进言的结果是:

至正二十二年(1362)八月,奏准送礼部定拟五先生封爵谥号,俱赠"太师"。杨时追封吴国公,李侗追封越国公,胡安国追封楚国公,蔡沈追封建国公,真德秀追封福国公。各给词头宣命,遣官赍往福建行省,访问各人子孙给付。如无子孙者,于其故所居乡里郡县学,或书院祠堂内,安置施行。②

应当说,真德秀虽然最终未能在元代真正从祀孔庙,但朝廷如此态度,亦是对真氏莫大的认肯。

到了明、清两代,无论官方还是民间,皆有学者再次提出建议真德秀从祀孔庙,这与朱子其人其学地位愈来愈高直接相关。比如浙江义乌人王祎(1321—1373),即曾提出将范仲淹(989—1052)、欧阳修(1007—1072)、真德秀、魏了翁(1178—1237)四人从礼孔庙,理由在于:

真德秀、魏了翁并作,力以尊崇朱学为己任,而圣贤之学乃复明。真氏所著有《大学衍义》《读书记》,魏氏所著有《九经要义》,大抵皆黜异端,崇正理,质诸圣人而不谬,其于圣人之道可谓有功,而足以缵朱氏所传之绪矣。是则此二人者,固

---

① 宋濂等,《元史》卷七十七《祭祀志六》,前揭,页1922。
② 宋濂等,《元史》卷七十七《祭祀志六》,前揭,页1922。

又当继朱氏而列于从祀者也。[1]

在这里，王祎更强调真德秀、魏了翁在"尊崇朱学"方面的功绩，这是从道统传承角度对真、魏二人做出的肯定。

清朝顺治二年（1645），"定称大成至圣文宣先师孔子，春秋上丁，遣大学士一人行祭，翰林官二人分献，祭酒祭启圣祠，以先贤先儒配飨从祀"，[2] 其中"西庑从祀"者，先有"先贤"澹台灭明、宓不齐等六十九人，又有"先儒"公羊高、穀梁赤等二十八人，其中即有"真德秀"。这表明，真西山以其所撰《大学衍义》等有裨于修身治国，而赢得儒学史上尊崇的地位。

* 本文系国家社科基金重大项目"四书学与中国思想传统研究"（15ZDB005）的阶性成果。

---

[1] 王祎，《王忠文集》卷十五《孔子庙廷从祀议》，杭州：浙江古籍出版社，2016，页436。
[2] 赵尔巽等，《清史稿》卷八十四《礼志三》，北京：中华书局，1977，页2533。

潘神的祈祷

——《斐德若》279b8–c3 绎读

李 贺

（中国社会科学院外国文学研究所）

摘 要：柏拉图的《斐德若》是一部爱欲与修辞双主题并行的对话。对话中的旅程以苏格拉底向潘神的祈祷结束，但关于这次祈祷的原因、如何理解其内容及其在文本中的价值，却众说纷纭。柏拉图在传统神话中的潘神形象的基础上增加了新的修辞属性，并结合潘神自身兼具神性与兽性的两面特质，使潘神成为统一爱欲与修辞两大主题的关键形象，同时借助向潘神的祈祷暗示了《斐德若》的核心主题——哲学的修辞，这也是《斐德若》的统一性之所在。哲学的修辞以知识为前提，以辩证法为核心，旨在通过言说引导灵魂走向爱智之路。最终，在哲人的引导下，斐德若开启了他的爱智之旅。

关键词：《斐德若》 潘神 爱欲 修辞 统一性

海德格尔曾说，《斐德若》的"丰富内容是以某种独特的方式构成的，以至于从所有重要方面来看，这篇对话都必须称为最完整的一篇……它其实是柏拉图创作生涯的 $\alpha\varkappa\mu\acute{\eta}$[顶峰]年代的作品"。[①] 这种丰富性和独特性一方面成就了《斐德若》，关于《斐

[①] 海德格尔，《尼采》，孙周兴译，北京：商务印书馆，2015，页 227。

德若》的研究自柏拉图主义时期至今,绵延不绝;另一方面也造成了《斐德若》阐释的困难。《斐德若》的争议性就藏在其内容之中,内容本身显然呈现双主题结构:爱欲和修辞,导致关于《斐德若》呈现表面的分裂,而在《斐德若》(264c)中,柏拉图要求"每篇讲辞都必须组织得有如一个生物……[各部分]相互贴合又浑然成整体"。因此,关于《斐德若》主题及统一性的争议由来已久。① 面对争议,最好的解决方式是直面作品本身,作为一位成熟的作者和哲人,柏拉图不会任由作品内部分裂,我们可以试图从《斐德若》内部寻找答案,而这一答案就潜藏在苏格拉底最后向潘神的祈祷中。

> 亲爱的潘神,以及其他[寓居]这儿的神们,祈请赐予我从内心里面变得美好——无论我有何身外之物,[祈请]让它们与我的内在之物结友。但愿我把智慧之人视为富人,但愿我拥有的金子不多不少是一个明智之人能够携带和带走的那么多。(《斐德若》279b8-c3)②

经历关于爱欲和修辞的对话之后,柏拉图以苏格拉底向潘神和其他在场诸神的祈祷结束《斐德若》这趟灵魂之旅。在这段祷文中,苏格拉底祈求了四件事:一,祈求从内心里面变得美好;二,祈求身外之物与内在之物和谐;三,祈求自我把智慧之人视为富人;四,祈求自己拥有的金子与明智之人的身份相匹配。自古以来,柏拉图研究汗牛充栋,但关于这段祈祷的研究却屈指可数,从赫米阿斯(Hermias)、斐奇诺(Ficino)到现代的柏拉图研究,针对这段祈祷的研究主要集中在以下几个问题:首先,为什么要向潘神祈祷? 其次,这段祷文的内容是随意为之,与前面的正文无关,还是有意为之? 最后,如果这段祷文不是随意而为,

---

① 目前对《斐德若》统一性问题最全面的讨论,参见 Daniel Werner, "Plato's *Phaedrus* and the Problem of Unity", *Oxford Studies in Ancient Philosophy*, 32, 2007, pp. 91-137。该文(92)指出,《斐德若》前后两部分的不一致,不仅表现在主题方面,还表现在写作风格和方法论层面,前半部分写作以长篇演说和神话为主,后半部分则采用问答方式。

② 译文出自刘小枫译,《柏拉图四书》,北京:生活·读书·新知三联书店,2015,页403。下引《斐德若》均据此译本,随文注斯特方码。

那么柏拉图安排这段祈祷意欲何为？[1]

我们抛开争议及相关研究，把《斐德若》和柏拉图的其他对话视为整体，在《斐德若》内部和其所有对话之中进行文本细读，直接面对这段祷告，以下几点值得我们注意：首先是潘神，这个小神在柏拉图的对话中并不多见，[2]这里却成为柏拉图结束整部对话的祈祷神，令人意外。毕竟柏拉图的对话形如戏剧，其开场与结尾都至关重要，尤其是在《斐德若》中，苏格拉底反复强调神的在场（230b、237a7-9、238c5、238d、242b7-c、257a）。在这样的背景下，向潘神祈祷显然是有意为之，不仅彰显潘神的在场，而且意味着潘神与今日的讨论密切相关。那么，柏拉图的这项安排意欲何为？为何潘神成为《斐德若》结束时祷告的对象？其次，苏格拉底祷告的内容也颇值得玩味。无论美、内外和谐，还是智慧、金子、明智，这些都是柏拉图哲学中常出现的语词，也是《斐德若》两部分讨论中出现过的关键概念。因此，我们显然不能脱离《斐德若》的对话内容和柏拉图的哲学体系来讨论这段祷文。最后，《斐德若》作为一部完整的对话，以这段祷文来闭幕和完成，对于《斐德若》整体来说意味着什么？接下来，我们将对这些问题逐一进行分析和讨论。

---

[1] Paul Friedländer, *Platon Band III*, Berlin: Walter de Gruyter, 1975。弗里德伦德(Panl Friedländer)认为这段祷文应与苏格拉底的悔罪诗、《会饮》等柏拉图文本对勘解读(222)。参见 R. Hackforth, *Plato's Phaedrus*, translated with an introduction and commentary, Cambridge: Cambridge University Press, 1952, pp.168-169。哈克法斯(Hackforth)认为这段祷文与整部对话的内容并无特殊关联。柏拉图在这里通过苏格拉底的祈祷重新把对话的乡野背景带入，提醒我们苏格拉底的所感归之于在场诸神。但哈克法斯指出，这段祷文贬低身外之物和身体之善，而重视灵魂之善，是对真实苏格拉底的典型刻画。参见罗森迈尔，《柏拉图的潘神祷词——〈斐德若〉279B8-C3》，崔嵬译，《跨文化研究》，2018年第1期。与哈克法斯不同，罗森迈尔(42)则从隐微与显白的角度出发，提出苏格拉底向潘神祈祷处理的是一般意义上的公开传播的问题，爱若斯掌管的是私人性的口头言辞(logos)，更有助于个人产生哲学思考，是学园内部的言辞，潘神则掌管着更大范围的言辞(logos)，负责启蒙灵魂的迷幻圈子内产生的观念的外在交流，显示了言辞的对内与对外之分。

[2] 《克拉提洛斯》408b-d；《斐德若》263d5、279b-c。

一　为何是潘神？

苏格拉底为何在对话结束时选择向潘神祈祷？为何不向他之前提及的在场的缪斯等其他神祇祈祷？毕竟在《斐德若》此前的所有部分中，潘神并未作为在场神而被提及。而在其他对话中，我们也没有看到类似的向潘神祈祷的案例。但柏拉图对于神及神话的态度一向审慎，不会随意安排神的出场，那么这里潘神的在场和向他祷告就显得颇有深意。我们需要详细考察一下潘神的特质以及柏拉图在其对话中对潘神出场的安排来解读这里的祈祷。

潘（Pan），古希腊语是 Πάν，意思是"整全，全部"，因此，潘神又被视为普遍神。[1]潘神最初是阿卡狄亚（Arcadia）的森林和丛林之神，后成为狄俄尼索斯的从神之一，从地方神祇进入全希腊神话谱系之中。[2]一般认为，潘是赫耳墨斯和德律俄普斯之女所生，人面而羊身，半神半兽，浑身毛发，头上长角，有山羊的蹄子和弯鼻子，有胡须和尾巴，是希腊的森林和牧野之神。[3]潘主管田园、森林，是牧人、猎人、养蜂者和渔夫的守护神；他是一位快乐的神，发明了芦笛，常常徜徉在山野森林之中，与神女们奏乐起舞。同时，潘是好色之神，山羊性淫，潘神又与性和生育有关，象征着旺盛的生育力。在流传的神话中，除了希罗多德的《原史》中记载他在马拉松战役时帮助雅典人大败波斯人之外，其他故事

---

[1] 关于潘如何与"全部"联系在一起，有解释称他之所以获得这个名字是因为他能取悦奥林波斯所有的神，因此得名，参见鲍特文尼克等编，《神话词典》，黄鸿森、温乃铮译，北京：商务印书馆，1985，页233，以及 R. Hard, *The Routledge Handbook of Greek Mythology: Based on H. J. Rose's Handbook of Greek Mythology*, 7th ed., New York: Routledge Taylor & Francis Group, 2004, p. 215。

[2] 关于潘的神话故事、特征及衍变，参见 R. Hard, *The Routledge Handbook of Greek Mythology: Based on H. J. Rose's Handbook of Greek Mythology* (7th ed.), pp. 214-218。

[3] 潘的名字与印欧语的词根 Πα（意为 ΠαcΤЍ [放牧]）有关，参见鲍特文尼克等编，《神话辞典》，前揭，页233。这也许是潘神是牧神的词源根据，而在古希腊神话谱系中，赫耳墨斯的诸多职能中也包括畜牧，赫耳墨斯也是牧人的保护者，作为赫耳墨斯之子，潘神是牧神在神话谱系中也得到合理解释。

都与爱相关。潘神具有旺盛的爱欲,永远在追逐乡野间的水泽仙女(nymphs),还引诱过月亮女神塞勒涅(Selene),甚至为了庇提斯(Pitys)与北风神波瑞阿斯(Boreas)角逐。[1]

潘神的这些基本神话特质决定了柏拉图在对话中对潘神的使用和规定,但柏拉图显然为潘神的象征意义和内涵增加了新的内容。首先,潘神是田园牧歌之神,掌管所有田园事宜,而《斐德若》是唯一发生在田园牧歌的乡下的柏拉图对话。这是苏格拉底第一次来到城外,在自然乡野之中与人交谈,但这样的交谈却并未因走出城邦而离开神的关照。相反,跟随斐德若来到自然中时,苏格拉底已经提及诸神的存在,波瑞阿斯(229c)、水泽女仙和阿喀罗俄斯(230b)、缪斯(259b5、262d3),并且苏格拉底把这部对话中的讨论和言辞都归功于在场诸神的启发(238d),[2] 即在对话的过程中,诸神始终在场。那么作为田园之神,潘神虽未被提及,却始终在场,关照着苏格拉底和斐德若的全部对话,因此,苏格拉底最后向潘神的祈祷也就顺理成章,与他之前向在场的水泽女仙、缪斯和爱若斯的祈祷一样,都是以向在场神祈祷之名总结和表达自己的哲学诉求。

潘神在《斐德若》中一共出现两次,祈祷是第二次,而第一次是在263d5。苏格拉底在开始与斐德若讨论修辞的时候,就把潘神带入对话之中:"阿喀罗俄斯的水泽仙女们,还有赫耳墨斯的儿子潘,他们在演说方面比克法洛斯的儿子吕西阿斯有技艺多啦。"这里,柏拉图显然把潘与修辞关联在一起,赋予潘神与修辞相关的属性。这是柏拉图对传统神话的补充,传统神话中没有

---

[1] 关于这些神话故事,参见 R. Hard, *The Routledge Handbook of Greek Mythology: Based on H. J. Rose's Handbook of Greek Mythology*, 7th ed. pp., 216-217.
[2] 《斐德若》238d:"这地儿好像有神,所以,再讲下去时,一旦水泽女仙兴许附体在我身上……毕竟,眼下我发出的声音差不多就是酒神吟曲了。"刘小枫在此处注释(页304,脚注1)中指出:"提到水泽女仙在柏拉图的作品中仅此一见,'水泽女仙附体'指疯癫地欲求或产生欲求的狂热精神状态。"在古希腊神话中,潘神、水泽女仙和酒神狄俄尼索斯都与欲求、渴望和着迷的神秘迷狂和狂热的状态相关联。赫米阿斯指出"水泽女仙的迷狂"(Nympholepsy)与"潘的迷狂"(Panolepsy)接近,都表达强烈的渴望、狂喜和疯狂,参见春平,《潘神游走在半羊半神之间》,《文明》,2015年第2期,页80、82、85。

涉及潘与修辞或演说之间的关系。潘神的修辞属性，在《克拉提洛斯》中能找到更详细的渊源。在《克拉提洛斯》中，柏拉图详细介绍了赫耳墨斯和潘，赫耳墨斯掌管文字，擅长与言辞和言说相关的事务，"与语言的力量有很大关系"（《克拉提洛斯》408a），言语指称一切（πάν）事物，而潘（Πάν）作为赫耳墨斯之子，"既是言语本身，又是言语的兄弟"，是"言说一切事物并使之循环者"（《克拉提洛斯》408d）。也就是说，根据柏拉图的解释，潘从出身来看，就自带与言说、修辞相关的属性，是言说的主体神，掌管言说，并且这种属性使潘的普遍神的属性体现在言说一切的能力方面。在《斐德若》的第二部分，苏格拉底和斐德若一直在讨论的就是修辞，"凭何种方式才能美好地言说和书写"（259e）。修辞是关于言说的技艺，那么，潘作为言说之神，必然与修辞密不可分。

此外，在《克拉提洛斯》中，柏拉图还揭示了潘的另一特点，即两面性，"上半部分是精致的，下半部分是粗鲁的、好色的"（408d），这种两面性与言语本身的属性有关。潘掌管一切言说，言语指称一切事物，但言语有正确和错误之分，"正确的部分是精致的、神圣的，是居于上界的众神拥有的，而错误的部分是居于下界的凡人拥有的，是粗鲁的、好色的"（408c）。潘神的两面性即指神性与兽性兼具，这在传统神话中已有揭示，他是赫耳墨斯神与凡人结合所生，血统上来说就只具备一半神性。同时他又生就一张丑陋的人脸，而下半身完全是兽类模样。潘一方面作为神象征正义，另一方面其身体的兽性又使他荒淫无道，沉迷身体的情欲，具有旺盛的繁殖欲。这一两面特征，与《斐德若》前半部分讨论的爱欲（eros）呈现出高度的结构相似性。①

在讨论爱欲的部分，柏拉图呈现了两种爱欲。一种是"左的爱欲"（266a5），即"没理性的欲望掌管了冲向正确的意见，[使得这欲望]被引向了美的快乐，而且，这欲望又受到与自身同类的求身体之美的欲望的强劲驱使，并凭靠[这种欲望]引导获得胜利，从这种劲儿本身取得的名称，就被叫做爱欲"（238b-c）。这种"疯狂"的本质是肆心的欲望，即毫无理性地追逐种种快乐，

---

① 在《会饮》中，泡萨尼阿斯区分了"属天的爱若斯"和"属民的爱若斯"。

尤其生理的享乐。"左的爱欲"是生理的爱欲，也就是"恶的爱欲"，实质是欲望的无限满足，属于肆心（hubris）的一种，欲望倾向于过度，身体毫无节制地放纵。另外一种是"右的爱欲"，即哲学的爱欲，是灵魂爱美逐善的神圣欲求，显现为对智慧的热爱和追逐。"右的爱欲"，实质是"善的爱欲"，以美为对象，以灵魂的理性为主导，统御灵魂内部各个部分，实现灵魂内部的和谐。同时在回忆的过程中，灵魂的理性能力逐渐恢复，认知能力增强，爱欲者与被爱欲者在对型相的回忆中建立理性的爱欲关系，以节制为指导原则来把握自己，有规有矩，让灵魂中的非理性部分服从理性的安排，给灵魂中的理性以自由，过上爱智慧的美好生活。潘神与爱欲在两面性方面高度相似，两者在这场爱欲对话中相得益彰。

因此，潘神作为田园牧野之神，既是《斐德若》对话发生的在场神，又与爱欲和修辞这两大主题有密不可分的关联，就理所应当地成为呈现《斐德若》前后统一性的最合适的神祇。苏格拉底向潘神祈祷，是对整部对话的总结，表明《斐德若》的统一性和完整性，也暗示了爱欲与修辞一体的特征，呈现了柏拉图建构爱欲修辞作为哲学修辞的哲学愿景。

二 祈祷的内容

明白了苏格拉底为何要以向潘神的祈祷来结束对话，接下来我们继续探究苏格拉底祈求的内容，逐一分析。这些祈求与《斐德若》的主题有何关系，苏格拉底发出这些祈求意欲何为？苏格拉底一共向潘神祈祷了四件事：一，"祈请赐予我从内心里面变得美好"；二，祈请身外之物与内在之物结友；三，"但愿我把智慧之人视为富人"；四，"但愿我拥有的金子不多不少是一个明智之人所能携带和带走的那么多"。

首先，"祈请赐予我从内心里面变得美好"是苏格拉底的自我期许，也是对开篇的解答："探究我自己，看看自己是否碰巧是个什么怪兽……抑或是个更为温顺而且单纯的动物。"（230a）苏格拉底祈求成为具有内在灵魂之美的哲人。美（kalos）在《斐德若》中是爱欲的对象，是爱欲之所以实现从生理欲求到哲学爱欲的形而上学转化的关键,[①]而灵魂之美在美的存在等级上显然具有更高的排序。在《会饮》中,爱欲在美中孕育和生产,凭借身体,也凭借灵魂(206b),但唯有凭借灵魂的生育才具有不朽的特质,因灵魂作为自动者是不朽的。灵魂不仅不朽,而且是运动的本源和开端,能够在自身内部使自我运动(《斐德若》245e),但身体则是"会死的",依赖灵魂的运动才获得动力和生命力。所以,从存在的等级上看,灵魂显然优于身体。在《会饮》的美的阶梯中,爱欲者在获得灵魂之美后就要扬弃身体之美。

对苏格拉底来说,华服美食、珍馐美馔、美好的容颜、金银珠宝都属于身体享乐之美,是身外之物,属于可感世界中的虚像,在他的认知系统排序中并不具备优先性,反而是要被超越和摒弃的事物。他更看重人的本质存在——灵魂。"内在之美",即灵魂之美,美与灵魂相结合就成为道德的善。[②]苏格拉底希望自己拥有德性,诸如智慧、正义、节制和勇敢等。真正的爱欲是灵魂的自我运动,追逐的是型相本身,在追逐的过程中,必然会扬弃身外之物(252a),所有外在之物都必须与灵魂相契合。在真正的爱欲之中,爱者与被爱者都已卸下身体的皮囊,以灵魂相交,爱者从被爱者的形体之美看到被爱者的灵魂之美。

作为道德善的灵魂之美意味着什么?什么样的灵魂才可称为美的灵魂?美的灵魂即完善的灵魂,与"美的灵魂"相对的是"不美的灵魂",也即不完善的灵魂。在《斐德若》的爱欲部分,苏格拉底用了大量的篇幅(246a-257a)描述灵魂从不完善向完善转化的过程,即灵魂如何在爱欲的过程中解决自己内部三部分相互冲突的问题。"灵魂看起来就像与一堆带翅羽的马拉的马车及其御马者生长在一起的能力"(246a),柏拉图把灵魂的能力分

[①] 参见 Paul Friedländer, *Platon Band III*。弗里德伦德敏锐地指出,我们要在美与爱的关系之中去考量苏格拉底的这个请求,意欲内在美,就欲求灵魂美(222)。

[②] 对柏拉图哲学中美善关系的分析,参见王柯平,《柏拉图的美善论辨析》,《哲学动态》,2008年第1期。

为三部分：御马者象征理智，白马象征激情，黑马象征欲望。[1]由于人灵魂的不完善，在面对美的对象、受到美的刺激时，灵魂的三部分产生了不同的欲望需求和反应机制：理智会克制自己的欲望，白马受羞耻的强制也追随理智，但黑马却义无反顾地想要靠近美的对象以期获得性爱的满足。爱欲从生理欲求转化为爱美、求真、致善的哲学爱欲的过程，就显现为灵魂内部的挣扎的过程，也是理智驯化黑马、实现灵魂和谐的过程。

灵魂每个部分的职能不同，作为统筹者，理智不仅能推理和判断善恶，最重要的是理智能知道什么对灵魂的每个部分及灵魂整体有益（《理想国》442c6-8）。白马的天性是服从，黑马的天性是叛逆，两者都只能看到眼前的利益，即"如何对自己有利"，而理智考量的却是对总体的灵魂来说最好的做法是什么。为了实现对整体来说最好的目标，理智会在适当的程度内考虑满足欲望的目标，确保欲望的存在合理且合规。欲望的诉求具有排他性，即欲望部分的行动只是为了满足其自身的欲求，但理智的行动则具有包容性，需要在适度满足灵魂每一部分的需求的同时达到灵魂内部的和谐。欲望遵从理智的指导，从长远来看也有利于自身，如果一味地追求欲求的满足，则会让灵魂走上不归路，灵

---

[1] 关于柏拉图在《斐德若》中对灵魂三分的塑造是否能与《理想国》中的灵魂三分画等号，学者颇有争议，主要分为两种倾向。一，相似论：认为《斐德若》中的灵魂马车与《理想国》中的灵魂三分具有直接的相似性，虽然不能完全吻合，代表有 G. R. F. Ferrari, *Listening to the Cicadas: A Study of Plato's Phaedrus*, Cambridge: Cambridge University Press, 1987, p.185; A.W. Price, *Love and Friendship in Plato and Aristotle*, New York: Oxford University Press, 1989, p.75; Harvey Yunis, *Plato: Phaedrus*, Cambridge: Cambridge University Press, 2011, p.138。二，相异、分离论：由于柏拉图在《斐德若》中没有严格使用"灵魂的部分"来说明，所以不能直接把《斐德若》中灵魂的形相与《理想国》中的作类比，《斐德若》中的灵魂马车表明灵魂内部有三种不同的运动，该观点的代表有 I. M. Crombie, *An Examination of Plato's Doctrines*, vol. 1, New York: Humanities Press, 1962, 1, pp.343-359; G. M. A. Grube, *Plato's Thought*, Boston, MA: Beacon Press, 1958, 136; W. K. C. Guthrie, *A History of Greek Philosophy*, vol. 4, Cambridge: Cambridge University Press, 1987, 4, pp.421-425; Frisbee C. C. Sheffield, "Eros before and after Tri-partition", ed. Brittain, Barney and Brennan, *Plato and the Divided Soul*, Cambridge: Cambridge University Press, p. 222; 泰勒，《柏拉图——生平及其著作》，谢随知、苗力田、徐鹏译，济南：山东人民出版社，1991，页436。

魂的羽翼永远无法得到滋养,在轮回中打转,继续堕落下去,最终是对灵魂整体的伤害。理智关心灵魂整体的善。只有当灵魂在理智的统筹之下发挥作用时,爱者才能以理智的方式去爱欲被爱者,灵魂的羽翼才有可能重生,两者才能成为哲人。

因此,在灵魂内部建立以理智为纲、适度满足其他各部分需求的秩序,才能实现灵魂的善,也就是灵魂之美,这也是苏格拉底祈求的内在美,这是哲人的灵魂状态。

苏格拉底的第二个祈求与第一个祈求密切关联在一起。在第一个祈求里,苏格拉底祈求神赐予内在美,也即灵魂之美,灵魂拥有理智主导的内部和谐秩序。第二个祈求则转向灵魂之外,"无论我有何身外之物,[祈请]让它们与我的内在之物结友",即哲人在祈求以灵魂的和谐为尺度,使灵魂之外的身外之物与理性灵魂保持和谐,即灵魂为身体立法,身体要服从灵魂的调配,而欲望要服从理智的安排。[1] 苏格拉底的祈求,真正的聆听者是斐德若,所以对神的祈求也是对斐德若的劝诫。斐德若本人在对话开场时呈现的是爱欲身体的状态,他听从医生阿库美诺斯的劝说走出城邦去锻炼身体,并且携带着智术师的讲辞,而且斐德若把苏格拉底也带出城邦。[2] 但在整个对话结束后,经过苏格拉底的引导,斐德若已经从对身体的爱欲转向对灵魂的爱欲,从对智术师修辞的爱欲转向对哲学修辞的爱欲。所以苏格拉底在这里再次提醒斐德若,对哲人来说,灵魂之美才是最重要的,外在之物要适应并且服从灵魂的安排。

接下来,我们把苏格拉底剩下的两个祈求放在一起更好理

---

[1] 研究者大多把这一内外之分与《会饮》中阿尔喀比亚德把苏格拉底描述成外表丑陋而肚内有各种神像的西勒诺斯联系在一起,参见 Diskin Clay, "Socrates' Prayer to Pan", *Arktouros: Hellenic Studies Presented to Bernard M. W. Knox on the Occasion of His 65th Birthday*, edited by Glen W. Bowersock, Walter Burkert and Michael C. Putnam, Berlin, Boston: De Gruyter, 2011, pp. 345-353, 350-351.

[2] 这里也许还潜藏一个柏拉图的隐喻,内外之分,既是灵魂的内外之分,也是城邦的内外之分,对话开场时苏格拉底被迫跟随斐德若来到城外,而对话结束后,斐德若跟随苏格拉底返回城内。相关分析,参见 Jonathan Lavilla de Lera, "The Prayer to Pan of Plato's *Phaedrus* (279b8-c3): An Exhortation to Exercise the Philosophical Virtue", *Symbolae Osloenses*, 2018, 92, pp.1, 65-106, 78。

解。"但愿我把智慧之人视为富人,但愿我拥有的金子不多不少是一个明智之人所能携带和带走的那么多。"这里涉及哲人的两个德性:智慧与节制。

首先,哲人把智慧视为财富,这是对《斐德若》278d4-5给出的哲人定义的回应。柏拉图在《斐德若》278d4-5把哲人界定为"热爱智慧者"($\varphi\iota\lambda o\sigma o\varphi\acute{o}\varsigma$),热爱智慧者居于有智慧的和没学识的之间,永远欲求智慧,且能获得部分智慧,但不可能拥有全部智。因为人作为有限的存在,其理智受限于其可朽的存在,只有神才是智慧者。拥有全部智慧,且永不受损。柏拉图认为,在所有德性之中,"智慧"是首要的德性,且占比最高(《普罗塔戈拉》330a),是所有德性之中的领导者,其他德性,如勇敢、节制和正义都要凭靠智慧(《斐多》69b),从而赋予"智慧"以卓越的道德地位。这也就意味着,"智慧"不是关于具体事务的本领,而是理智的德性,担负着协调灵魂内部和谐的重任。柏拉图在《斐德若》中把灵魂的形象比作一辆马车,智慧对应的就是御马人的德性,协调灵魂内各部分的关系,统筹全局,控制灵魂的方向,掌握着主体的行动。在《欧蒂德谟》中,柏拉图表示,智慧能够使人"行事正确且永走好运"(280a),即智慧作为一种德性,对人的行动起着正面的主导作用,而这种主导力来源于"知识"。知识能够给予正确的行为规范,指导人行为处事皆在方寸之间,因此给人带来好运。因此,作为热爱智慧者,哲人把智慧视为财富,以获得智慧为生命中最可贵之事。

但哲人作为有限者,拥有的财富即智慧是有限的,要遵循节制的德性。苏格拉底以金子比拟财富,也就是智慧,他对自我的期待是希望能够拥有"不多不少"的智慧,"不多不少"就是节制。苏格拉底在《斐德若》中的第一篇爱欲演说中,就强调灵魂拥有两种内在法则:天生对诸快乐的欲望与习得的趋向最好之物的意见。欲望会毫无理性地导向种种快乐,这是"左的爱欲";"当趋向最好之物的意见凭靠理性引领和掌权时,这种权力的名称就叫节制"(237e)。节制是理性的基本法则,爱智慧之人是理性之人。虽然智慧之珍贵无与伦比,但苏格拉底对智慧的渴望和追逐没有超越节制的德性,因为这是人的有限性所决定的现实。对柏拉图来说,神才完全拥有智慧且拥有绝对的智慧。哲人作为爱智慧者，虽然拥有智慧，但不拥有所有的智慧，哪怕他热爱所有的智慧，也不能完全得到。柏拉图坚持人与神的区别，与自认拥有全部智慧的智者判然有别。爱欲的激情和狂热容易让人丧失尺度，但以理性为纲的哲人的灵魂不会违背节制的原则。哲学的爱欲是节制之爱，在灵魂马车的神话中，柏拉图描述御马者看到美的男孩时，"便回忆起那些美的自然[天性]，随之就看到这自然[天性]已经与节制一起踏上神像基座"（254b）。理智对美的欣赏与观照维持着节制的尺度，才能控制欲望的肆无忌惮，形成对欲望的约束，建构和谐的灵魂秩序。

苏格拉底祈求的这四件事都是成为哲人的必要条件，在逻辑上呈现出层层递进的关系。在《斐德若》中，哲人在爱欲美的过程中，对美的追逐内化为对灵魂之美、灵魂之完善的追求，从而实现以理智为纲，统筹规划激情和欲望部分的和谐秩序，这是哲人生成的内在要求。哲人生成的外在要求则是其外部要与内在灵魂保持和谐，服从灵魂的安排。在灵魂完善且内外相协的前提下，哲人得以生成，哲人的核心要素是热爱智慧，智慧是哲人最宝贵的德性。但哲人对智慧的获得却不是无穷尽的，要符合节制的要求，只有这样，哲人的形象才得以最终确立。

三 哲学的修辞——爱欲与修辞的统一

向潘神的祈祷不是苏格拉底在《斐德若》中唯一的祈祷，他一共祈求了三次。第一次是在悔罪诗结束时，苏格拉底曾向爱若斯神祈祷，他祈求爱若斯神：

> 别一怒之下收回或废掉您已经赐予我的爱欲术，愿您赐予我的爱欲术让我在美人们面前比现在更值……[求您]让他转向热爱智慧吧……为了爱欲一心一意用热爱智慧的言辞打造生活。（257b）

这次祈祷与向潘神的祈祷一样，都是围绕成为热爱智慧的哲人祈求了四件事，但承上启下，既总结了爱欲作为哲学爱欲的重要性,又开启了关于"热爱智慧的言辞"的开场。第二次祈求是在描述"热爱智慧的言辞"之后,苏格拉底"祈求你和我应该成为这样品质的人"(278b)。向潘神的祈祷是第三次。在这三次祈祷中,苏格拉底祈祷了相同的内容:热爱智慧的爱欲与修辞,即哲学的爱欲与修辞。这也是《斐德若》的核心主题:建构爱欲与修辞相统一的哲学修辞,这是《斐德若》前后的统一性所在,也是最后苏格拉底选择向潘神祈祷的深意。

前面已经论述过,潘神既与言辞相关,又与爱若斯相关,是统一对话主题的神祇。柏拉图在对话末尾潘神的祈祷是对两大主题的综合,呈现了《斐德若》自身的统一性。这种统一性表现在爱欲与修辞这两大主题在对话中的相互交错,而且无论哲学的爱欲还是修辞,都具有明确的灵魂特征,且最终都指向爱智慧的修行。正如弗里德伦德(Friedländer)所说,哲学是最高形式的爱,也是最高形式的修辞。① 哲学的修辞就是"为了爱欲一心一意用热爱智慧的言辞打造生活",而言辞之所以具有这样的特质,在于关于言辞的技艺——修辞术是某种凭言说引导灵魂(psychagogia)的技艺(261a)。

哲学的修辞是柏拉图针对当时流行的智术师修辞所提出的用哲学改造修辞的成果。② 哲学的修辞以知识为前提,以辩证法为核心,旨在通过言说引导灵魂走向哲学之路。

首先,哲学的修辞以真实为前提,真实即"关于事物的真实",是"对事物的自然的研究"(270a),这是哲学修辞的本体论和认识论基础。相对来说,智术师修辞与知识无关,凭借的是"看起来如此的东西"(260a),只是一种说服的技巧,其目的不在于传达知识,而在于说服,使言说者"在那些没有知识的人眼中显得比那些实际拥有知识的人更有知识"(《高尔吉亚》459c),这是一种欺骗。

其次,哲学的修辞诉诸辩证法的演绎,使用分析与综合的

---

① Paul Friedländer, *Platon Band III*, p. 223.
② 柏拉图在其对话中呈现了三种不同的修辞:智者的修辞、政治的修辞(《高尔吉亚》中的"真修辞")和爱欲的修辞(即哲学的修辞)。

方法保证修辞术的论辩合理性。① 所谓分析，即"有能力按其自然生长的关节处依据形相切开这个[与自身融贯一致的东西]"（265e），是由一而多的能力，通过解剖细细澄清，使条理清晰，把事物的真实彰显出来。所谓综合，即"统观分散在各处的东西，然后把它们领进一个型相，以便通过界定每一个具体的东西搞清楚自己想要教诲的无论什么内容"，是由多到一的能力，重点在于从杂多之中看到共相，由此才能方便梳理规划，统一界定，才能言之有物。辩证法的规则考察的是修辞主体的辩证思维能力，由一而多，再由多到一，反复地思考论证，不落痕迹，使讲辞条理清晰，论证有力，从而实现说服的目的。智术师的修辞则诉诸情感的操控，运用各种修辞技巧和表演技巧迎合听众的心理诉求，煽动听众的情绪，奉承迎合，取悦大众，本质是一种"奉承的修辞术"（《高尔吉亚》503a）。

最后，哲学的修辞是某种凭言说引导灵魂的技艺（261a、271d），旨在运用言辞去说服、引导灵魂走上爱智慧的道路。柏拉图用医术和修辞术做类比，医术以身体为对象，而修辞术以灵魂为对象，医术能通过药物和食物给身体带来健康和强健，而修辞术则"应用理性和符合礼法的生活习惯[给灵魂]传递你兴许希望的那种说服和德性"。②

要想引导灵魂，首先要识别灵魂的天性，认识灵魂的真实，要"尽可能准确地勾画灵魂"。灵魂是单一的整全的存在（270c）。就医学来说，仅仅知道药物的作用或者某些药方并不能使某人成为医生，还需要知道药物的应用对象，何时需要药物以及需要多少，这些都属于医生的技艺。同样，对修辞术来说，修辞学家不仅要知道修辞术的目的是引导灵魂，还要知道修辞术适用的对象和如何使用修辞术才能有效引导灵魂，以及该引导灵魂去

---

① 辩证法是柏拉图晚期思想的重要组成部分，在《智术师》《治邦者》和《斐勒布》中尤为突出，参见 R. Hackforth, *Plato's* Phaedrus, p.134, cf. p.135, n. 1. 哈克法斯认为《斐德若》中对辩证法的阐述是柏拉图第一次在对话中直接诠释作为哲学方法的辩证法，而《理想国》中的表述只是大概的说法，而非准确的表达。
② 苏格拉底在这里似乎在影射斐德若。对话开篇时，斐德若遵循医嘱出城散步，苏格拉底在这里是在试图告诉斐德若，灵魂的健康与身体的健康同样重要，甚至更为重要。

往何处。这里也就解释了,在翻案诗中,在讨论爱欲问题之前,苏格拉底为何首先论证了灵魂的不朽本质和自动者的天性。灵魂是爱欲问题发生的本体论基础,只有搞清楚了灵魂的真正的存在,才能为爱欲的发生和转化提供根据。在此基础上,要弄清楚灵魂的动力因和目的因,即"天生凭靠什么对什么起作用,或者天生因什么而受到什么作用"。灵魂作为自动者,是所有运动的原因,也是所有运动的归宿。爱欲是一种灵魂的自我运动,是灵魂向下的坠落和向上的回归运动。

不仅如此,还要运用分析和综合的辩证法对灵魂和言辞分别进行"分门别类,搞清楚每类灵魂受[每类言辞]影响的原因"(271b),从而针对不同的灵魂发表不同的言辞,同时考虑适合的时机、方式方法和技巧,起到引导的作用。柏拉图既承认灵魂的整全,也承认个体灵魂的多样性,针对不同的灵魂,要选择不同的言辞进行引导,即根据每个人的天性去选择不同的教育方式和教育内容。这也解释了,为什么苏格拉底在面对不同对话者时,选取的对话内容和对话方式都不同,因为每个对话者都是独立的灵魂,只有借助有针对性的引导才能使之走上正确的道路。就斐德若来说,他热爱言辞的天性早在对话的开篇就呈现出来(228a),这是爱欲对话展开的原因,也是苏格拉底的识人之明。正因为斐德若具有这样的天性,所以与他讨论爱欲问题和修辞问题才相得益彰,也正是基于这样的天性,他才能够被引导走上爱智慧之路。

苏格拉底是真的祈求神赐予礼物吗? 不是。真正在场的听者是斐德若,苏格拉底是借神之名来劝诫斐德若走上哲学的道路,只是这种劝诫以向神祈愿的传统方式呈现。赫米阿斯曾指出,苏格拉底作为一位教育者具有因材施教的特性,他面对不同的年轻人,会根据他们自身天性的不同,采取不同的教育策略,引导他们走向哲学。[①] 在《斐德若》中,斐德若被塑造为年轻人

[①] Hermias, *On Plato Phaedrus 227a-245e*, trans. Dirk Baltzly & Michael Share, London: Bloomsbury Academic, 2018, p.57 and n. 3。但赫米阿斯表示,苏格拉底利用了斐德若"对哲学的激情"。笔者不同意这一观点,斐德若天性具有激情,但这激情却并不指向哲学,而是修辞,苏格拉底是利用斐德若的激情,通过修辞的诱惑,因势利导,引导斐德若从对修辞的热爱转向对哲学修辞的热爱,从对欲望的激情转向对型相的激情。

的形象,无论其真实年龄如何。① 在这部对话中,柏拉图希望呈现的斐德若是个尚未受到正确引导的年轻人,他的激情和热爱指向不加区分的修辞,还有对身体感受的关注。在与苏格拉底相遇之前,斐德若的立身与生活法则来自医生和修辞学家。他服从医生的指令,去城外散步颐养身体,随身携带修辞学家的文章手稿以陶冶灵魂。这是斐德若的特征:第一,充满激情和欲望;第二,热爱言辞;第三:关注身体的感受。斐德若自始至终呈现出爱欲言辞的天性。② 相应地,苏格拉底也呈现出三种天性:第一,充满激情和欲望;第二,热爱言辞(228b);第三,热爱学习(230d)。

哲学修辞的出现,正是基于柏拉图对斐德若天性的考察。斐德若的天性热爱言辞,具体表现为对修辞的热爱,不加区分的热爱,并且他停留在表层审美层面。他对吕西阿斯演说的欣赏基本停留在对华丽的语词以及对吕西阿斯立意之奇的惊叹中,他从未考虑过修辞自身的形式之美、结构之美,甚至其内容的真实性。对柏拉图来说,如果不能改变斐德若的爱欲天性,那么就赋予其爱欲对象以哲学的规定性,即以辩证法和灵魂学为基础,创作出哲学的修辞来替换斐德若原有的爱欲对象。哲学修辞的核心是辩证法,以辩证法为原则的言辞表现为对话的言辞,即交流主体的在场与互动,信息的动态交换与沟通。辩证法的目的是认识事物的本质,即事物的真实存在。任何事物都是作为整体中的部分而存在,同时作为部分也是独立的内在完整的整体。因此,使用辩证法的修辞具有灵活性,是动态的修辞,也能实现因材施教的灵魂引导。

---

① 关于斐德若的年龄考证及争议,参见 Hackforth, *Plato's Phaedrus*, p.8;另见玛莎·纳斯鲍姆,《善的脆弱性:古希腊悲剧和哲学中的运气与伦理》,徐向东、陆萌译,南京:译林出版社,2007,页311。后者认为斐德若在一定意义上代表狄翁,苏格拉底与斐德若之间的关系是柏拉图与狄翁之关系的映射。
② 在《会饮》中,斐德若倡议开启关于爱若斯的讨论(177d5)。在《斐德若》中,无论吕西阿斯的演说还是苏格拉底的两篇演说,都因斐德若而彰显或写就。

结　语

苏格拉底的三次祈祷，做了相同的祈求（257c、278b5、279c5-6），在苏格拉底的召唤下，斐德若最终随苏格拉底返回城邦，开启了他真正的爱欲智慧之路。[①] 我们把这一结尾与《斐德若》的开篇作比较，可以看出柏拉图用心良苦的首尾设计。在《斐德若》开篇，苏格拉底在城内偶遇斐德若，问他："亲爱的斐德若，打哪儿来，去哪儿？"这一提问如同当头棒喝，拉开整部对话的帷幕。但彼时的斐德若还深陷于智术师的修辞和医生的指导之中，爱欲身体之美，沉迷于智术师修辞之精巧华丽，对灵魂所需毫无所知，甚至以智术师的修辞引诱苏格拉底随他出城，一半强制一半诱惑，试图为苏格拉底做向导，引其为智术师修辞辩护。但在对话的过程中，他原有的信念一点点瓦解，对爱欲对象的选择以及对修辞偏好的理解，都经历了碎裂与重塑的过程。他在哲人的引导下，走上爱欲智慧、关爱灵魂、以辩证法为核心的哲学修辞之旅。整部《斐德若》是斐德若的"奥德赛"，他最终实现了回归智慧的旅程。

[①] 哈克法斯也指出这一点。参 Hackforth, *Plato's Phaedrus*, p. 169。

阿里斯托芬和他的弟子路吉阿诺斯

程茜雯

(中国人民大学文学院古典文明研究中心)

摘 要:德意志启蒙运动的先驱维兰德颇有用意地将阿里斯托芬和路吉阿诺斯的作品第一次译为德文,希望能以自己的翻译抵制形而上学(即当时流行的康德哲学)在社会中的蔓延。维兰德为何选择阿里斯托芬和路吉阿诺斯呢? 这是因为阿里斯托芬和路吉阿诺斯对待哲学的态度一脉相承,他们都担心哲学的传播会动摇城邦或帝国的传统礼法,并采用类似的谐剧笔法对抗哲学的狂热。从这一点来看,路吉阿诺斯不折不扣是阿里斯托芬的弟子,从精神上继承了他的衣钵。

关键词:阿里斯托芬 路吉阿诺斯 旧谐剧 谐剧对话体

阿里斯托芬作为古希腊旧谐剧硕果仅存的人物,代表谐剧能够到达的巅峰。遗憾的是,除了同时代的旧谐剧作家欧珀利斯(Eupolis)、克拉提诺斯(Cratinus)的残篇断章,我们似乎再难见到某种作品包含纯粹的阿里斯托芬精神。米南德代表的新谐剧与阿里斯托芬的旧谐剧全然不同,后世的讽刺作家顶多能习得阿里斯托芬技艺的一星半点,恐怕连莎士比亚这样的伟人,也不能说自己的谐剧笔法超越了阿里斯托芬。不过,有一个人称得上阿里斯托芬的嫡传弟子,那就是萨摩萨塔的路吉阿诺斯(Lucian of Samosata, 120? —180?,又译"卢奇安")。

本文要谈论阿里斯托芬和他的弟子路吉阿诺斯,但我们要先转向另一个人,德意志启蒙运动的先驱、歌德的启蒙老师维兰德(Wieland)。维兰德第一个将阿里斯托芬和路吉阿诺斯的作品尽数译为德语。就算他的古希腊语功夫再深,这也是个浩大的工程,让人不禁要问:为什么是阿里斯托芬和路吉阿诺斯? 维兰德在《路吉阿诺斯全集》(Lucians Sämtliche Werke)的导言中如是说:

> 他(路吉阿诺斯)将苏格拉底对话或哲学对话与欧珀利斯和阿里斯托芬的戏剧融合在一起,从而产生一种新的创作风格,这种风格给了他广阔的空间去发挥他思想的所有能力,并给了他这样一个位置:以某种方式实现他作为一个作家想要为更优秀的公众服务的所有目标,因为他(以及旧谐剧)想要通过批评和讽刺来实现他那纠正(**bessern**)或惩罚(**strafen**)的意图,这意图就隐藏在开玩笑和逗乐的外表背后。①

看来,维兰德看重的是阿里斯托芬和路吉阿诺斯通过批评和讽刺来实现纠正或惩罚的意图,他们二人纠正和惩罚的,便是某种思想的狂热。② 像这师徒二人这样"聪明而冷漠的头脑"(《路吉阿诺斯全集》卷一,S. 21),最适合去抵制狂热。在这位德语译者的语境中,这狂热便是以康德的《纯粹理性批判》(Kritik der reinen Vernunft)为代表的一种蔓延开来的哲学毒素,这一毒素对民众的日常生活危害甚重。为什么选择阿里斯托芬和路吉阿诺斯

---

① Lucian, *Lucians Sämtliche Werke 1 mit Anmerkungen und Erkäuterungen*, von Wieland, Leipzig: Verlag der Weidmannichen Buchhandlung, 1788, SS. 24-25. 维兰德的论述皆为笔者自译。下引此书简称"《路吉阿诺斯全集》卷一",并附页码。
② 维兰德这样的想法,至少在他翻译路吉阿诺斯作品集(1788-1789年出版)的十余年之前就已经形成,可参考维兰德在自己主编的期刊《德意志信使》(Der Teutsche Merkur)1776年1月号上提出的一个议题:冷漠的哲人(kaltblütiger Philosophen)和路吉阿诺斯式的人物(Lucianischer Geister)反对他们称之为激情和狂热的东西(Enthusiasmus und Schwärmerei),这种努力所造成的恶会多于善吗? 反柏拉图派(Antiplatoniker)必须固守在哪些界限内才有益呢? 参莱辛,《一个适时的议题》,收于刘小枫选编,《论人类的教育——莱辛政治哲学文选》,朱雁冰译,北京:华夏出版社,2008,页89-90。

呢？因为他们"刻毒挖苦过'哲学'和'哲学家',或者说抵制过形而上学在社会中的蔓延"。①谈到这个话题,我们自然会想到阿里斯托芬挖苦苏格拉底的谐剧《云》。路吉阿诺斯讽刺"哲学"和"哲学家"的作品更是数不胜数。那么,阿里斯托芬"聪明而冷漠的头脑"挖苦苏格拉底的背后体现了何种思想内涵,他的弟子路吉阿诺斯又如何继承和发挥了这种精神呢?

一 路吉阿诺斯对阿里斯托芬的理解

维兰德作为将阿里斯托芬和路吉阿诺斯师徒二人的作品翻译成德语的第一人,可谓慧眼识珠、披沙拣金,因为阿里斯托芬即便在路吉阿诺斯生活的时代也非主流,事实上新谐剧作家米南德要比他流行得多。令人惊讶的是,路吉阿诺斯偏偏选择学习这位不那么"主旋律"的旧谐剧作家,成为他精神上的弟子。

在古罗马文教传统中,古希腊谐剧诗人阿里斯托芬在不同的文学语境中受到的待遇差异很大。比如在拉丁文学中,西塞罗和昆体良都对阿里斯托芬的作品评价甚高,西塞罗视其为严肃的写作,昆体良直接将这一文体与史诗比肩。二者因此都认可旧谐剧在伦理道德上的引导作用。②贺拉斯(维兰德后来把他的作品也译为德文)虽然宣称"旧谐剧从直言下降为谩骂攻击",他也的确以米南德式的道德说教改变了阿里斯托芬式的谩骂,不过阿里斯托芬的影子仍然在他的作品中时隐时现。③

相较之下,阿里斯托芬在路吉阿诺斯的时代不受重视,譬如他同时代的泡萨尼阿斯(Pausanias)在雅典剧院的门口看到欧里庇得斯和索福克勒斯的雕像,立在那里的谐剧作家却仅有米南德

---

① 伯纳德特,《神圣的罪业:索福克勒斯的〈安提戈涅〉义疏》,"中译本序"(刘小枫),张新樟译,北京:华夏出版社,2005,页23。另可参考利茨玛,《自我之书——维兰德的〈阿里斯底波和他的几个同时代人〉》,莫光华译,上海:华东师范大学出版社,2006。

② Ian Ruffell, "Old Comedy at Rome: Rhetorical Model and Satirical Problem", *Ancient Comedy and Reception: Essays in Honor of Jeffrey Henderson,* ed. S. Douglas Olson, Boston: De Gruyter, 2013, pp. 275-308.

③ I. A. Ruffell, "Beyond Satire: Horace, Popular Invective and the Segregation of Literature", *The Journal of Roman Studies*, 2003, Vol. 93 (2003), pp. 35-65.

一人。[1]按照马鲁(H. I. Marrou)的说法,米南德一直都是希腊修辞术教师最欣赏的谐剧作家,直到罗马帝国末期,对阿里斯托芬的研读才迎头赶上。[2]

路吉阿诺斯的前辈普鲁塔克的文章《阿里斯托芬和米南德的比较》(Comparison of Aristophanes and Menander)中表达的观点可以代表当时多数有教养者(pepaideumenoi)对二者的态度。普鲁塔克不喜旧谐剧,更偏爱米南德,因为米南德谐剧中的人物与措辞两相契合,且具有"引导我们向善的技巧",[3]阿里斯托芬的谐剧却是"粗俗的辱骂、肆无忌惮的发言和对个人的讽刺"(《比较》,页466-467)的典型,是"笑声和粗野毫无意义的结合"(《比较》,页470-471)。除了路吉阿诺斯,[4]第二代智术师对阿里斯托芬的推崇仅限于使用纯粹的阿提卡方言创作谐剧。由于旧谐剧表演已在舞台上消失,阿里斯托芬的戏剧文本或故事沦落到与一些讽刺或笑话故事同等的地位,不过是一些可资阅读的材料而已。[5]在这样的时代环境中,路吉阿诺斯居然奉阿里斯托芬为师,在精神上承袭阿里斯托芬的衣钵,而绝非仅仅借用其讽刺技艺或母题,这就更引人深思了。路吉阿诺斯明确提及阿里斯托芬的地方并不多,并非如亚里士多德论述肃剧一样论述阿里斯托芬的旧谐剧,但他的只言片语极为关键,认知极为精准。在他

---

[1] Pausanias, *Description of Greece I*, trans., W. H. S. Joens, Cambridge: Harvard University Press, 1918, pp. 102-103.

[2] H. I. Marrou, *A History of Education in Antiquity,* trans, George Lamb, New York: The New American Library, 1964, p. 227. See also Niall W. Slater, "Aristophanes in Antiquity: Reputation and Reception", *Brill's Companion to the Reception of Aristophanes*. ed. Philip Walsh (Leiden, Boston: Brill, 2016), pp. 3-21; Anna Peterson, *Laughter on the Fringes: The Reception of Old Comedy in the Imperial Greek World*, Oxford: Oxford University Press, 2019.

[3] Plutarch, "Summary of a Comparison between Aristophanes and Menander", *Moralia X*, trans., Jeffrey Henderson, Cambridge: Harvard University Press, 1936, pp. 466-469。普鲁塔克的论述皆为笔者自译。以下引用本文仅随文括注文章名简写《比较》,及原书页码。

[4] 可能还有盖伦(Galen),参考 Rosen, R. M., "Galen, Satire and the Compulsion to Instruct", *Hippocrates and Medical Education,* ed. M. Horstmanshoff and C. van Tilburg, Leiden: Brill, 2010, pp. 325-342。

[5] Niall W. Slater, *Aristophanes in Antiquity: Reputation and Reception*, p. 11.

写作生涯的两次文体转向中,阿里斯托芬的旧谐剧精神承担了最为重要的角色。

叙利亚行省的小镇萨摩萨塔出身的路吉阿诺斯是个野心勃勃的人,他接受了帝国主流的修辞术教育,与同时代其他追求荣誉的演说家一样游学演说,兼授修辞术课程。他的演说未入希腊人的法眼,却在高卢大获全胜,让他名利双收,衣锦还乡。此后,路吉阿诺斯厌倦了早先给他带来荣誉的修辞术,很快便举家移居雅典。他在《双重审判》(*Double Indictment*)中表示,这是因为之前与他结婚的"修辞术女士""不再同德摩斯梯尼娶她为妻时那样体面地打扮自己",①而是自甘堕落,素净的妆容变为浓妆艳抹,还陶醉地享受醉酒的恋人为她唱情歌(这是影射"亚细亚主义"的华丽文风渗入修辞术),他便不再愿意与她厮混在一起,而是希望"从这些风暴般的场景和诉讼中抽身而出……去阿卡德米或者吕喀昂,和有德性的'对话体'(哲学对话)一边漫步一边静静地交谈,不需要任何赞美和掌声"(《路吉阿诺斯》卷三,页144-145)。确切地说,从修辞术转向哲学对话是路吉阿诺斯的第一次转向,其代表作是模仿柏拉图的《斐德若》和《普罗塔戈拉》创作的《赫耳墨提姆斯》(*Hermotimus*)。

不过,路吉阿诺斯发现收留他的"对话体老人"也好不到哪里去,"由于不断提出问题,他已经被削减成唯有一副框架的样子……在任何方面都毫无吸引力,也不讨公众的喜欢"(《路吉阿诺斯》卷三,页148-149)。于是他自作主张改造了对话体,遭到了如是控诉:

> 这个人对我行的不义和侮辱是这样的。我曾经十分威严,沉思关于神、自然和宇宙运转的事情,漫步在云层之上的空中,在那里"宙斯驾着飞翔的马车"疾驰而过。他把我拉下来,骑在"天的背上",扯坏了我的翅膀,把我拽到了和凡人一样的地面上。更有甚者,他把我可敬的肃剧面具拿走,还给我戴

---

① Lucian, *Lucian Volume III*, trans. A. M. Harmon, London: Harvard University Press, 1921, pp. 142-143, 144-145。以下引用本书仅注明书名《路吉阿诺斯》、卷次及页码。本文引用的路吉阿诺斯的文段,除采用缪灵珠或周作人的译文以外,皆为笔者自译。

上了另一个谐剧的、像萨图尔（Satyr）一样滑稽可笑的面具。然后他随意地把我与笑话和讽刺关在一起，还有犬儒主义者、欧珀利斯和阿里斯托芬，这些可怕的人，他们嘲笑所有神圣的事物、讽刺所有正义的事情。（《路吉阿诺斯》卷三，页144-147）

如此看来，路吉阿诺斯是要用犬儒主义和旧谐剧的笑话和讽刺将沉思的哲学对话从天上拉下来，就像苏格拉底将哲学从天上拽到地面上。用这个戴着谐剧面具的新对话体"嘲笑所有神圣的事物，讽刺所有正义的事情"，这是路吉阿诺斯的第二次转向。"对话体老人"的控诉表明路吉阿诺斯的谐剧对话体包含三个因素：哲学对话的体裁、犬儒主义和旧谐剧。在后文的分析中我们会发现，这三个因素的核心是旧谐剧的精神。

在另一篇自述文体的作品《文坛的普罗米修斯》（To One Who Said "You're a Prometheus in Words"）中，路吉阿诺斯对谐剧对话体作了更明确的论述，这也是维兰德的论述所由出处：

> 对话体是索居斗室寂寞无聊的消遣，至多是二三知己漫步廊下的闲谈；谐剧则是酒神掌中之珠，她出没于剧场之中，与酒神一起找乐子，放诞不羁，笑谑成性，高兴时就随着笛声起舞，说不定要跨上狂歌险韵的骏马，给对话体的朋友们加上诨名，管他们叫空谈家、幻想家等。她最喜欢的作乐，就是愚弄他们，让他们沉浸在酒神式的自由中，描写他们腾空御虚与云彩混在一起，或者描写他们测量一个蚤子跳起的高度，这就是从那云彩之中发出的微妙话语。然而，对话体呢，把他的对话看得十分严肃，点谛宇宙人生的大道理，用音乐上的术语来说，他们是从最高音调落到最低音调，历尽音阶的两极。就是很不和谐的这一对，我冒险使他们结成伴侣，尽管这真是一段最不温和且难以容忍的关系。[①]

[①] 卢奇安，《文坛的普罗米修斯》，缪灵珠译，《缪灵珠美学译文集第一卷》，北京：中国人民大学出版社，1998，页230。译文有较大改动。

作为对《双重审判》的补充，路吉阿诺斯在这段描述中言明了对哲学对话体和谐剧的基本认知，也解释了自己为这两种文体确立的定义，他的野心是要将这两种没有天然关系的文体结为佳偶。结合《双重审判》中的描述，对话体明显是指以柏拉图对话为主的哲学对话，谐剧自然是指阿里斯托芬的旧谐剧，这里具体点明的剧作只有《云》。换言之，路吉阿诺斯自述其谐剧对话体是柏拉图的哲学对话体和阿里斯托芬旧谐剧的结合，且祖述了阿里斯托芬以《云》的写作在节日的狂欢中愚弄哲学对话的态度。

路吉阿诺斯如此奉《云》中传达的态度为宗，就引出一个问题：阿里斯托芬为何要在谐剧写作中像路吉阿诺斯所说的那样，愚弄哲学对话呢？答案即是阿里斯托芬的写作意旨和笔法，这也是路吉阿诺斯理解阿里斯托芬精神核心的钥匙。阿里斯托芬曾在《阿卡奈人》的歌队中以诗人的身份表示"他将在谐剧中宣扬真理"，像《云》中正理的自我辩护一样，"要教你们许多美德，让你们永远幸运"，他同样"像歪理一样规劝人们接受感官生活和笑的生活"。[①] 谐剧诗人阿里斯托芬"关心的是使城邦里的人变得美好高贵"，也关心隐恶扬善，即通过嘲笑邪恶来剥夺邪恶的吸引力。阿里斯托芬使用谐剧的巧妙笔法宣扬真理和正义，同时也为观众带来欢笑，二者缺一不可。施特劳斯对其谐剧性伟大的独特之处概括得极为精到：

> 它是浑然一体的谐剧；可笑之事无所不在；严肃之事只以可笑的面目出现；严肃寓于可笑之中。阿里斯托芬频繁破坏戏剧的假象（dramatic illusion），因为破坏了戏剧的假象，观众就觉得可笑，从而增加了谐剧的效果；但他从来不破坏甚或只是削弱谐剧的假象……人们怎么可能以可笑的方式表现不义者的失败而不使正义者的胜利和胜利的正义者本人显得可笑？人们怎么可能表现正义者而不破坏谐剧的总体效果？阿里斯托芬通过表现正义者的胜利，或者说，通过把不义对正义的嘲笑表现为其他性质的嘲笑，从而解决了这个难题。（《苏格拉

---

① 施特劳斯，《苏格拉底与阿里斯托芬》，李小均译，北京：华夏出版社，2011，页34。下文引用本书仅随文括注书名和页码。

底与阿里斯托芬》,页34）[1]

  为了使正义者和正义者的胜利符合谐剧的效果,阿里斯托芬笔下的正义者本身表现出的滑稽形象和受到的嘲讽与任何其他人和事一样多。他用四种"不雅訾言",即"流言或诽谤""淫言秽语""对肃剧的戏仿"和"亵渎神灵"的话语（《苏格拉底与阿里斯托芬》,页80）,来使他笔下这些"不可能性"[2]更显得滑稽可笑。[3]这四种"不雅訾言",唯"淫言秽语"在路吉阿诺斯的作品中表现更为委婉外,其余三种俯拾皆是。

  前文已经提及,路吉阿诺斯的谐剧对话体有三个要素,哲学对话的体裁、犬儒主义和旧谐剧,这三者中他只取用柏拉图哲学对话的形式,以著名的犬儒梅尼普斯（Menippus）作为他笔下的"谐剧英雄",却以阿里斯托芬的旧谐剧精神即前述意旨和笔法作为筋骨和熔铸一切经典的核心,试图以新的谐剧对话体创作来再度表达这种精神的深刻含蕴。对于这表面上"嘲笑所有神圣的事物,讽刺所有正义的事情"的态度,路吉阿诺斯在《渔夫》（The Fisherman）一文中借爱智女神之口作了一番阐释。古代哲人抱怨叙利亚人（即路吉阿诺斯）的嘲笑,爱智女神是这么回应的:

> 那是节日的习惯如此,也是与那时候相适合的。我以为实际上嘲笑并没有什么害处,它反使得那美的物事因此更显得灿烂夺目,好像是金子经过了陶铸一样。[4]

---

[1] 亦可参考默雷对《云》的解读,虽然他的理解有不少地方过于粗浅甚至有所谬误,且没有意识到阿里斯托芬的谴责之深切（他认为阿里斯托芬的第一个演出本《云》可能是因为作者对苏格拉底和他的教诲过于友好而失败,于是在第二版中对他刻薄了许多）,但他的观点简单却有趣,不失为可资对比的材料。Gilbert Murray, *Aristophanes: A Study*, Oxford: Oxford University Press, 1933, pp. 95–105。

[2] 佚名,《谐剧论纲》,《罗念生全集》第一卷,罗念生译,上海:上海人民出版社,2004,页397。

[3] 另可参考 Alan H. Sommerstein, "Harassing the Satirist: the Alleged Attempts to Prosecute Aristophanes", Ineke Sluiter and Ralph M. Rosen, ed, *Free Speech in Classical Antiquity*, Brill: 2004, pp. 145–174。

[4] 路吉阿诺斯,《渔夫》,《周作人译文全集》第四卷,周作人译,上海:上海人民出版社,2012,页604。下文引用本书仅随文括注书名和页码。

这是路吉阿诺斯对老师谐剧精神的理解。留存至今的阿里斯托芬谐剧有十一部，至少有七部在路吉阿诺斯的作品中有明显的引用和借鉴，分别是《阿卡奈人》(The Acharnians)、《骑士》(The Knights)、《云》、《和平》(Peace)、《鸟》(The Birds)、《蛙》(Frogs)和《财神》(Plutus)，其中最为重要的是《云》。[①]路吉阿诺斯无疑将《云》视为阿里斯托芬作品的巅峰，并从中汲取了最多营养，因为《云》最精彩地体现了阿里斯托芬精神的核心，也处理了阿里斯托芬最看重的问题：像苏格拉底这样的哲人在城邦的教育中究竟扮演了何种角色？苏格拉底所代表的自然哲学又对城邦的传统日常生活以及建基其上的城邦政治造成了怎样的影响？这个问题加以扩展，就变为哲人和城邦居民应该选择何种生活方式的问题。

二 《云》中的苏格拉底

黑格尔在《哲学史讲演录》中郑重其事地表示，阿里斯托芬的"一切都有非常深刻的理由，他的诙谐是以深刻的严肃性为基础的"，"一种尖刻的机智，如果不是着实的，不是以事物本身中所存在的矛盾为根据的，就是一种可怜的机智"。这也解释了为何阿里斯托芬的旧谐剧达到了后世谐剧和讽刺作品皆无法企及的高度。黑格尔还给了阿里斯托芬一个更高的评价："从他所有的剧本中，可以看出他是一个多么彻底深刻的爱国者———一个高尚、卓越的真正雅典公民。"[②]这位雅典公民对自己的友人苏格拉底的态度十分复杂，他既能够看到其思想炫目的高度，却又对这

---

① 可参考 James Herman Brusuelas, *Comic Liaisons: Lucian and Aristophanes*, University of California, Irvine, 2008, pp. 72-131。布鲁苏拉斯(Brusuelas)根据莱德格贝尔(Ledergerber)的博士论文 *Lukian und die altattische Komödie* 中极其详尽的文本对读总结出路吉阿诺斯的不同作品所受到的阿里斯托芬的影响，将其分为四种主题，分别是犬儒主义的戏剧化展现(cynic dramatizations)、希腊化、哲学家和路吉阿诺斯的诸神(Lucian's gods)。布鲁苏拉斯的论文第一章"Lucian and Aristophanes: Scholastic Ties, Text, and Context"分析了古典作家和后世学者对谐剧和谐剧性的定义，亦可参考。
② 黑格尔，《哲学史讲演录》第二卷，贺麟、王太庆译，北京：商务印书馆，1983，页77。下文引用本书仅随文括注书名、卷次和页码。

一高度可能对城邦传统造成的危险了然于胸。于是，作为一个高尚的、卓越的、深刻的爱国者，阿里斯托芬将苏格拉底代表的新式教育和自然哲学与城邦传统之间的根本矛盾作为根据，创作了《云》。

黑格尔虽然承认阿里斯托芬在《云》中过分夸大，把苏格拉底的辩证法推到了非常苛刻的极端，却断言这一表现手法对苏格拉底绝对没有什么不公正，因为苏格拉底触及他热爱的城邦的根本：

> 他认识到苏格拉底的辩证法的消极方面，并且（当然是以他自己的方式）用这样有力的笔触把它表达了出来。因为在苏格拉底的方法中，最后决定永远是放到主题里面，放到良心里面的；可是如果在一种情况之下，良心是坏的，那么斯特瑞普西阿得斯（Strepsiades）的故事就一定要重演了。(《哲学史讲演录》第二卷，页79）

雅典是一个伦理高度繁荣的民族，神圣的法律和朴素的习俗为这一伦理高度提供了基石，这是与意志相一致的美德和宗教，"要求人们在其规律中自由地、高尚地、合乎伦理地生活"（黑格尔，页44）。这种"通行有效的现存的法律，并没有经过检验和考究"，只因为"它是共同的命运，具有一个存在物的形式，大家都承认它是如此"(《哲学史讲演录》第二卷，页64）。但是，将探究哲学作为生活方式的苏格拉底，要求与他交谈的人"通过认识从意识中产生善"，这种善是永恒的理念，继而成为"普遍的共相"，由思维产生，"在自身中规定自身、实现自身"，最终是"世界和个人的目的"(《哲学史讲演录》第二卷，页62）。有了对这样一种善的思维认知，道德意识就会对作为存在物的现存法律产生怀疑，被认为正当的事情就会开始动摇。意识原本并不以习俗和法律为枷锁和阻碍，一旦意识"要把自己建立为没有这种内容的抽象意识"，放开习俗和法律，在对独立性的理解之中"不再直接承认要求人遵守的东西"，而要"在这种东西里面理解到它自己"，那就是要牺牲国家以利自己，抛弃自在的礼法的神圣性。对于伦理高度繁荣的雅典，礼法作为存在物被放弃便是"一个逼人的、长驱直入的而且阻挡不住的灾祸"(《哲学史讲演录》第二卷,页63)。

因此,阿里斯托芬不是推动而是预演了雅典人民对苏格拉底的审判,预先为这一审判的正义性作了辩护。因为苏格拉底的"学生们凭着他作出许多富于见解的发现","就是见到朴素的意识认定为真理的那种确定的善和法律乃是空虚无效的","这些发现后来却反过来变得对他们有害,与他们所想望的刚好相反"(《哲学史讲演录》第二卷,页78)。阿里斯托芬的嘲讽之所以公正,就在于苏格拉底的教诲所体现的这种对雅典传统政治意识的对抗性。不过,尽管苏格拉底的思想所被烧,并且多年后他真的受到审判,但是阿里斯托芬的态度也绝非简单认可或否定哪一方,而是远为复杂。

如此看来,《云》中的根本矛盾,其核心就在于两种意识和各自组成元素的复杂对抗。施特劳斯在对《云》的文本细读中[1]认为,这部谐剧存在相互对峙但又相互联系的几组二元关系:云神歌队中的一员、谐剧诗人阿里斯托芬与云神最初的宠儿苏格拉底对峙,没有完成苏格拉底教育的父亲斯特瑞普西阿得斯与完成了苏格拉底教育的儿子斐狄庇得斯(Phidippides)对峙,以及正理(Just Cause)与歪理(Unjust Cause)对峙。

苏格拉底所倚仗的云神出场时是一群不被雅典公民崇拜的女神,希望能借苏格拉底之手扩大传统的万神殿,好使自己跻身其中,也受到雅典人的崇拜。苏格拉底对诸神不虔敬的态度十分显豁,云神并未像苏格拉底一样只提及云神、混沌和舌头,而是对他反对宙斯及其他神的存在默不作声,且在合唱歌中提到宙斯、阿波罗、雅典娜和狄俄尼索斯等诸神的名字。作为云神歌队的一员,阿里斯托芬分享云神扩大万神殿的意图,但没有走向苏格拉底反对诸神的方向。

没有完成苏格拉底教育的父亲斯特瑞普西阿得斯一开始接

---

[1] 施特劳斯曾在1961年给伽达默尔的信中谈及阿里斯托芬,他认为黑格尔是阿里斯托芬谐剧最深刻的现代解释者,不过远远比不过柏拉图在《会饮》中对阿里斯托芬的展览。施特劳斯,《回归古典政治哲学》,朱雁冰、何鸿藻译,北京:华夏出版社,2006,页409。另可参考 Ari Linden, "Thinking through *The Clouds*: Comedy in Hegel and Strauss", *The German Quarterly* 90.4 (Fall 2017), pp. 423–438。

受苏格拉底的教诲,虽天资愚钝、头脑昏聩,但他也凭借在思想所待了几天学到的那点东西成功使债务一笔勾销,甚至被儿子那番儿子打老子实乃正义之举的言辞说服,直到儿子认为儿子打母亲同样正当,他才认为完成苏格拉底教育的儿子是完全败坏了。斯特瑞普西阿得斯虽然不拒斥利用苏格拉底的歪理为自己的利益(逃债)反对城邦的法律,但他不能接受这一歪理对家庭可能产生的败坏。这位父亲归根结底没有从本质上接受苏格拉底之教诲对诸神和法律的蔑视,他儿子则完全接受了这一点。斐狄庇得斯"没有依靠先在的法律或权威强制实施禁止殴打父亲之类的法律",因此"他不受任何制约,他可以劝说同代人,制定一条新的法律,允许殴打父亲"(《苏格拉底与阿里斯托芬》,页44)。这就是黑格尔所说的苏格拉底探讨哲学的方式危险的一面,即意识对自在的神圣礼法的对抗性,这也同样是施特劳斯的认知。

从斯特瑞普西阿得斯和斐狄庇得斯各自接受的教育和他们的态度出发来看正理与歪理的争辩,斯特瑞普西阿得斯代表居于正理和歪理之间的立场,斐狄庇得斯则因袭歪理的立场。正理自称宣告正义的事情,老朽守旧;歪理大胆,邀请他的跟随者从法律回归本性,服从诸神的意志去做他们做的事情(如宙斯推翻父亲,且性生活放荡),而非他们要求人做的事情。歪理"跳跃、欢笑、不以任何东西为羞耻"的生活似乎更能体现阿里斯托芬谐剧的精神。正理的生活方式所遵循的是,"一个人如果生活放荡就会声名狼藉",然而这一逻辑却得不到"演说家、肃剧诗人的支持,甚至得不到大众的支持"(《苏格拉底与阿里斯托芬》,页44),因为他们中的大多数就是声名狼藉的。

施特劳斯认为,苏格拉底的生活方式既不等于正理,也不等于歪理。他的生活不像斐狄庇得斯一样具有歪理的跳跃和欢笑,而是如正理一样朴素和节制。但同时,以正理为依托的城邦又完全容不下他的生活方式。斯特瑞普西阿得斯关注家庭,因而关注城邦的诸神和法律,歪理虽大胆无耻,认为正理这个"老朽不配教育城邦的青年"(《云》929),[1]却没有越过底线,反对"生养

---

[1] 阿里斯托芬,《云》,《罗念生全集》第四卷,罗念生译,上海:上海人民出版社,2004,页192。译文有改动。

你的城邦"本身。苏格拉底却"有着纯理论家的缺点",他要通过正理与歪理的对驳去理解纯粹理论意义上的理本身,即如黑格尔所说,要通过独立的思考将理本身立为不同于城邦礼法这种存在物的抽象之物,在自我之中得到理解,却"忘了那种作为家庭基石因此也是城邦基石的无理(alogon)的力量","忘记了那种力是城邦的最高的理(ultima ratio),是城邦的终极的理"(《苏格拉底与阿里斯托芬》,页50)。

作为最杰出的谐剧作家,阿里斯托芬虽不一定能完全理解苏格拉底的教育和哲学,抑或说,他批判和嘲讽的是尚未开启第二次远航的苏格拉底,但他敏锐地嗅到这一新式教育的危险性与智术师无异。故此,对早期苏格拉底的批判,也暗中攻击了苏格拉底对话中本就批判过的智术师。阿里斯托芬的批判有极强的时代特征,以雅典的政治事实为背景,也兼具普适意义,因为城邦共同体的礼法总会受到上述"理"的挑战,在路吉阿诺斯的时代也不例外。这师徒二人生活的时代差异极大,哲人和智术师在日常生活和政治统治中的地位也迥然不同,但路吉阿诺斯仍需思考这一问题。不同于他对柏拉图对话和犬儒主义的表面接受,他是带着阿里斯托芬对这一问题的回应写作,承袭了老师的笔法,给他的读者和观众传递了同样的教诲,也带来了同样的欢乐。阿里斯托芬的攻击对象是自己的友人苏格拉底和智术师,路吉阿诺斯则选择以柏拉图哲学对话为载体的哲学和罗马帝国的伪哲学家。

三　路吉阿诺斯面对真伪哲学家

路吉阿诺斯生活在哈德良皇帝、安东尼·庇乌斯皇帝和马可·奥勒留皇帝统治时期,彼时培养智术师的修辞术教育臻于繁荣,哲学教育也蓬勃发展。继维斯帕西安皇帝首次任命昆体良为(拉丁语)修辞术主席后,安东尼皇帝设置希腊语的修辞术主席,马可·奥勒留皇帝建立四大哲学学派(廊下派、柏拉图主义、伊壁鸠鲁主义和逍遥学派)的哲学主席,每年给雅典的四大哲学主席派发一万德拉克马的薪水。[1] 智术师的受欢迎一如既往,而哲学家也享受厚遇,这在受到审判的苏格拉底的时代是难以想象的。罗马帝国是修辞术的"沃土",也是诸哲学学派的"沃土"。

接受阿里斯托芬教诲的路吉阿诺斯对哲学的盛行却另眼看待。于他而言,领受高额薪水的哲学主席和散落在罗马帝国各大城市的哲学教师,与苏格拉底时代的智术师无异,智术师与哲学家之间的界限也越来越不明显。他的写作讽刺矫揉造作的智术师,也多鞭挞伪哲学家横行的文化现状,维兰德替他道明这背后的情状:古老的哲学学派日益衰落的原因是,从哈德良时代开始,哲学家的职业受到极大的尊重,他们与真正的哲学之间的关系对后者必然是有害的(《路吉阿诺斯全集》卷一,SS. 29-30)。以修辞术为核心教养的智术师和哲学家之间的关系越来越近,以至于到了后来,人们本不该认为智术师代表智慧的,却连想要被视作智术师的人,收买他人使自己成为智术师的人,都已经成为智术师且代表智慧。于是,不堪忍受现状的路吉阿诺斯再度提出阿里斯托芬提出的问题:面对伪哲学的兴盛,一个智慧的人应该选择怎样的教育,或者说应该选择怎样的生活?

路吉阿诺斯对这一现状的抨击,最具代表性的作品就是被帕斯(David Blair Pass)称为三部曲的《双重审判》《拍卖学派》(*Philosophies for Sale*)和《渔夫》。[2]《双重审判》中,在修辞术女士和对话体老人先后控诉叙利亚人之前,路吉阿诺斯也展现了多个有趣的案子,涉及各个哲学学派,比如廊下派控告"快乐"离间她与狄俄尼索斯的感情(狄俄尼索斯本来学习廊下派哲学,后转向居热涅学派),"奢侈生活"与"美德"争夺阿里斯底波,"绘画"控告皮浪违反契约(皮浪本欲成为一位艺术家)等。正如这些哲学学派的创始人或重要人物的转向,路吉阿诺斯(叙利亚人)也先从修辞术转向哲学对话,又从哲学对话转向谐剧对话,他的谐剧对话嬉笑的对象又恰好常常是哲学。若将紧随《双重审判》

---

[1] 亨利·德怀特·塞奇威克,《马可·奥勒留传》,刘招静译,上海:上海人民出版社,2018,页213。

[2] David Blair Pass, "Buying Books and Choosing Lives: From Agora to Acropolis in Lucian's Transformation of Plato's Emporium of Polities", *American Journal of Philology*, 137 (2016), pp. 625–654.

的《拍卖学派》和《渔夫》两文合并，简直就是一部阿里斯托芬谐剧的骈散文式再现，遵循了阿里斯托芬的谐剧写作模式：提出问题——谐剧英雄上天入地解决问题——问题的解决和欢庆的终局。在这两篇作品中，路吉阿诺斯的批判既指向其时代的伪哲学家，亦指向诸哲学学派的先贤，他将这种阿里斯托芬式的谐剧性同时应用在了真伪哲学家身上。

《拍卖学派》是路吉阿诺斯嬉笑哲学的典范之作，原题实则是 Βίων Πρᾶσις（Sale of Lives，也译为 Philosophies for Sale），"出售生活"，顾名思义，是对不同哲学生活的拍卖。对话中，宙斯委派赫耳墨斯（Hermes）去人间的市场上叫卖诸哲学学派创始人，"把那些学派都搬出来，摆作一列，但预先要修饰一下，弄得好看一点，使得大家中意"，"有各式各样宗旨的，种种哲学生活出卖"（《周作人译文全集》，页 572）。全文的内容分别叫卖毕达哥拉斯、第欧根尼、阿里斯提珀斯、德谟克利特、赫拉克利特、苏格拉底、伊壁鸠鲁、克吕西珀斯、逍遥学派和怀疑主义的哲学。每一位人物的拍卖都是对这一学派的微缩展示，包括人物的性格、轶事、哲学论点等，其间遍布着得自其时诸哲学学派主题（topoi）库的微妙讽刺。哲学作为古典时期探问宇宙和人世真相的载体，发展到罗马帝国时期，已经沦落成为市场上的商品，人们可以随意对诸种哲学商品所代表的生活加以选择，正如斯特瑞普西阿得斯和斐狄庇得斯能够自由选择是否接受苏格拉底的教育。

《渔夫》是《拍卖学派》的续篇，明显模仿阿里斯托芬的《阿卡奈人》和《蛙》。创造这场拍卖的作者路吉阿诺斯引得诸哲学学派的创始人恼火不已，于是古典哲人们便都向冥王请假还阳，要去向作者问罪。路吉阿诺斯以本名申辩，差点像《阿卡奈人》中的狄开俄波利斯（Dicaeopolis）一样被这群还阳人用石头砸死，便提议找爱智女神作评判（他在此作的后半部分以"直言人"[Parrysiades]自称），由哲学家们推举出一位人物（第欧根尼）向他提出控诉，他为自己申辩。直言人自然成功脱罪，这是第一部分的剧情；接下来的第二部分剧情与前文略微有些脱节，直言人用无花果和黄金作为诱饵，在山上垂钓，钓到的尽是些伪爱智者，爱智女神便吩咐直言人和"检察"之神以花环和烙印来区分其中的真伪爱智者，对话以直言人和"检察"之神的商议作结。

路吉阿诺斯在《拍卖学派》中把各哲学学派的先哲放到市场上拍卖，这一行为直接引发《渔夫》的情节。古代哲人要把拍卖他们的路吉阿诺斯砸死，他的化身直言要采取行动解决这个问题。对话以阿里斯托芬式的胜利场景作结，直言者使现实中不可能发生的事情成真：他用无花果干和金子作为诱饵垂钓，使伪哲学家上钩，并以佩戴花环和在身上打上烙印的方式将真伪哲学家明确区分开，令普通人能迅速凭借肉眼甄别出伪爱智者和伪哲学家。这篇对话中有两次对峙，第一次是古代哲人与直言者路吉阿诺斯的对峙，直言者自我辩护成功，获得他们的信任；第二次是直言者与伪哲学家的对峙，直言者再次成功使他们上钩。如果说路吉阿诺斯和古代哲人站在同一阵营，代表谐剧中的正义者和胜利者，那么伪哲学家就是非正义者，二者都受到作者讽刺炮火的攻击。不过，尽管爱智女神以"真正善好之物不怕嘲讽，而是会显得更加灿烂"的谐剧精神来安慰这些古代哲人，路吉阿诺斯也知晓和尊崇真正的爱智者，但不代表他对真正的哲学就完全赞同。

在《拍卖学派》中，路吉阿诺斯展现了买主们面对不同哲学生活的三种不同态度，表明即便对于真正的爱智者和真正的哲学本身，他也充满与阿里斯托芬一样的疑虑。在这三种买主中，第一种由于智识的单纯，不理解哲学家的说法，因而没有受到哲学的触动，只想买哲学家来做劳力使用，比如第欧根尼的买主便表示"你可以充当一个船夫或是园丁"（《周作人译文全集》，页577）；第二种受到哲学家的影响，准备买他来向他请教，比如苏格拉底的买主是为了他的"智慧和锐利的眼光"（《周作人译文全集》，页581），逍遥学派的买主认为他所说的是"极其庄严和有益的知识"（《周作人译文全集》，页588）；第三种买主在第二种的基础上能对哲学家有所反驳，如廊下派克吕西珀斯的买主，但最终还是被他的三段论蛊惑，将他买了回去。

如此看来，路吉阿诺斯认为人们对哲学思想的接受有高下之分，这一高下之分推动他们各自做不同的选择，自然也会产生不同的结果。若像第二种买主一样，能真正透过"智慧和锐利的眼光"理解那"极其庄严和有益的知识"，自然最好；若像第一种买主一样，因为直率简单的思想不会为哲学说辞所动，也没有什么大问题；但如果像第三种买主一样，自以为有知且不知节制，终被哲学所惑,便不仅得不到深度思考的收获,还会受哲学"毒害",招致祸患。路吉阿诺斯没有描写三种买主各自将不同的哲学学派买回去之后的生活,隐去他的斯特瑞普西阿得斯和斐狄庇得斯在接受苏格拉底教育之后的情节,但他的疑虑已经表现得十分明显,这在路吉阿诺斯从修辞术转向哲学对话时所写的唯一哲学对话《赫耳墨提姆斯》中已早有端倪。

以对话的主人公之一赫耳墨提姆斯(Hermotimus)为题的这篇对话,是路吉阿诺斯模仿苏格拉底问答法对哲学本身提出的诘问,诘问者是他的谐剧对话中经常出现的代言者吕西努斯(Lycinus)。赫耳墨提姆斯年逾六十,已跟随廊下派的哲学教师修习二十年,却声称自己仍在哲学之峰的山脚下。吕西努斯对赫尔墨提姆斯提出一连串问题:哲学给了什么应许?哲学真理是否可以获得?追求哲学真理的生活是否值得?赫耳墨提姆斯给了一个看似符合古典之义的回答,实则未能勘破本相。他想要获得哲学声称的全部好处,智慧、勇气、美和正义本身,以及知晓一切事物本质的知识,然后像赫拉克勒斯抛弃母亲有朽的部分升入神界一样,以哲学的火"把我们攀登者身上那些其余人类错误追求的东西剥除",[1]却因为自己急切却不够审慎的渴望,跟错了老师,错信了伪哲学家。

不仅如此,按照吕西努斯的说法,在人的有生之年将所有的哲学学派全数探究一番,对其哲学教义全数深入研讨,最后再择定正确的选择,本就是不可能实现的妄想。赫耳墨提姆斯便是《拍卖学派》中的第三种买主,也是最危险的一种。他们希望不要"悲惨地湮灭于庸众之中",而是"通过哲学寻找幸福"(《路吉阿诺斯》卷六,页260-263)。当他们自以为掌握了哲学真理,并将其作为真理宣之于口,乃至传递给大众,自诩"余生都会过着绝妙的生活,且从他们所在的高处俯瞰着如同蚂蚁一般的人类"(《路吉阿诺斯》卷六,页268-269),就会以倨傲之心藐视城邦或帝国的传统礼法,对自己和其他民众的日常生活造成极大的危害。

---

[1] Lucian, *Lucian Volume VI*, trans. K. Kilburn, London: Harvard University Press, 1925, pp. 272-273.

为此,吕西努斯告诫赫耳墨提姆斯放弃虚妄的哲学追求,不要再对沉思生活所应允的幸福抱有执念,不要再"发明夸张的幻景,期望着无法达到之物",而转向"能够使你将全副思想放在平凡的生活琐事上的修习"(《路吉阿诺斯》卷六,页 394-395)。路吉阿诺斯像阿里斯托芬将斯特瑞普西阿得斯拉回雅典城邦的礼法一样,打断了赫耳墨提姆斯接受的哲学教育,把他拽回人世的日常生活,告诉他,普通人能过的最好生活就是在常识(即城邦礼法)的指导下各司其职,遵守最日常的生活立下的规约,并让他像斯特瑞普西阿得斯一样迷途知返,阻止他成为斐狄庇得斯。《双重审判》中的哲学对话控诉叙利亚人的恶行,称"他把我拉下来,骑在'天的背上',扯坏了我的翅膀,把我拽到了和凡人一样的地面上"。这是路吉阿诺斯自认在以老师的方法行老师之事,试图将阿里斯托芬的谐剧精神渗入哲学对话,将一心探问自在的理念和思维的哲学揉入嬉笑的凡俗人世。

余 论

至此,我们可大致理解维兰德翻译阿里斯托芬和路吉阿诺斯的苦心,对于这对师徒如何"抵制形而上学在社会中的蔓延",也有了基本的印象。如维兰德所说,此二人"以某种方式实现了他作为一个作家想要为更优秀的公众服务的所有目标"。"通过批评和讽刺来实现他那纠正或惩罚的意图"便是,既让公众彻底远离兜售虚假生活方式的智术师和伪哲学家,又让有志于探求哲学真相的青年对哲学破坏传统礼法的危险有所警惕。

在阿里斯托芬和路吉阿诺斯所处的时代,哲学的地位有着天差地别,但哲学与城邦和帝国的对抗性始终未曾消失。阿里斯托芬的谐剧笔法由路吉阿诺斯继承,用来对抗罗马帝国的民众更为复杂的精神病症。不过,路吉阿诺斯和阿里斯托芬都有一个失误。阿里斯托芬的失误并非他的误解所造成,路吉阿诺斯则不然。《云》中展现的是早期的苏格拉底,阿里斯托芬对转向后的苏格拉底持何种态度我们无从得知,他也可能没有读过柏拉图的《会饮》(*Symposium*),不知道柏拉图的对话如何展现他本人以及苏格拉底,但他与苏格拉底和柏拉图都不会是敌人。路吉阿诺斯一定读过《会饮》，也熟知柏拉图笔下的阿里斯托芬，却未曾在作品中对此发表意见。如果说阿里斯托芬可能会认可转向后的苏格拉底，路吉阿诺斯却没有这么做。尽管辞锋有别，他讽刺的炮火仍是一致对准苏格拉底、柏拉图对话、诸哲学学派的先贤和自己时代的伪哲学家。除了对苏格拉底问答法形式上的借鉴，他未曾对苏格拉底哲学或其他学派作过任何严肃的哲学辨析。换言之，路吉阿诺斯并未尝试理解转向后的苏格拉底。阿里斯托芬这位弟子的谐剧笔法不如老师，在理解哲学的智慧上更是远不及老师。路吉阿诺斯显然有此自知，无怪乎他将老师视为自己心目中的谐剧英雄。

在《真实的故事》中，路吉阿诺斯以自己的本名在天地之间游历了一番，他在接近云层之时看到了云中鹁鸪国，但因为风的原因无法停泊，没有上岸，然后发出这样一句感叹："我就想起那诗人阿里斯托芬来，他是一个智慧（$\sigma o \varphi o \tilde{u}$）而讲真话（$\dot{\alpha}\lambda\eta\vartheta o\tilde{u}\varsigma$）的人，可是人家不相信他所写的东西，其实是徒然的事。"（《周作人译文全集》，页476，译文有改动）这一句评价克制而含蕴深刻，是路吉阿诺斯想到自己的老师如此智慧又如此热爱城邦，以绝妙的谐剧笔法讽喻城邦的基本矛盾，警醒世人，却不为后世所理解和接纳。这是为阿里斯托芬鸣不平，也是路吉阿诺斯的夫子自道。维兰德在一千多年后将二人的作品悉数译为德文，也算是对他们的一种告慰。

意志的分殊：博施《尘世乐园》释义

李亭慧

（北京师范大学法学院）

摘　要：博施在《尘世乐园》中描绘的伊甸园、人间乐园、地狱的三联画场景，喻示人类命运的跌宕沉沦和神性复归的双重轨迹。在第二联的人间画面中，上帝缺席，大量沉浸于欲乐的裸体男女构成画面的主要场景，这实则证明欲望在人间实存。在神性秩序在人间缺位的情况下，以自由意志为根据的尘世秩序呼之欲出。但意志的分殊也终将导致人类命运的分化：要么指向肉体的欲望失去节制，将人类卷入地狱冥府；要么人类以至高的理性智慧作为欲求，而这种理性智慧是引领人类重返神性乐土的关键。这种追求肉体享乐与理性智慧的自由意志既是伊甸园中开启人类流浪之旅的罪恶之源，也是人类实现至善至福的依托所在。

关键词：自由意志　欲望　上帝

引　言

　　博施(Hieronymus Bosch , 1450—1516)的《尘世乐园》(*The Garden of Earthly Delights*)以神秘诡异和巨大的争议著称于世。这幅三联画(triptychs)的各个部分构成一个完整的教义体系，封面描绘的是上帝创世的场景，封面上方标注着拉丁文 Ipse dixit , et facta sunt : ipse mandavit , etcreatta sunt［因为他说有、就有。命立、就立］(《诗篇》33：9)。其中也可以看到与主体画面相同元素的山川树木,而在色彩上博施渲染了昏暗的氛围,与三联画内部的明艳色调形成强烈对比。画面展开后,宏阔的人间图景首先映入眼帘,其中绘有密集的裸体群像,左右两边则分别是伊甸园和地狱的场景。其中展现了丰富的人物、动物、果实之间的互动,但其怪异的形态饱受争议。

关于这幅画主旨的诸多争议,主要可以分为两类不同观点:以托尔奈(Charles de Tolnay)为代表的学者在画作中看到细腻的伪装、诱惑和情欲;以弗伦杰(Wilhelm Fränger)为代表的观点则主张,画作描绘的是亚当派(Adamite sect)信仰所表现出的纯洁性和神圣性。[1]这也导致这幅作品拥有几个不同含义的命名,它最早以《欲望之天堂》(*The Paradise of Lusts*)之名享誉艺术史,类似的名字还有我们更为熟知的《尘世乐园》;另一方面,博施研究专家弗伦杰将其定名为《千禧年》(*The Millenium*, *Das Tausendjährige Reich*)。《欲望天堂》或《尘世乐园》的名称对博施画作中的人间欲乐具有明显的批评意味,而《千禧年》的称谓则带有神圣的宗教感,寓指末日审判、义人复活等基督教含义。由于当时画作通常并无标题,博施本人是何想法就不得而知了。

后世对博施画作形成迥异看法,也是出于对该作品中所呈现的"欲望"的意义、人类意志的性质以及画面秩序的不同理解:一方面,指向肉体的欲望是人类出离伊甸园,甚至是导致人类堕入地狱的罪魁祸首;但是当人类意志走向更高阶段,指向抽象自我的欲望却成为推动人类自我救赎的内在驱动力。前者是一个从高尚的天堂堕入地狱的下抛线;后者则是背负原罪之人的向死而生,通过性灵与欲望的和谐实现向天堂乐土的复归,从而重新获得神性自由。二者恰好形成一种人类生命轨迹的循环往复。似乎前者(堕落)已成必然,后者(复归)能否达成的关键则在于人能否以至高的理性智慧为欲求,以实现自由本身为自由,若如此,地狱也可为天堂,这是人类重返初途的必由之路。处于三联画核心位置的二联画面,恰恰是人类克服堕落之势向上飞升的转折之地。

---

[1] Elena Calas, "Bosch's Garden of Delight: A Theological Rebus", *Art Journal*, Vol. 29, No. 2 (Winter, 1969–1970), p. 184.

一 欲乐之乐

在二联画面中,博施极尽笔墨,勾勒了密度极高、内容复杂、风格瑰丽又诡异的人间群像图,其中也有大量动物参与不同人物群组的游行、嬉乐,博施还在画面中加入品类繁多的诱人果实。人物、动物、果实以某种秩序和目的排布在天空、陆地以及河流之中。其中最为明显的特征便是画面中出现了极为密集的裸体人群,这一点以现代人的眼光看依旧非同寻常。西方的裸体艺术形象源自古希腊,古希腊罗马时代在公共场合赤裸身体并不稀奇,而裸体训练的希腊运动员展示的是自身对性欲的节制与把控。[1] 在古希腊城邦中,节制是一种和谐的秩序,"一种对某些欢乐和欲望的制约"。[2] 这种风气在文艺复兴前的中世纪遭到摒弃,画师们多青睐圣像画,着重描绘神的光辉神圣,而对裸体人像鲜有着墨。到了中世纪末期,题材丰富的裸体画出现,由对神圣上帝的崇拜转变为对科学真理和自然欲望的张扬。博施的创作似乎也加入这一宏阔的运动。

关于《尘世乐园》二联中裸体群像的寓意,后世观众最直观的感受就是博施对情欲的张扬,但这种男女赤身裸体的情景恰恰源自伊甸园中的人类始祖。与亚当、夏娃的无知无识(innocence)状态不同,二联的赤裸男女在行为上具有极强的意志自主性。对裸体人群各种行为的解释,宗教和世俗存在不同的态度,而《尘世乐园》首先是一幅博施为教会创作的祭坛画。即便如此,对裸体群像的宗教含义仍旧存在巨大的争议。正统基督徒对亚当派的裸体行为和放荡的性态度抱有一种恐惧和抵触,将其视为异端。因而他们认为,《尘世乐园》是对人间欲乐的讽刺和批评,并且创作者为这些放纵不堪的行为描绘了悲惨的结局——第三联中的地狱图景。由此,信徒们会因为对地狱中的惩戒怀有巨大的恐惧,远离二联中的淫逸欲乐,转而选择一种道德的生活,祭坛画也就会起到宣扬教义的教化作用。与此相反,亚当派信徒则将

---

[1] 路德维希,《爱欲与城邦:希腊政治理论中的欲望与共同体》,陈恒译,上海:华东师范大学出版社,2013,页316。
[2] 柏拉图,《理想国》,王扬译,北京:华夏出版社,2014,页145。

这种裸体集会视为对 free spirit［自由性灵］的向往以及自身朝向 spiritualization［性灵化］的努力。也有资料显示博施本人直接参与了名为"圣母兄弟会"的宗教组织。[①] 这一组织与亚当派等教派共同发源于尼德兰这块土地，有着同样的追求，从博施作品中可以观察到这一脉的丰富传统。[②]

显而易见，这种解读差异源自传统基督教与新教流派在种种追求和主张上的差异。传统基督教将淫欲之罪归因于身体对意志的反抗，这里身体的反抗是指欲望的反抗，归根到底是灵魂的自我反抗。奥古斯丁将人的灵魂区分为高级理性和低级理性，高级理性就是性灵。所以身体对意志的反抗，就是低级理性对高级理性的反抗。伊甸园中的男性寓指高级理性，女性则代表低级理性。[③] 随后上帝"使他们管理海里的鱼、空中的鸟、地上的牲畜和全地，并地上所爬的一切昆虫"（《创世记》1∶26）。相应地，动物就属于被管理的对象，并最终构成在上帝之下男性主导女性并管理各种动物的神性秩序。在传统基督教看来，这种神性秩序在人间的坍塌，最终会将人类导向地狱。与此矛盾的是，画家本人在人间图景中似乎并不关注这种神性秩序，转而将注意力集中在对各色男女以及新奇事物的描绘上。

裸体群组在二联画面中最具存在感，高密度的人群集在水陆各个区域，以不同的行为姿态分布，在人的世界里难觅神的踪迹。相反，画面中有诸多图像都显示了中世纪时期"新科学"的痕迹，位于画面上方的生命之泉则充当了中世纪炼金术器具的"婚姻室"，这些容器通常被描绘为部分浸入水中，以符合放置在温和水浴中的长颈容器中阴阳配对的方向，其目的是模拟出春日的温暖。[④] 博施巧妙地用此譬喻上帝对人类的叮嘱："要生养众多，

---

① 关于博施的大部分记载都保留在斯亨托根博斯市市政档案中，包括他的家庭和财政事务。赵昆，《博斯的〈愚人船〉研究》，中央美术学院 2008 年硕士论文，页 19。
② 沃格林，《文艺复兴与宗教改革》，孔新峰译，上海：华东师范大学出版社，2019，页 231。
③ 吴飞，《心灵秩序与世界历史：奥古斯丁对西方古典文明的终结》，北京：生活·读书·新知三联书店，2013，页 169–170。
④ Laurinda S. Dixon, "Bosch's Garden of Delights Triptych- Remnants of a Fossil Science", *The Art Bulletin*, Vol. 63, No. 1 (Mar., 1981), p. 102.

遍满地面。"(《创世记》1:28)画面中浓烈的生育气息将天上的神性秩序转化成生命繁衍的自然秩序,彰显了蓬勃的生命力量。生命的孕育和延续通过爱欲来实现,人间之爱与人性之欲在博施的创作下具有了正当性,爱欲从被传统教派的否定中解放出来,成为自然正当的实存。在沃格林看来,亚当派认识到生命的有朽无法通过受其节奏支配的诸种力量加以克服,若想追求神性的不朽,就必须通过爱欲上升为性灵方可达成。[①]因此,在亚当派的语境下,裸体行为就具有不同含义,人类虽然脱离了伊甸园无知无识的状态,但人依旧赤身裸体,通过追逐爱欲来实现重返神圣乐土。或者说,在某一阶段,对自然秩序和人之欲望的肯定取代了神性秩序对人类的约束。在这种意义上,很难说这种裸体人群的行为到底是向伊甸园回归的努力,还是对神性秩序的背离。

二 上帝的缺席

如果说人间秩序观念的变化重新提供了审视上帝位置的视角,那么博施的《尘世乐园》便是启蒙时代新教派对传统基督教和上帝重新诠释的尝试。博施创作过大量三联画,与《尘世乐园》类似地划分为伊甸园、人间、地狱三部分的代表作还有两幅,即《最后的审判》(*The Last Judgement*)和《甘草车》(*The Haymain*),同为宗教画的《尘世乐园》与它们最为显著的差别是上帝的隐匿。在《尘世乐园》中,上帝唯一显现之处就是风格晦暗的封皮,其中上帝也只是居于隐蔽幽暗的西北角落,画面的主体是作为上帝创造物的天地万物,颇有种为而弗恃、功成不居之感,似乎自造物之始,造物主的核心位置就让渡给了作为创造物的新世界。处于一联画面中的粉袍神则普遍被认为是第一亚当,而非上帝或者耶稣基督,沃格林将其称为"较为年轻的造物者上帝",[②]但这位年轻的上帝也未居于首联画面的中心位置,取而代之的是一个预示着循环的环形装置(orbis),其中隐藏了一只猫头鹰。猫头鹰在古希腊神话中是智慧女神雅典娜的象征,这是否寓示着人的目光从倚赖基督的神性智慧,内化为对自我意志、理

[①][②] 沃格林,《文艺复兴与宗教改革》,前揭,页257。

性智慧的探索，甚至追求生命本身的繁衍？

　　这种关注的转向集中体现在二联的主体画面中，与博施的其他几幅类似题材的三联画相比，上帝在人间缺席，这种缺席意味深长。无论在《最后的审判》还是在《甘草车》中，神都在高天俯视人间，在《尘世乐园》中取代上帝位置的则是高耸在画面上方的生命之泉，泉眼中是正在交媾的裸体男女。这种安排与一联画面中象征生命循环的环形装置交相呼应，伊甸园中亚当和夏娃的结合是人类繁衍生命的开始，在生命开端之时就已经预示生命循环往复的秩序格局。二联中的裸体群像则是对伊甸园图景的延续，是人类命运的展开，新生命不断开枝散叶。这种生命繁衍的自然秩序在《尘世乐园》中得到肯定，没有神的注视，人类在尘世间似乎获得前所未有的自由。自由性灵运动追求的正是这种自由精神，对亚当派来说对自由性灵的追求在生命自身的衍化中得以实现。也就是说，亚当派信徒通过模仿伊甸园中的纯爱行为达到性灵与欲望的和谐，以期最终实现无性别的神性状态。但是没有上帝的注视和嘱托，人在这一过程中须得自己掌控自己的行为、调配自己的欲望、设置相应的秩序。于是，人的意志和理性成为控制行为和欲望、设立人间秩序的关键。

　　与此同时，上帝的缺席与人的意志自觉也带来新的问题：人的欲望能否得到有效掌控？欲望与性灵如何实现和谐？自由意志在人间的施展能否真正实现性灵化的神性状态？自由意志会将人类指向更高的理性还是更多的欲望？这些疑惑在画面中都能寻到端倪，博施笔下人与动物的互动能够给出部分答案，因为人与动物的互动恰恰寓示理性秩序的排布。对此，无论哲学家还是宗教家都给出了类似的答案。柏拉图认为："灵魂中，有优秀的部分，也有低劣的部分，优秀部分是理性以及和理性结合在一起的勇气，低劣部分是欲望。当优秀部分控制低劣部分时，就是节制。"[①] 在《圣经》中，上帝在创造亚当之后，便造出各类野兽飞

[①] 柏拉图，《理想国》，前揭，页145。

禽，但在其中未能找到帮助亚当的配偶，由此才取骨造出夏娃。[1] 奥古斯丁则这样描述灵魂的等级秩序：

> 正如在所有野兽中找不到与人相似的能帮助人的配偶，只有从人身上取下的东西才能成为他的良配，所以，我们的心灵，我们用来请教最高最内在的真理的，在我们与动物共有的灵魂部分中也找不到一个与它自身相似的帮手，来以满足人的本性的方式使用物体。所以，我们的某个理性的东西就被指派做这一工作，这不是说它与心灵相分离没有统一，而是说它是从高级理性衍生来的一个帮忙的伴侣。[2]

由此可见，奥古斯丁继承了柏拉图的观点，认为灵魂中存在不同等级的理性，男性寓指高级理性，女性代表低级理性，而动物处于更为低级的位置。也就是说，动物无法成为帮助人类的伴侣，动物代表的是灵魂或整个尘世共同体中的低级部分，无法满足处于高级序列的人类的需求。

不难看出，动物处于这灵魂序列的最底层，接受人类的管理，寓指受理性管控的欲望，当动物得到妥善管理时才能实现神意之下的和谐状态。在《尘世乐园》中，动物的形象贯穿三联画的始终，从中我们可以看到人与动物关系的变化。伊甸园中的人与动物各居其所，亚当和夏娃围绕在年轻的神周围，品类繁多的野兽飞禽则散布在画面周遭；从首联画面可以看出亚当和夏娃为神所造，此时人类还处于无知无识的前性状态，居于一种无性别的神性境界。在此种情形下，动物与人类保持着适当的距离，寓示着灵魂在欲望与理性之间维持着和谐的状态，因此，人的灵魂享有纯粹的自由，这也是亚当派教徒的性灵化追求。在中间画面

---

[1] 神说："那人独居不好，我要为他造一个配偶帮助他。"（《创世记》2:18）但夏娃并不就此产生，起初，"神用土所造成的野地各样走兽和空中各样飞鸟都带到那人面前，看他叫什么。那人怎样叫各样活物，那就是它的名字。那人便给一切牲畜和空中飞鸟、野地走兽起了名，只是那人没有遇见配偶帮助他。"（《创世记》2:19）对此，上帝才取出亚当的肋骨，造出女人。

[2] 奥古斯丁，《论三位一体》，周伟驰译，上海：上海人民出版社，2005，页310–311。

中，画家对人与各类动物之间的互动做了最大程度的铺陈，这种互动遍及陆地、河流、天空。甚至，各色诱人的果实也参与到人与动物的互动之中，这也对应神的许诺："我将遍地上一切结果子的蔬菜，和一切树上所结有核的果子，全赐给你们作食物。"（《创世记》1∶26）

人类进入尘世的原因是偷食禁果，获得分辨善恶的理性能力，开启意志自由，尘世画面中的人类明显具有行为的主动性：对禽兽的驾驭，对果实的渴望和追逐，还有大量沉浸在性爱欢愉中的男女和少数忧郁的沉思者。其中，画面最中心是围绕池塘凯旋骑行的裸体男性群体，胯下是强健有力的各类走兽，寓指强大的高级理性对野蛮生长的欲望的控制；池水中则是与禽鸟为伴的裸体女性，也暗示着灵魂中较弱的低级理性常与欲望为伴，低级理性与欲望关系暧昧。在人类试图驾驭动物、理性试图掌控欲望的博弈中，似乎理性并非常胜将军，部分动物在与人类的相处中获得主动性。二联画面下方中间，一只鸭子在用樱桃投喂一名仰面的裸体男性，类似的画面还出现在画面下方河流的左侧，三名男性也在接受水鸟的投喂。这些局部图组似乎预示理性的薄弱部分已然沦为欲望的俘虏。

从另一个角度看，画作本身已经认可欲望参与尘世生活的正当性，事实上，欲望的入场与人类获得自由意志息息相关。自由意志本身是一种能力，也就是意欲做某事的能力。人类获得这一能力之前都听从上帝的指示，但由于人类爱自己超越了爱上帝，把自己的意志当作真正的意志，把自己的聪明当作真正的智慧，所以才会违背神的意志偷食禁果。反复出现的樱桃形象就被认为是骄傲的象征。[①] 奥古斯丁认为骄傲是一种意志上的犯罪，在他看来任何犯罪都是意志的一种犯罪，而骄傲仅仅是坏的意志的开始，即意志指向了自我。[②] 也就是说，任何偏离上帝意志的都是罪。人类的自由意志则指向自我，从自我的欲求出发，因此自由意志是一切罪的开端，可以看出，这一时间点要早于偷食禁果的

---

① Peter Glum, "Divine Judgment in Bosch's Garden of Earthly Delights", *The Art Bulletin*, Vol. 58, No. 1 (Mar., 1976), p. 51.
② 吴飞，《心灵秩序与世界历史：奥古斯丁对西方古典文明的终结》，北京：生活·读书·新知三联书店，2013，页187。

行为。自由意志这一人类日后自我拯救的福音自产生之日起,就违背上帝的诫命,具有晦暗不明的前景:"只是分别善恶树上的果子,你不可吃,因为你吃的日子必定死。"(《创世记》2:17)人类食用智慧果便有了分辨善恶的神圣理性,具有了掌控自身命运的自由意志,但这种不完满的理性和夹带自然欲望和神性追求的双重意志,使人类背离神、远离天堂,从不朽之身变成可朽,而这种身体的死亡是从灵魂被败坏开始的。正是自由意志的滥用导致人类的堕落。[①]

但是,如果将视角下降到上帝缺席的尘世,自由意志就是一种中性的能力,它的起点本身就是欲望——欲求某事,这种欲求既可以欲求善的东西,带领人类重返神圣,也可能导致欲望的泛滥,致使人类腐朽堕落。即便如此,自由意志本身被人视为神圣的起点,是因为它原本只属于高高在上的神,哪怕这种人类的理性具有诸多不完满,但依旧给予了人类摆脱自然本能的机遇,自此,人类具有了选择命运的可能。也是出于这个原因,亚当派将自然欲望的展现视为人类重返伊甸园的关键。由此更能理解为什么学者们对《尘世乐园》的解读存在诸多的争议。例如,主体画面中频繁出现的草莓与人类命运的走向息息相关,对此不同的解读也寓指自由意志本身具有双重启示:有人认为草莓是宗教之果,给予被赐福之人,[②] 或者认为草莓是精神之爱的象征,[③] 这与亚当派的观点一致;也存在截然相反的观点,认为这种水果是情欲的象征,暗示着人类的堕落和死亡。[④] 由此可见,自由意志的双重内涵所导致的欲求分殊是人类命运分化的原因。

[①] C. S. 路易斯,《痛苦的奥秘》,林菡译,上海:华东师范大学出版社,2012,页51。
[②] Clément Wertheim-Aymès, *Hieronymus Bosch: Eine Eineführung in seine geheime Symbolik,* Berlin: Henssel, 1957, p. 47.
[③] Peter Gerlach, "Der Garten der Lüste Versuch einer Deutung", *Hieronimus Bosch*, R.-H. Marijnissen ed., Photographs by M. Seidel (Geneva,1972),pp. 149-150.
[④] Walter S. Gibson, "The Strawberries of Hieronymus Bosch", *Cleveland Studies in the History of Art*, Vol. 8 (2003), pp. 30-31.

三 命运的分化

在伊甸园中人类以上帝的旨意作为行动理由,并依据这种神性秩序生活,因此不存在理性与欲望的冲突。当人类将自身的意志作为真正的意志时,由神性秩序统治的伊甸园就不复存在。博施在其时代体察到上帝在人间的缺席,这种情况下,人类的自由意志理所当然地成为构建新秩序的基础,由此人们依赖自己的意志选择生活。这种生活的最初阶段是满足人的自然本能,《尘世乐园》的主体画面就大量展示了人类尘世生活的基本需求:饮食和性爱,这些都是为大部分宗教和哲学所摒弃的最为初级的人欲。因此,很多人认为《尘世乐园》展现的就是人间堕落腐朽的场景。但仔细观察就会发现,博施创作尘世生活的场景是存在内部差异的,而这些差异是随着意志自身的发展而产生的。

人的自由意志以欲求某物为出发点,而在尘世生活中,人的基本欲求指向肉体,在满足这些欲求的过程中人们可以依据自己的偏好做出选择。但是这种满足肉体欲求的意志指向的对象都是可朽之物,因此,奥古斯丁将这些欲求非永恒之物的欲望认定为淫欲。博施在尘世画面中运用很多动物代指这些低级欲望,其中狮鹫、豪猪、山羊等野兽形象都被解读为恶魔或邪恶的象征。[①]这些低级欲望恰恰是将人类带入堕落境地的因由,人们因为肉体的欲求而忽略精神的欲求。由此,人类陷入某种尴尬的境地:一方面,由于上帝在人间的缺席,要在尘世中生活,就必须满足人的基本生存欲求,人的自由意志必不可少,尘世生活中"淫欲"也就无可避免,指向肉体的欲望成为人间的应有之欲,是人类生活的实存,是一种自然权利;另一方面,正是这种低级欲望使人类把可朽之物当作欲求对象,这与人类意欲实现永恒的追求背道而驰,更会给人类带来精神和肉体上的痛苦。

博施在第三联中描绘了地狱场景,以此展现肉体欲求带来的痛苦,这表明,欲求可朽之物还会将人类带入无尽深渊,使其受到惩罚。信徒们通常会认为地狱的惩罚是神所施予,但《尘世乐

---

① Peter Glum, "Divine Judgment in Bosch's Garden of Earthly Delights", p. 52.

园》中描绘的种种惩罚并非来自上帝，而是"淫欲"自身的反噬，是人类为满足肉体之欲招致的自我惩罚。在地狱画面中，我们可以看到各类鸟兽幻化而成的怪兽吞噬、折磨着受罚者，其中包括赌徒、妓女、音乐家、教士、骑士各色人等，他们因各自的世俗欲求受到痛苦的折磨。正如上帝的警告："那杀身体不能杀灵魂的，不要怕他们；唯有能把身体和灵魂都灭在地狱里的，正要怕他。"（《马太福音》10:28）相比肉体之苦，灵魂之苦才值得关注。如果灵魂沉溺于肉体，就会成为肉体的奴隶。当灵魂把尘世的事务和身体的快乐当作自己追求的对象时，人就堕入同野兽类似的境地；但他的状态比野兽还要悲惨，因为野兽并没有这样的灵魂分裂和扭曲。人的身体感觉，都与灵魂理性有关。堕落后的人的身体痛苦，是灵魂与身体相争的结果，更是灵魂自身的分裂。[①] 欲望的反噬导致的灵魂分裂是世人追求肉体之欲造成的，可以说三联画面中的地狱场景，实则是人间生活的另一个面向，是人类追求肉体之欲的必然结果。

追逐"淫欲"是为了获得肉体的快乐，是自由意志的最初阶段，是低级理性在发挥作用。高级理性则指向抽象的自我，试图实现灵魂的快乐，与指向肉体的意志相比，它是更高阶段的意志。在尘世画面中，指向抽象自我的意志与猫头鹰的意象有关，《尘世乐园》中猫头鹰的意象一共出现了四次，在伊甸园中出现了一次，隐秘地潜藏在画面中心预示循环的环形装置中；在主体画面中散布于三处；地狱图景中则全无踪迹。虽然在古希腊神话中猫头鹰是智慧女神的象征，但中世纪的民间传说则认为它是邪恶之鸟。也有学者认为猫头鹰代表的哲人智慧是一种虚假智慧，是基督体现的神圣智慧的反面。[②]

博施将首联中的猫头鹰置于核心位置，却又有意隐藏起来，似乎暗示猫头鹰既象征着人类隐匿而未发的理性智慧，也预示人类自身的不完满理性会带来罪恶和堕落。在尘世画面左侧，一男子举双臂拥抱猫头鹰，二者半身入水，视线投向画面之外。除此之外，整幅三联画，只有一联中"年轻的上帝"是如此视角。人类

---

① 吴飞，《"对树的罪"和"对女人的罪"——奥古斯丁原罪观中的两个概念》，《外国哲学》，2010年第6期，页31。
② Elena Calas, "Bosch's Garden of Delights: A Theological Rebus", p. 194.

掌握了同神一样辨别是非的能力，似乎就拥有了与神同样的视野，但这种人间智慧依旧以抽象的自我为出发点，带有骄傲的色彩。就如画面右侧的一只猫头鹰占领了人的头部，象征着从抽象自我出发的哲学智慧启迪了人的头脑，意指少数哲人的存在，但是哲人却为象征骄傲的樱桃所环绕。另外一只猫头鹰落于巡游队伍之上，在庞大的欲望之兽面前显得极为微小。

人类出伊甸园后，虽然是以彰显自由意志、追求理性智慧为开端，但获得自由意志后，大部分人却并未追求更高的智慧和自由，而是终日与欲望为伴。如果说伊甸园里猫头鹰的位置象征着人类理性之光隐隐欲出，但归于尘世之后，象征智慧的猫头鹰却都畏缩在尴尬的角落，这寓示了哲学智慧在诸多欲望中被边缘化的境地。所以，很难说是对抽象自我的探究导致邪恶，还是指向肉体的欲望将人带入困境。大部分人在抛弃上帝诫命的同时，也抛弃对理性智慧的追求，反而以欲望饲养欲望，满足肉体之欲一跃成为世间主流。首联画面中的猫头鹰就已经预示这种败坏，自由意志这一中性的理性能力，既是人类尘世生活的依托，也是欲望泛滥的因由，也给少数追求更高的理性智慧和灵魂自由的人提供了上升的可能。

也正因为如此，基督的追随者会认为这种对哲人智慧的追求并非妥当之举，哲人智慧更是走向了基督智慧的反面。他们认为，想要避免自由意志带来的弊端，就不能将欲求指向自身；要想得到永恒的福并达到至善，就必须将自由意志指向某种永恒之物、某种精神，也就是上帝。这样就可以理解亚当派的教义与实践，同其希求复归天堂乐园与上帝团聚有关，并意图从有限存在领域撤离，即向意志无知无识的"前性"境界的撤离。亚当派社群中的裸体行为，正是模仿初人亚当对圣父和神圣逻各斯智慧的借助，以使性灵和欲望实现和谐的平衡状态。[1] 连贯地观察《尘世乐园》似乎能发现人群的走向：中间画面下方，背负贝壳的人让人联想到基督背负十字架的姿势，这一寓意使这个人成为回归队伍的关键人物，队伍前后还有扛起葡萄的人、怀抱鱼头的人，他们都朝向伊甸园的方向；甚至能够在尘世画面中发现从地狱重返人

---

[1] 沃格林，《文艺复兴与宗教改革》，前揭，页253。

间的人群,他们代表"死而复生"的罪人和异教徒。[①]这些形象都表达亚当派教徒对地狱得救、重返天堂的希冀和抱负。按照亚当派的教义,若想实现这些愿望则必须摆脱意志间的冲突、避免性灵与欲望的失和。

但是,在上帝缺席尘世的情况下,想要实现性灵和谐,就不得不需要理性智慧和自由意志的加持,这也是人类通过回溯抽象自我,逐渐接近神圣自由和神性状态,最终回归天堂的路径。但问题是,人类能否依靠人间的至高理性智慧——哲人智慧,实现向神性智慧的复归呢? 在这一过程中,意志间的冲突似乎难以避免,意欲不同事物的人也将做出不同的选择,亦如博施呈现出的丰富的人间百态。无论如何,这种意志的分歧和命运的分化终将成为人类繁衍的基本动力,这股巨大的生命力量将人类裹挟进无限的生命循环之中,这股力量也是导致从生到死、向死而生这一循环往复的人类命运过程的因由所在。同样,意志的冲突也是人的心灵内部的冲突,那么人类有可能通过对心灵的改造,最终改变人类命运的进程吗? 如果有人能以至高的智慧为"欲",以实现自由本身为自由,那么地狱是否也可为天堂呢? 对此,博施给观众留下自由的空间。

四 结论

博施的《尘世乐园》虽然是为宗教活动服务的祭坛画,但其身处自由灵性运动之中,本身承载了启蒙时代的自由精神,因此在内容上呈现出那个时代的巨大张力,这也是该画内涵饱受争议的原因。其中画面主体部分展现的尘世欲乐是争议的焦点,人的欲望历来是传统基督教批判的对象,但在尘世画面中,博施通过动物的意象以及人与动物的互动,对欲望及其内在分化做出全新的表述,人类的自由意志则成为欲望分化的指向标,进而导致人类命运的不同走向。自由意志之所以能对人世命运发挥举足轻重的作用,是因为上帝缺席了人世生活,神性秩序悄然淡出人间,但人类必须有所依托,重塑自由意志就成为建立人间秩序的必由之路。

[①] Elena Calas, "Bosch's Garden of Delight: A Theological Rebus", p.198.

由此，整幅三联画描绘的生命繁衍和人间秩序为欲望的实存提供了正当性，使之成为一种中性之物。尘世生活中，欲望的最初阶段指向满足肉体的需求，这种欲求被视为低级理性，对可朽之物的追求虽能维持人类的基本生存，但也会使人类堕入痛苦的地狱。更高阶段的人类欲求则指向抽象自我，以希求通过理性智慧实现精神上的自由和灵魂的快乐，但其与指向肉体的欲望拥有共同的意志起点，只有少数人会选择这条理性之路，而尘世中大多数仍旧投向肉欲之怀。并且，基督的信徒认为，人间的理性并不完满，但凡指向自我的意志都带有骄傲的罪，因此怀有上帝信仰的亚当派教徒仍旧试图通过实现性灵与欲望的和谐，以求重返天堂乐园，获得至善至福，此时的意志指向永恒之物。但是这种性灵和谐的状态与重返天国之路仍旧需要借助人间的理性智慧得以实现。由此可见，由于人所欲求之物的差异，意志本身也做出不同的选择，意志的不同阶段也暗含灵魂内部的冲突，而这种冲突恰恰成为人类命运的死生循环的原动力。在博施的构想中，人类意志的自我选择似乎成为人能否跳出命运轮回的关键所在。

犹太学人与死海古卷的不解之缘

——评维摩斯的《死海古卷》

陈 湛

(北京师范大学珠海分校)

Vermès, Géza, *The Complete Dead Sea Scrolls in English*, 7th Rev. ed., London; New York: Penguin Books, 2004.

Vermès, Géza, *Providential Accidents: An Autobiography*, Lanham, Md.: Rowman & Littlefield Publishers, 1998.

对西方古代史略微熟悉的学者,虽都对"死海古卷"这个名字早有耳闻,但是亲眼所见者寥寥无几。亲眼所见难,大概包含三层意思:一,原稿难见;二,即见原稿,希伯来文与阿拉米文甚至希腊文原文也难懂;三,即便能懂文字或者借助翻译,大量圣经经文以及大多数支离破碎的抄本保存状况,都给阅读者以无限阅读障碍。再加上与第二圣殿时期犹太民族的文化隔阂,普通读者难免产生困惑。在这种情况下,一个体例合理、取舍得当、翻译简约的译本,是沟通广大智识群体与死海古卷这一卷帙浩繁的古代图书馆的最好桥梁。本文在主要介绍牛津大学的维摩斯(Géza Vermes,读作 GAY-za ver-MESH)其人其书的时候,也会兼顾其他中英文译本的横向对比,尽力为读者呈现目力所及范围内死海古卷译本的分布状况。

在维摩斯的讣告上,他的朋友、美国圣经考古学会的创始人许瀚客（Hershel Shanks）说道：虽然猫有九命，但人没有，除了维摩斯。通读他的自传，我们能勾勒出一个无根的犹太人在颠沛之中的苦楚，或许还会对"更换语言像更换靴子"的生活方式有一点点羡慕。一切都从匈牙利的小镇毛科（Makó）开始。

犹太人维摩斯1924年生在这个小镇上，但是很快，为了躲避反犹麻烦和取得更多的社会资源，家人在他六岁的时候就转信天主教，并将他送进教会学校。提到20世纪的匈牙利犹太人，大家可能非常容易想到冯诺依曼、爱德华·泰勒（氢弹之父）或者钱学森的导师冯卡门这群在美国抱团的高端犹太人才。但这些天之骄子多出生于布达佩斯，而非毛科这样毗邻罗马尼亚的小镇。维摩斯第一次跨出国门是战后移居鲁汶，而他也正是在鲁汶期间开始注意到新出土的死海古卷并将之作为自己博士论文的题目。其实法语世界因为著名的多明我会学者德沃（Roland de Vaux）主导了死海古卷的最初几次挖掘而对这一课题并不陌生——另一位主导者是出生在天津的哈丁（Gerald Lankester Harding），但后者是埃及学者，对犹太文字并不熟悉——故德沃几乎是能一手遮天决定相当数量死海古卷由谁阅读的权威。

维摩斯终生生活在德沃的阴影之下。根据维摩斯回忆，他在申请法国国家科学研究中心（Centre national de la recherche scientifique）研究项目的时候，打算以死海古卷研究为题，并寻求德沃的推荐信。德沃拒绝了，并明示理由是他"只会推荐自己的学生或者前学生"（*Providential Accidents: An Autobiography*［《天意偶然：自传》］，105，后文简称《天意》）。没有权威的推荐，维摩斯失去了这次机会。并且，这仅仅是权威对维摩斯的伤害的开始。在接下来的二十年间，作为"圈外人"的维摩斯饱受德沃排挤之苦：德沃只将新近出土的死海古卷提供给"一堆他挑选的编辑者"（《天意》，108），并且坚定地执行着抄本不示外人的内部政策。德沃死后六年，维摩斯在一次公开演讲中还针对德沃说："除非立即采取严厉的措施，否则所有希伯来文和阿拉米文抄本中最伟大和最有价值的发现很可能会成为20世纪最恶心的学术丑闻。"维摩斯感受到的德沃圈的排挤，不仅造成了他后半个世纪对德沃的近乎人身攻击的怨念，也辛酸地体现在他的译本每一版的扩充中。第一版（1962）的《死海古卷英译文全集》仅有

255 页，第四版增至 336 页，新世纪出品的第七版则扩充到 694 页。这其中当然有自然发掘带来的扩容，但很大程度上也是因为"蹩脚而遥遥无期"的出版前对出土抄本的保密政策所致。

1955 年，作为修士的维摩斯，在朋友查尔斯的邀请下来到英格兰散心，却动了凡心爱上查尔斯的太太帕梅拉（Pamela）。这位女士是两个孩子的母亲，维摩斯挣扎于理智与激情之间：

> 欣喜和痛苦交替着，我们也不试图对查尔斯隐瞒什么：因为我们的变化根本无法隐瞒，而极度直接和真诚的帕梅拉也绝对会拒绝隐藏任何东西。我们都很困惑。

为了躲避这种困惑，维摩斯迅速躲回自己所在的巴黎部会（Congrégation de Notre-Dame de Sion），"试着让自己在工作里忘记自己，尤其是准备死海古卷在美国的出版"（《天意》，114）。在维摩斯忙于婚变、还俗之时，他的祖国也恰在"十月事件"的笼罩下。没有国籍、没有工作、没有家乡退路、失去修会庇护的他，最终还是选择爱情，只身一人拿着旅游签证来到语言并不熟悉的英国（维摩斯在登陆英伦的两年后还常在回忆录中表示对自己英文的不自信），这就是他从事《死海古卷》翻译注疏的工作与生活环境。

不过，有情人终成眷属。帕梅拉也协助校对维摩斯的英文翻译（《天意》，146）——任何一个在海外生活过的非母语者都知道这一过程的必要性，尤其在自由职业并不发达的 50 年代——妻子的协助保证了维摩斯翻译的第一版于 1962 年顺利在老牌的企鹅出版社付梓。其实，在企鹅出版社出版学术书籍并非上策，毕竟企鹅以流行读物和口袋书见长。但在销量上，企鹅比传统的学术出版社如博睿（Brill）实在优胜太多。维摩斯惊叹道，当博睿出版社正在得意洋洋地为卖出他前一年出版的《经文与传统》200 册而欢欣鼓舞之时，企鹅出版的死海古卷译文第一天就订出一万多本。刚刚登陆英伦的学界异数维摩斯，可能并不在乎异数的出版方式。以至于在以后的年月，维摩斯多与企鹅出版社合作，令许多死海古卷的研究者都略有困惑。

但无论如何，在以大众读物见长的企鹅出版社出版，并不能掩盖这一著作的学术价值。企鹅版《死海古卷英译文全集》面世的 1962 年，另一位犹太学者加斯特（Theodore Herzel Gaster）的《死海文集》——后者成为汉译《死海古卷》的底本——已经面世六年。但维摩斯对后者颇有微词。他在另一位大名鼎鼎的德国旧约学者卡勒（Paul Kahle）的引荐下得到纽卡斯大学（Newcastle University）的求职机会，他面试的这一年（1958 年），维摩斯被未来的直系老板布耶（George Boobyer）问到对新近出版的加斯特译本的看法，维摩斯自觉有几分高傲地答道："他的译文最棒的部分就是那些他重构的部分。"死海古卷中有许多残缺的部分，如果没有有效的第三方证据，学者们许多时候只能连蒙带猜地补足。维摩斯讽刺加斯特的译文最出色之处在于他的重构，其实是批评加斯特的重构太过随意。这一点后文会有简单例子展现。

虽然因果轮回，日后维摩斯自己的翻译也遭到他人类似的攻讦（如诺代[J. A. Naudé]）。但毋庸置疑，加斯特译本在维摩斯的企鹅译本面世后迅速衰微。维摩斯的译本则不断更新重版，直到维摩斯逝世前一年的 2012 年还在再版，这个版本也成为英文世界中相当长时间内引用《死海古卷》的不二之选。例如，柳博赟翻译的美国圣母大学著名《死海古卷》研究者范德凯（James C. Vander Kam）所著《今日死海古卷》（广西师范大学出版社，2022），就明示其引用古卷多参考维摩斯译本（页 1 以下）。

维摩斯的死海古卷译本标题为《死海古卷英译文全集》，其中"全集"二字略有误导读者的可能。首先，死海古卷的发掘一直在更新中。即便在 2021 年，仍有希腊文的《七十子译本》残片出土，包含《撒迦利亚书》和《那鸿书》的部分片段。而且早期发掘混乱，并不能杜绝流入黑市的死海古卷哪天重见天日的可能。所以不可能出现本体论意义上的"全集"。第二，死海古卷出土文件中约有三分之一的体量系希伯来圣经或其译本的各种抄本，这些经文抄本因与传世本圣经有或多或少的区别，对希伯来圣经的文本批判研究有极大意义，但对普通读者增添知识而言并无特地翻译的必要。人们大可以直接阅读圣经。故而，这三分之一的死海古卷都被维摩斯直接略去。第三，死海古卷出土抄本有大量残破碎片无文本背景，有些甚至模糊不可识，这些即使翻译出来也无太大意义的残片也被略去。故认知论上的"全集"既不可能，或者说也不必要。最后，死海古卷大量可阅读抄本或为同一文本重复抄写。如有 22 份卷轴或残片反映了《以赛亚书》的部分或全部经文。故在处理重复文本的时候，译者也选择了"最大公约数"的处理原则进行合并，如后文所示。

体例上，维摩斯的翻译，如同大多数献给普通读者的译本，是按照文体和主题划分的（宗教文献中的文体通常和主题紧密相关）。早期到第四版的编目分成四个大类：规则（如会规手册）、诗歌、智慧文学和解经作品（及其他）。从第五版开始，渐次新添"时日""仪文""经文变文"等新范畴，往往随着新发现的抄本而增设。例如，在 1971 年米利克（Jósef T. Milik）宣布《巨人之书》的片段在死海第四窟的发掘之后，维摩斯便将其与禧年书、以诺书等人们相对熟悉的、基于圣经人物的附会故事一起，列于经文变文（Biblically Based Apocryphal Works）范畴之下。

对于每个单一文本，维摩斯的处理方式如下。我们仍以《巨人之书》为例（第七版，页 549 以下）。可以确定《巨人之书》的出土抄本有 1Q23-4，2Q26，4Q203、530-533，6Q8 这些页面（如 1Q23 代表第一窟编号 23 的抄本残片）。所有这些抄本，维摩斯都会在翻译之前罗列和解释，并附有直接相关的二手文献。但因为大多数抄本保存状态都欠佳，例如 1Q23 号材料，大约有一百个碎片，每个碎片上最多有两三个单词，且碎片间方位和空隙大小不明。[①] 故而在略去这些太过碎片化的选项后，译者选译了最有意义的两个抄本的章节，即 4Q530 的第 2 残片的 6-12 行，与 4Q531 的第 22 残片。翻译过程中，如仍有局部文本缺失，则以中括号建议缺失处的读法。

说到这里，我们不妨比较一下加斯特与维摩斯对同一经文的版本学处理方式。我们以《会规手册》为例。在开篇之前，加斯特没有提供任何版本学导言和信息，而维摩斯不仅提供了出处（1QS，4Q255-264，4Q280、286-287，4Q502，5Q11、13），且附上了两页远超"企鹅"标准的文本信息说明及相关二手文献。正文开始处，翻译者须翻译的《会规手册》的第一行希伯来文如

---

① 碎片状态参考照片 https://www.deadseascrolls.org.il/explore-the-archive/manuscript/1Q23-1，2022 年 11 月 10 日访问。

下：ל [...] ויחל מיש [...] דחיה דר [...]。其英译文为 For [⋯] for his life, [⋯] of the community。中括号中的省略号指难以辨识，皆空约四至五个字母长度。此节有两处空缺，加斯特译本完全没有标识，其英译文虽然流畅，但不仅明显过分补充，且与原文中可以辨识的部分也难以对应：Everyone who wishes to join the community must pledge himself to respect God and man; to live according to the communal rule［凡愿参加本会的人必须宣誓尊崇上帝、尊重世人；按照宗团会规所定的去生活］。而维摩斯的最新译文如下：［The Master shall teach the sai]nts to live(?){according to the Book} (4Q255、257) of the Community [Rul]e。维摩斯不仅在第一版中就将两处空缺以中括号标识，在后续版本中，一处在4Q255、257的对应读法恰好补足此中第二个空缺，故用大括号将补足部分移植至译文中；此外，他还将一处可能错译的单词(to live)用小括号加问号标出。从任何一方面看，维摩斯的译本都绝对优于加斯特，更不用说几经修订后，维摩斯的版本收入了比加斯特广泛得多的书目，如上文所述的《巨人之书》。

中文版的《死海古卷》由王神荫先生翻译。王神荫毕业于上海圣约翰大学，并在加拿大多伦多大学攻读文学硕士（1946—1948），应有足够功底应付英文书籍与翻译。根据陈泽民1992年为其撰写的前言，王神荫在1986年前后便萌生翻译死海古卷重要文本之心（页2）。在译者本人所附的使用过的二手文献中，维摩斯的《死海古卷英译文全集》1962年第一版也赫然在目（页40以下）。虽然选择在手，但很遗憾，王神荫选择了已被淘汰的加斯特本作为主要底本，而放弃了几乎在任何方面都胜出的维摩斯本。因译者已往生，无法去信询问原委，只能揣测是因为加斯特本的篇幅看似巨大（王神荫使用的加斯特1976年版有580页，其手边所有企鹅维摩斯1962年初版只有255页，但其实两者编排体例相差巨大，维摩斯本即便初版也不逊色），更因维摩斯在企鹅出版社出品，而加斯特在宗教研究界威望极高的安可出版社（Anchor）出版，又兼译者不通原文，无法对比勘察二者在版本学上的深浅，故由外观之，似乎加斯特版有更多外在保障。

遗憾其实不止于此。就在中文版《死海古卷》付梓的1992年后不久，死海古卷的各种版本如雨后春笋版出版。1994年，马丁尼茨（Florentino García Martínez）推出他的英文译本（基于其早年所译西班牙文本）；1996年，阿伯格等学者（Martin Abegg/Edward Cook/Michael Wise）亦推出自己的死海古卷英文全译本。1999年，基于之前的英译本，马丁尼茨又主导推出英希对照的所谓"研究版"古卷全集，体例与之前纯英文译本不同：为了方便研究，研究版采取的是按照洞穴编号而非按照维摩斯的文体归类的体例，并附上希伯来文（阿拉米文）与建议读法，大大方便了任何希望查阅某章死海古卷原文的读者。但所幸的是（或者遗憾的是），这一切，译者王神荫在1997年去世前可能都无从也无力得知。诚然，每个个体都有自己视野的局限，但读者的遗憾是无可避免的。

翻阅与维摩斯译本相关的这段历史，让人突然感觉到许多历史事件的机缘巧合，在过去半个世纪里以一种奇特的方式与死海古卷的接受史奇妙地作用着。1955年7月27日，一架由伦敦飞往特拉维夫的洛克希德班机，误入保加利亚领空，被保加利亚空军的两架米格-15战斗机击落，坠毁于佩特里奇附近，酿成著名的以航402号班机空难。机上58人全部遇难，其中包括维摩斯在巴黎修会中最好的朋友瑞内（Renée Bloch）。也是因为最亲近朋友的去世，维摩斯登上去英伦的散心之旅（《天意》，110以下），进而遇见并爱上朋友的妻子，并因此离开法国的修会，开启了在英国的学术生活，从而创造了未来五十年最重要的死海古卷英文全译本的机缘。而在海峡对岸的法国，如果德沃愿意接受这位来自匈牙利的"局外人"，愿意毫无保留地分享新的出土文献，可能王神荫手中的第一版《死海古卷英译文全集》也会完备得多，中文译本也不会徒留上述遗憾。这其中有太多政治和历史，也有太多天意和偶然，正如维摩斯的自传书名标示的一般。

巫术、好奇、忧郁

——《叙事模糊性》对早期浮士德素材的研究

魏子扬

(柏林自由大学哲学与人文科学学院)

摘　要：明克勒的《叙事模糊性》以扎实的语文学工作为基础，对文本作了可信、可靠的解读；该书对16世纪80年代至1725年之间的浮士德叙事文学作了介绍与分析，填补了浮士德素材研究中的重大空白，与既往研究进行了全面而系统的对话，既澄清了一些可能存在的误解，又为未来的研究提供了可资利用的新工具和新结论。通过勾勒浮士德形象的嬗变以及历史语义学的分析，本书澄清了浮士德形象与"巫术""好奇""忧郁"这三个重要概念的互动史；由此延伸开去，作者试图展示身份、个体性、主体性问题在前现代语境中被提出、被讨论的方式并非一成不变。我国学界对该书的研究对象尚比较陌生，但作者的现代性关切与我国学者相通，使该书具有很强的借鉴价值。

关键词：早期浮士德素材　巫术　好奇　忧郁　个体性

明克勒(Marina Münkler)现任德累斯顿工业大学古代与近代早期德语文学文化教授，她于2011年出版的专著《叙事模糊性：16至18世纪的浮士德书》(*Narrative Ambiguität. Die Faustbücher des 16. bis 18. Jahrhunderts*)是她多年深耕浮士德素材（Faust-Stoff）这一研究领域的总结性成果。[①]本书材料翔实，论证严密，被认为给整个研究领域带来了"质的飞跃"。[②]本文将首先对早期浮士德素材的历史及其研究现状作一简要梳理，然后介绍《叙事模糊性》一书的主要内容，最后试引出一些批判性的思考。

一 早期浮士德素材：历史、意义、研究现状

浮士德素材的历史滥觞于 16 世纪。1587 年（即明朝万历十五年），一部作者未署名的小说《约翰·浮士德博士的故事》（*Die Historia von D. Johann Fausten*）在法兰克福书展上大受欢迎，十二年内催生出近二十种盗版，两种改编版本，以及一部续作《瓦格纳书》（*Wagnerbuch*，1593 年）。其影响也很快跨出德语地区，多种译本相继问世。其中，英译本（约 1588 年）为英国剧作家马洛（C. Marlowe）创作《浮士德博士的肃剧》（*The Tragical History of Doctor Faustus*，至迟 1593 年完成）提供了素材。大约两百年后，在歌德（J. W. Goethe）创作《浮士德》的时代，浮士德素材传统已是枝繁叶茂，在欧洲文学版图上牢牢占据了一席之地。

梳理浮士德素材，不仅对理解歌德的《浮士德》具有重大意义，更可为反思现代性提供启示。在关于现代性的讨论中，个体性（Individualität）、主体性（Subjektivität）的"发现"与"提高"历来是重要的议题。一般认为，无论歌德的《浮士德》，还是早期的浮士德素材，都与这一议题高度相关。在近代早期，浮士德的形象尚代表一种对个体性的消极看法——他与魔鬼签订契约，获得世俗的知识和荣华富贵，但灵魂被罚入地狱；而在歌德笔下，

[①] Marina Münkler, *Narrative Ambiguität. Die Faustbücher des 16. bis 18. Jahrhunderts*, Göttingen: Vandenhoeck & Ruprecht, 2011.

[②] Albert Meier, Ingo Vogler, Carsten Rohde, "Faust-Forschung: Wissenschaftliche Entwicklungen und Tendenzen", *Faust-Handbuch. Konstellationen – Diskurse – Medien*, Carsten Rohde et al. (ed.), Stuttgart: Metzler 2018, pp. 48.

浮士德的形象已然成为高扬人类个体性的一面旗帜。① 这一从消极到积极的转变发人深省：这一转变如何发生？近代早期与现代之间在何种意义上存在断裂，又在何种意义上具有连续性？

　　由于歌德的《浮士德》影响极大，从歌德出发，上溯其素材源流成了一种长期主导该领域的研究范式。1587年出版的《故事》作为浮士德素材史上里程碑式的作品，一直受到国外学界的高度重视。但是，这种研究范式时常包含一种目的论：一面试图在早期浮士德素材中寻找所谓"浮士德精神"的原型，另一面又以歌德的作品为尺度评判早期浮士德素材。在这种范式下，研究者容易忽略歌德之前各作品产生的历史语境，忽略它们自身的结构和思想，其结果往往是曲解原意，并在诗学和美学等方面做出有失公允的判断。学界曾长期认为，《故事》没有艺术价值，人物形象扁平，叙事毫无技巧，矛盾与错漏百出，不过是一部拙劣的拼凑之作。1967年，科内克尔（B. Könneker）明确批评了这一研究范式。② 她从16世纪路德宗神学的角度解读《故事》，充分展现了文本的精巧与复杂。自此，研究者们越来越关注早期浮士德素材的独立性，越来越重视它们自身的历史语境，各种研究角度随之层出不穷，包括探究文本与同时代知识的关系（如与科学革命、与魔法/巫术之关系），从历史语义学或文化学角度探询文本对某些重要概念的处理（如"好奇""忧郁"），从诗学、修辞学、叙事学等方面分析文本，以及带着等级、性别、殖民等社会史问题意识解读文本，等等。③

　　近年，随着近代早期研究的加速发展，对《故事》一书的研究热情更是有增无减。可以说，国外学界已完全突破20世纪60年代以前的研究范式，充分注意到《故事》一书的复杂性及其与所

---

① Stefan Matuschek, "Individualitätsmythen der Moderne: Faust im Kontext", *Faust-Handbuch. Konstellationen- Diskurse- Medien*, Carsten Rohde et al. (ed.), Stuttgart: Metzler 2018, pp. 12–13.

② Barbara Könneker, "Faust-Konzeption und Teufelspakt im Volksbuch von 1587", *Festschrift Gottfried Weber. Zu seinem 70. Geburtstag überreicht von Frankfurter Kollegen und Schülern*, Heinz Otto Burger, Klaus von See (ed.), Bad Homburg v. d. H., Berlin, Zürich: Gehlen 1967, pp. 159–165.

③ Albert Meier, Ingo Vogler, Carsten Rohde, "Faust-Forschungvor/neben/nach Goethe", pp. 48.

处时代的紧密联系。然而,相比《故事》在某种程度上被建构成新的经典,被置于显微镜下反复研究的现状,早期浮士德素材传统内的其他作品以及这些作品之间的流变关系受到的关注显得严重不足。

二 《叙事模糊性》:问题、方法、主要内容

明克勒的《叙事模糊性》一书正是对早期浮士德素材研究现状的全面回应。本书研究的浮士德书(Faustbücher)囊括16世纪80年代至1725年的多部以浮士德为主人公的叙事作品。[①]全书共八章:第一章为引子,介绍研究问题、分析工具;第二至五章以时间为线索串讲浮士德素材的源流,阐明了浮士德素材与此前存在的新教案例(Exempel)文学和天主教传奇(Legende)文学的关系,细致比较了多部浮士德书形式和内容上的异同;第六至八章对多部浮士德书做了文本分析,处理了巫术(Zauberei)、好奇(Curiositas)、忧郁(Melancholie)三大概念与浮士德的身份、个体性、主体性的关系。作者试图勾勒浮士德形象在百余年间的嬗变;通过历史语义学分析,作者澄清浮士德形象与巫术、好奇、忧郁这三个重要概念的互动史;由此延伸开去,作者试图以文学文本为例,展示身份(Identität)、个体性、主体性问题在前现代语境中被提出、被讨论的方式。一手文献的体量和宏大的问题设置,使《叙事模糊性》堪称目前这一领域的一部集大成之作。

第一章花较长篇幅探讨了身份、个体性、主体性的概念(页23-36)。在援引卢曼(N. Luhmann)、哈恩(A. Hahn)、博恩(C.

[①] 包括:一,约16世纪80年代成稿的"沃尔芬比特尔手抄本"(Wolfenbütteler Handschrift),该手抄本成书时间很可能早于1587年版《故事》,但影响力不及后者;二,1587年出版的《故事》(版本学上称为A1版);三,版本学上被划归为"B版"与"C版"的几种盗版(均出自1587年至1598年之间),为制造新的卖点,有的出版商做了一些修改和补充,故与A1版相比有一些出入;四,1588年出版于图宾根的"浮士德韵文"(Reimfaust);五,约1588年出版的英译《The English Faustbook》;六,魏德曼(G. R. Widman)的《真实的故事》(Warhafftige Historien,1599年);七,普菲策尔(C. N. Pfitzer)的《罪恶的一生》(Das ärgerliche Leben,1674年);八,一部出版于1725年、署名为"一位虔信基督者"的浮士德书(Das Faustbuch des Christlich Meynenden)。

Bohn）等社会学家论述的基础上，作者首先阐述了身份与个体性这两个概念的异同。个体性被理解为某个个体区别于其他个体或区别于一般性的性质，而身份则被理解为对个体性的描述，往往由若干外界或自我赋予的特征共同构成。根据卢曼的观点，在分化方式不同的社会中，个体性或身份的形态也随之不同。在层级式分化（stratifikatorische Differenzierung）的社会中，人的身份为其所属的等级所决定，社会不允许个体越出单一身份；随着层级式分化向功能式分化（funktionale Differenzierung）转变，人在社会中扮演的角色日趋多样化，其身份不能再被单一功能系统决定，个体的多面性也为社会所允许。作者认为，浮士德素材滥觞的时代正是两种社会（分别对应前现代和现代社会）的过渡时期，讨论个体性的方式是十分复杂的。

接下来，作者多方论证了自己在研究中针对前现代语境使用主体性概念的正当性。作者认为，可在较宽泛的意义上使用该概念，用来讨论思想、经验、情绪的主体与自身的关系（如自我认识、自我评价等），并主张把这一关系放在历史语境中看待，拒斥先验化、本体论化的主体概念。通过援引卢曼和福柯，作者认为一些前现代现象可以通过主体性概念得到表述，比如关于"罪与审判"的想象增进了个体对个体性的意识，以及告解圣事（Beichte）的制度化加强了信徒审查自我罪行的力度。与近代早期浮士德形象极其相关的绝望（desperatio）现象，即有罪意识的极端化，被作者阐释为一种绝对的自我关涉（Selbstbezug），故也能借主体性概念得到讨论。对于身份、个体性、主体性在叙事文本层面的体现，作者做了如下限定：

> 我将"身份"定义为叙事文本中赋予人物的识别标记，这些标记或通过叙事者的声音，或通过其他人物的观察和陈述，或通过人物对第三方的自我描述，或隐或显地表达出来。我将"个体性"理解为人物被置于与他人的关系中的方式，即有哪些社会关系和交往关系在起作用。我将"主体性"理解为个人关涉自己的方式，即他以自我定义为准绳来衡量自我认知的方式，以救赎上的需要来观察自我认知的方式，借助某些语义单元（Semantiken）来思考、感受、担负自我认知的方式。（页35）

尽管作者较少提及"现代"概念,且明确拒斥以现代性为目的的解释范式,但个体性、主体性的发展常与现代性联系在一起,而身份又与个体性息息相关,故仍可认为作者试图将自己的研究与现代性提问的关切结合起来。

第一章的另一重要任务在于介绍本书的分析工具。作者不失批判地介绍了法国学者热奈特(Gerald Genette)引入的若干叙事学工具:首先为贴切描述文本间关系,充分理解浮士德素材传统内各文本的流变情况,对"互文性"相关概念做了讨论和细分,同时也限定了某些概念的使用语境(页 16-22);① 其次为充分描述文本内叙事视点、叙事方式的复杂性,区分了史述(histoire)、论说(discourse)、叙事行为(narration)的概念,也区分了叙事者层面(Erzählerebene)与人物层面(Figurenebene)(页 36-42)。作者认为,浮士德书叙事者层面的立场与人物层面给予读者的印象时常发生背离,这便是所谓"叙事模糊性"的一个重要成因。

第二章"浮士德作为误入人生歧途的案例"处理浮士德素材与新教案例文学的关系。"案例"概念有深厚的修辞学渊源。案例并非一种文体,而是类似于中文的"典故",多表现为一些短小精悍、令世人耳熟能详、被世人视作史实的故事,通常不单独成篇,只有在特定语境中承载说理功能时,它们才被称作"案例"。为服务人们的修辞需求,案例集应运而生。新教人士发扬了这一传统;他们特别注重收集反面案例,以期通过案例中罪人的悲惨下场警示、恫吓世人,促人改过自新。《故事》一书与案例文学关系紧密:它在封面和引言中都自称是一部"案例",意图警醒世人远离巫术;创作者也从案例集中汲取了大量素材。但是,孤立案例的阐发方向往往是多样的,只有在某些因素的限制下——如短小

---

① 实际上,作者的一个重要论点就是对"浮士德素材"(Faust-Stoff)的提法提出批评。作者认为,所谓的"浮士德素材"并非一成不变的对象;每一位使用这一素材的作者面对的文本不同,撷取的要素不同,处理素材的方式也不同;重要的不是去想象、去论证他们如何传承一个素材传统,而是去看到文本的"变形"(Transformation)如何悄然发生(页14)。笔者认为,"素材"一词在中文语境中已经暗示一定的变形空间,与作者原意不矛盾,因此本文仍使用较为通行的"浮士德素材"这一概念来指称作者研究的一手文献的总和。

的篇幅,布道之类的展演性框架,附加的解读文字——案例才能取得预期效果。前两个因素在长篇叙事文学中都不存在,叙事者只能通过或多或少的介入,通过评论与解读来影响读者的接受方向。这就使浮士德的故事存在一定的解读空间,而不能被严格地视为一部案例(页68-69)。

第三章"从案例到传记叙事"对《故事》做了叙事学分析,强调了《故事》将分散的案例纳入传记框架的贡献,驳斥了认为《故事》结构过于松散,特别是第三部分完全无关宏旨的传统观点,并引出"好奇""巫术""忧郁"为本书三大主导语义单元的论点。《故事》一书由四大部分组成:一,浮士德与魔鬼订立契约,与魔鬼讨论关于魔鬼和地狱的问题;二,浮士德与魔鬼探讨自然问题,他不满足于耳闻,便亲自遍游三界;三,浮士德到处施展巫术,捉弄他人,有时也帮助他人,此部分通常被研究者称作"搞笑部分"(Schwankteil);四,契约即将期满,浮士德把学徒兼仆人瓦格纳立为继承人,忏悔自己一生所犯之罪,最后被魔鬼带走,死状惨烈。[①]作者认为,《故事》有一传记框架,四部分之间存在有机联系:第一、二部分中浮士德以求知者形象出现,主导语义单元为"好奇";第三部分中浮士德的主要身份为巫师,主导语义单元为"巫术"(作者建议放弃"搞笑部分"的提法,换用"巫术部分"或"案例部分"来指称这一部分);第四部分中浮士德陷入绝望,主导语义单元为"忧郁"(页102)。

第四章"传奇的叙事模式"处理浮士德素材与天主教传奇文学的关系。一种观点认为,天主教传奇的目的在于号召人们模仿圣人,而浮士德素材的目的在于以儆效尤,方向恰好相反;另一种观点认为,浮士德素材新教色彩浓厚,故其与天主教传奇的关系是一种否定的关系。但作者认为以上观点均似是而非。[②]通过对中世纪传奇文学加以分类,作者认为浮士德故事类似以提奥菲

---

① 这一划分并非出自后世研究者之手,原书结构如此。
② 研究者普遍认为《故事》一书新教色彩浓厚(该书的出版者施皮斯[J. Spies]本人就是新教路德宗的追随者,曾出版多种新教神学小册子)。在人们的一般印象中,新教对天主教传奇和圣人崇拜持强烈否定态度。明克勒则试图展示新旧两教在文学实践上的共性:新教虽强烈否定天主教传奇,但也为模范人物(如路德、梅兰西顿)树碑立传;这一类文学实践又引出天主教方面的强烈否定,而这又相似于新教方面开创的对传奇的批判。

卢斯（Theophilus）传奇为代表的罪人得救传奇。[①]浮士德故事借鉴了这类传奇的一般情节模式：犯罪，悔罪，哭诉，当众认罪，外界介入，灵与肉的结局。但浮士德故事反转了其中一些构成要件：这里没有圣人介入，只有魔鬼不断把浮士德推向绝望的深渊；他没有在教堂，而只是在自己的圈子内认罪；最终，他的灵魂没有得救，而是被罚入地狱。这样的要素还有很多，难以枚举。由于借鉴了传奇的叙事模式，浮士德故事并不是处处与传奇针锋相对，而像一首把不圣洁的内容寓于圣洁旋律中的"换词歌"[Kontrafaktur]（页144）。

第五章"浮士德书的变形表现"比较了多部浮士德书在形式和内容上的异同。此部分考证和梳理详细而有系统性，集中体现了作者的语文学功力；浮士德素材的研究者若循此登堂入室，可事半功倍。由于涉及文本较多，比较角度丰富而具体，本文篇幅所限，不得不放弃复述本章内容。

在第六和第八章，作者对"好奇""巫术""忧郁"这三个概念作了深入浅出的历史语义学分析。如前所述，作者认为，它们是深度参与浮士德身份塑造的主导语义单元；而这些单元本身具有一定的多义性，历史上的人们对这几个概念的接受态度并不能简单地用消极或积极加以描述。这便是浮士德素材具有"叙事模糊性"的另一大原因。

第六章"赋予身份的语义单元"在引言中论述了"巫术"与"好奇"两概念与超验（Transzendenz）概念的关系：

> 两个语义单元均指涉人对超验领域的非法入侵：好奇是不承认这条[超验与内在的]边界是可知事物的界限，巫术是否定这条边界是可能之事的界限。[……]浮士德就成了一个双重意义上的边界侵犯者：一个试图用知识独自进入超验领域的越界者，一个想把超验性的某些方面带入内在领域的边

[①] 提奥菲卢斯的传奇常被用来与浮士德故事对比：提奥菲卢斯为重获副主教一职而与魔鬼签订了书面契约；他虽得偿所愿，但很快就忏悔了；在圣母的帮助下，他与魔鬼的契约当着众人的面被销毁，他的灵魂也最终得救。Jacobus de Voragine, *Legenda Aurea*, Bruno W. Häuptli et al. ed., Freiburg in Breisgau: Verlag Herder 2014, pp. 1752–1755。

界否定者。(页 193)

　　与此相对应,本章分为两部分。第一部分先处理"巫术"与"巫师"概念。近代早期西方人认为魔鬼和巫术是真实存在的对社会秩序的威胁。当时知识界把巫术问题纳入神学、自然哲学、法学框架加以探讨,展开过激烈而严肃的讨论,参加者不乏重量级学者,如法国政治理论家博丹(J. Bodin)。各浮士德书也都在标题和引言中开宗明义地给浮士德贴上巫师标签,表明巫术问题的严肃性(作者再次对研究中强调文本消遣娱乐功能的倾向提出批评)。作者梳理了女巫概念的发展史与 16 至 17 世纪德意志四波迫害女巫浪潮的情况(《故事》成书时间与 16 世纪最严重的一波重合),深入当时的神学和魔鬼学(Dämonologie)话语,比较了与"巫"相关的概念的异同(多达十一个拉丁文词汇参与了比较,充分显示了这一概念的复杂性),阐述了当时人们对巫术罪(crimen magiae)的理解。①

　　为充分理解浮士德的罪行,作者主张按 16 世纪的标准严格区分"巫师"(Zauberer)和"女巫"(Hexe)概念。两者的区别不仅在于性别,更在于两个概念给同时代人的联想。当时被指控为女巫的女性大多受教育程度很低,没有读写能力。因此,魔鬼学著作认为,她们不可能与魔鬼签订书面契约,也不可能以咒语等方式实现与魔鬼的交流。她们在与魔鬼的关系中处于被动地位。男性巫师则往往是一些在社会上地位优越、受过良好教育的人,他们有能力以书面形式、以特定符号系统——如犹太卡巴拉(Kabbala)——实现与魔鬼的交流,而且他们往往主动且自觉地与魔鬼结盟。基于这种认识,以德意志医师魏尔(J. Weyer)为代

---

① 法律卷宗显示,经常出现的巫术罪可以归入如下六大范畴:一,与魔鬼签订契约;二,施行有害巫术;三,飞行;四,参加女巫集会(Sabbat);五,与魔鬼性交;六,变形为动物。作者对此六种罪名是否适用于浮士德做了深入细致的探讨。页 207、212-221。

表的一些学者反对迫害女巫。[①]但他们与博丹等女巫迫害的支持者将会在以下观点上达成一致：魔鬼和巫术是真实存在的，而像浮士德这样的男性巫师应该承担比女巫更大的罪责，因为他们自觉地背离上帝，投向魔鬼。最后，作者对巫术概念在各浮士德书中如何形塑浮士德形象、如何在宗教或道德教化语境中承担一定功能作了对比。结果显示，其方式是多样的：有时，浮士德使用巫术帮助朋友、捉弄"恶人"（如教宗），这时巫术的使用并不全是消极的；在较晚期的文本中，巫术故事在叙事者的"评注"中往往只是一个引子，后续的议论往往会越出巫术讨论的语境，进入其他话题。[②]作者认为，此处体现出，宗教话语在早期浮士德素材中的支配地位并不总是显著的（页224）。

第六章第二部分处理"好奇"与"好奇者"（curiosus）概念。"好奇"一词对应的拉丁文概念为curiositas，对应的早期新高地德语概念为Fürwitz，后者多次出现在《故事》中，用来刻画浮士德的性格特征。一般认为，这两个词在基督教语境中包含贬义，如奥古斯丁认为好奇是肉眼的欲望（concupiscentia oculorum），与肉欲、怠惰甚至高傲等罪行相联系。浮士德素材研究者一般认为，浮士德通过与魔鬼结盟满足自己的好奇心，这样的情节安排意在劝诫读者不要对不该好奇之事动好奇心，较早的研究者甚至认为这里体现了《故事》作者的蒙昧主义立场。作者认为，"好奇"的内涵十分深刻复杂，不可做简化处理，而浮士德书对此的

[①] 魏尔（Johann Weyer, 1515—1588）以反对女巫迫害著称。其代表作《论恶灵幻术》（De praestigiis daemonum, 1563年）认为大部分"女巫"多是患有忧郁症的愚昧老妇，易受魔鬼蛊惑招认罪行，实际未犯罪；即便犯了，也是在魔鬼蛊惑下犯的，她们不该承担主要责任。博丹（1530—1596）为反驳魏尔著有《论巫师对恶灵的迷狂》（De la démonomanie des sorciers, 1580年），论述大部分巫师所招认的罪行都是真实的。可以看出，分歧主要集中在魔法罪的认证与女巫、巫师的追责问题上，并无人从根本上质疑魔鬼与魔法的存在、质疑魔法生效的可能性。值得一提的是，魏尔早年曾师从学者内特斯海姆（Agrippa von Nettesheim, 1486—1535），此人对神秘学有较多涉猎，被博丹视为巫师的宗师，亦被后世文学研究者视为浮士德的原型之一。

[②] "评注"（Erinnerungen或Anmerckungen）是魏德曼版和普菲策尔版改编的特色形式，即一系列附在章节后面、打断叙事、阐发故事中教训的文字。评注围绕章节中的关键词，试图给读者以灵性或道德上的指导和训诫。

使用也并不总是聚焦在同一个语义重点上。

　　作者首先从词源学上建立好奇与 cura[焦虑、努力、聚精会神]的联系,然后梳理从古罗马到 16 世纪、从西塞罗到路德等十几位思想家对"好奇"的论述(页 231-236)。结果显示,奥古斯丁也曾讨论过"虔诚的好奇"(pia curiositas)的可能性。奥古斯丁并不从根本上否定求知欲,认识活动的目的若在于更好地认识上帝,则可被视作虔诚的表现。路德也以近似的方式区分"肉体的好奇"(curiositas carnis)与"属灵的好奇"(curiositas spiritualis)。接下来,作者对比了各浮士德书,欲探究"好奇"是不是浮士德形象的固有组成部分。答案是否定的:魏德曼版(1599 年)强调好奇的积极面,但同时也把好奇与浮士德形象解绑;魏德曼版与后继的诸版本中,好奇作为浮士德的一面被大大削弱,肉欲和怠惰成了浮士德的主要罪过(页 236-241)。最后,作者回到《故事》,分析"好奇"在书中呈现出来的多义性(页 241-258)。

　　作者认为,浮士德的三种求知方式分别对应三种求知动机:一开始,浮士德为了乐趣和自我赋权而阅读巫术书,追求巫术知识,这背后是一种"不虔诚的好奇"(curiosita simpia);与魔鬼签订契约后,浮士德反复与魔鬼探讨地狱、魔鬼和被定罪者的命运等问题,追求关于超自然彼岸的知识,动因是对自己能否得救的焦虑(cura);浮士德试图通过感官、通过亲身体验来追求自然知识,他潜入地狱(可能只是魔鬼制造的幻象),[①]飞上苍穹,遍游了地上各国,还从远方眺望了乐园,但浮士德无法验证自己感知的真伪,亲身体验就只能沦为对肉眼欲望的满足。作者认为,《故事》并没有彻底否定读书、讨论和亲身体验这三种求知方式,但从《故事》的观点来看,怀揣不正当的求知动机的确该批评。

[①] 参见 *Historia von D. Johann Fausten. Text des Druckes von 1587. Kritische Ausgabe*, Stephan Füssel, Hans Joachim Kreutzer (ed.), Stuttgart: Reclam 2006, pp. 52-55。浮士德想亲眼看看地狱的样子,魔鬼答应了他的要求,带领他飞入地狱,但浮士德感觉自己仿佛掉进了梦境,醒来之后也不确定自己感知到的是真抑或幻;叙事者通过介入表明浮士德看到的是魔鬼施展的幻象。明克勒认为,此处对认识的确定性的质疑属于近代早期的现象,与英国认识论、笛卡尔怀疑论共享相同的思想内核(252)。

第七章"个体性:浮士德的社会关系"重申卢曼关于功能式分化的社会中个体多面性的论题,指出文本中浮士德的身份很多,不可做单一化处理。本章是一个承上启下的环节。第六章讨论了浮士德作为巫师与好奇者的两大身份,本章又在社会关系框架下讨论了若干其他身份——浮士德作为儿子、医师、学者、朋友、邻居、廷臣和纵欲者。于是,从身份的多样性中可以看出功能式分化的社会中的个体性形式。但异化、共同体的瓦解与身份的多样化又是相辅相成的趋势。在与魔鬼的交往中,浮士德又逐渐走向孤立和自我指涉,绝望初露端倪,于是引出第八章的"忧郁"主题和关于主体性的讨论。

第八章"忧郁者浮士德"处理了"忧郁"概念,分析了作为"忧郁者"(Melancholiker)的浮士德如何表现主体性——文本中多次以该语义单元指涉浮士德。忧郁是一个极为复杂的概念,数个不同的话语传统在此交汇:在医学话语内,忧郁是一种疾病,是黑胆汁过多的症候(页297-301);在神学话语内,忧郁同七罪宗中的怠惰之罪(Acedia)、同魔鬼的诱发有紧密联系,忧郁者时而亢奋高傲,时而绝望恐惧,但总是导向罪(页305-307);人文主义者认为忧郁同天才禀赋相关,他们中许多人也自我认同为忧郁者(页301-305)。

路德把忧郁概念置于救赎论、良心斗争、魔鬼与上帝交战的语境中加以讨论——这正是浮士德面临的挑战。路德以一种辩证的方式论述忧郁:一方面,忧郁是信徒体内依旧带着罪的结果,是魔鬼带来的精神和肉体的折磨,而过度的悲伤无助于得救;另一方面,忧郁也有对抗自负之效,也有可能引向悔改,只要"依着上帝的意思而忧愁"(《哥林多后书》7:10)。应对忧郁,错误的方式是向外求快乐,正确的方式是在内心斗争中坚定自己对上帝的信仰(页307-311)。

之后,作者转入文本分析。在生命的最后一个月,浮士德良心发现,忏悔自己一生的罪过。他一开始陷入沉默,把自己关起来,连魔鬼也不想见;继而他写下三篇叹苦的文字(《故事》中略去叙事者转述环节,直接呈现);在生命的最后一夜,浮士德在自己的学生面前认罪。按作者的诠释,浮士德对自己的情感管理经历了三个阶段:情绪失控导致失语,用语言把情绪"客观化",

在公开场合认罪时实现了情绪管理。浮士德的自我(Ich)在一定程度上从魔鬼的摆布中独立了出来。作者对浮士德的三篇叹苦文段的分析尤其出彩,她认为这三篇叹苦文是浮士德关照自我内心的集中体现,表达了他内心的撕裂和对罪人身份的认同,绝望或自我指涉在此达到顶峰。对此,作者引述福柯关于"告解必有听者"的论断,引出一个大胆的推论:虽然在浮士德所处的故事内的时空,这三篇文字在浮士德在世时没有受众,不成其为告解,但《故事》的读者正是这三篇文字的直接受众,从交往结构的角度看,读者之于浮士德正像一位隐匿的上帝(deus absconditus,页316)。最后,作者再次扣题:由于叙事者的声音与人物的声音之间存在矛盾,各浮士德书存在叙事模糊性,而这种模糊性允许阐释空间的存在(页325-326)。

明克勒的《叙事模糊性》以扎实的语文学工作为基础,结合历史语义学方法,对文本作了可信、可靠的解读。该书对《故事》之后、歌德之前的浮士德叙事文学作了介绍和分析,填补了浮士德素材研究中的重大空白。作者更与既往研究做了全面而系统的对话,既澄清了一些可能存在的误解,又为未来的研究提供了可资利用的新工具和新结论。

作者十分强调"多"与"变":在历史层面上,无论浮士德形象,还是"巫术""好奇""忧郁"三大语义单元,均不是一成不变的;在叙事层面上,浮士德书常常显示出一种多层次、多声部的特点,为读者的接受留出自由选择方向的余地。借着这种"多"与"变",作者一方面得以发幽探微,触及前人没能触及的精妙之处,另一方面她又以"令人惊异的轻盈"[1]切中身份、个体性、主体性问题的要害之处:应该谨慎对待这几个概念,意识到这几个问题被提出、被讨论的方式是多样的、变化的,是与历史语境相关的。

本书对"巫术""好奇""忧郁"三个概念做了平行处理。作者若能进一步阐述此三者之间的关联,将会是锦上添花的一笔。

---

[1] Michael Ott, "Review of Münkler, Marina. Narrative Ambiguität: Transformationsprozesse des Erzählens und der Figurenidentität in den Faustbüchern des 16. und 17. Jahrhunderts", *H-Soz-u-Kult, H-Net Reviews*, January, 2012, pp. 2.

实际上，无论浮士德书，还是这三个概念，都可以放在近代早期的认识论转向的背景中加以理解。"好奇"与知识、与科学革命的关系自不必多说。这里试简述历史上"巫术""忧郁"与认识论话语之间的亲合关系：一，忧郁作为一种先天气质，容易吸引魔鬼的注意，而某些忧郁是魔鬼造成的；二，附魔者、与魔鬼结盟者的感知可能是被魔鬼操纵的，而忧郁者从病理上说也会感知到他们自己臆想出来的东西；三，许多女巫被认为是忧郁者；四，一部分学者（如魏尔）反对女巫迫害的一个重要论点在于，被指控为女巫的人在审判中的口供不可信，因为她们的口供可能只反映了她们虚假的感知和虚假的印象。1587年的《故事》也讨论了魔鬼操纵人的感知、留下虚假记录的可能，浮士德对自己地狱之旅的记录就是一例。在这里，随之提出的正是感官的可靠性与经验的真实性、可验证性的问题。在近代早期女巫迫害高潮的最后阶段（约1610年以降），一种根本的怀疑论开始蔓延：对巫术的指控既难证实，也难证伪；如果指控在某个社区里失控，导致人人自危，那么这个指控本身也就濒于失效。[1] 正是在这种时代氛围中，笛卡尔在《第一哲学沉思集》（*Meditationen*）中提出他著名的思想实验：也许我们的一切感知与经验都是假象，都是某个"狡诈的妖怪"（spiritus malignus）[2] 企图欺骗我们的手段，而我们没有任何判断真假的能力。从这里可以看出，笛卡尔的妖怪或精灵与魔鬼有着多么密切的联系。

因此，进一步研究"巫术"和"忧郁"话语，或可为我们了解近代早期的认识论转向提供新的线索；而进一步研究"好奇"话语，研究这一被认为限制过求知欲的话语在历史进程中如何嬗变，又或可为我们思考科学革命乃至所谓的东西方"大分流"（Great Divergence）提供更多启示。早期浮士德素材正是这方面宝贵的一手材料。目前，我国学界对早期浮士德素材的介绍仍处

---

[1] Stuart Clark, *Thinking with Demons. The Idea of Witchcraft in Early Modern Europe*, New York: Oxford University Press 1999, pp. 173–174.
[2] René Descartes, *Meditationen*, Christian Wohlers (ed.), Hamburg: Felix Meiner Verlag 2009, pp. 24–25. 中文本参笛卡尔,《第一哲学沉思集》, 庞景仁译, 北京：商务印书馆, 2017, 页 22–23。

于起步阶段,研究范式也稍显滞后,[1] 若能带着我国学者对现代性的特殊关切深入文本与历史语境,想必能结出富有洞见的研究硕果。

---

[1] 比如《德国文学史(第一卷)》认为《故事》"充满神学糟粕","艺术上没有引人入胜之处",但《故事》之所以在市场上大获成功,是因为浮士德的形象"体现了人类为渴求知识,追求真理而不懈努力探索的精神",作品"产生的效果与作者的本意是相抵触的"。该观点有以启蒙主义观点评判较早作品之嫌。安书祉,《德国文学史(第一卷)》,范大灿主编,南京:译林出版社,2006,页 207-210。

Abstracts

Aristophanes' *The Birds* and The New Myth of Freedom

Hu Jia
(School of Liberal Arts, Yangzhou University)

Abstract: Aristophanes' *The Birds* has long been regarded as an early representative of "utopian literature." But in fact, the state that the two citizens, Euelpides and Peisthetairos, expect to live in is by no means an "ideal state" in the general sense. Euelpides is addicted to comfort, and actually wants to live in a country of indulgence. Peisthetairos' expectations are more distinct and specific than those of Euelpides. He longs for a political system that is completely free from traditional etiquette and caters to his individual desires. This paper inclines to understand that Aristophanes' *The Birds* presents a special group of people represented by Peisthetairos and their political actions through sardonic and vivid depiction. Under the pretext of seeking universal well-being, under the guidance of a kind of impulse represented by Prometheus, this group of people attempt to carry out the thought transformation of ordinary people. In this process, rhetoric plays a crucial role. This also makes the critical intention of Aristophanes' *The Birds* an inherent inheritance of *The Clouds*.

Key words: Aristophanes; The Birds; Prometheus; Ideal State

Aristophanes in the Clouds
The Conflict between the Two Intentions of the Clouds

Ye Ran

(Department of Chinese Language and Literature [Zhuhai], Sun Yat-sen University)

Abstract: Strauss's study of Aristophanes' *The Clouds* in his *Socrates and Aristophanes* brilliantly shows the inner texture and tension of the most significant comedy in the ancient West. Based on this, it is worth advancing research on the superficial and deep intentions of *The Clouds*. To investigate the deep intention, the appropriate approach is to focus on how Aristophanes weaves himself into the story, that is, how he becomes the "Aristophanes in the clouds". This investigation shows that there is a real conflict between the two intentions of the play, a conflict that shows that Aristophanes maintains, with an unexamined moderation, a right purpose, namely, the respect for the elderly as the fundamental interest of the city.

Key words: Aristophanes; Clouds; the Two Intentions; the Fundamental Interests of the City

Rethinking the Battle between the Poets in Aristophanes' *Frogs*

Danchen Zhang

(Department of classics and ancient history, University of Warwick)

Abstract: The second half of Aristophanes' *The Frogs* is exclusively dedicated to the battle between 'Aeschylus' and 'Euripides' for the throne of tragedy in Hades. This fight is presented with a series of images for the comic effect of a polarized comparison between the two poets. One pair of images, i. e. fierce storm and light aither, play a significant role in Aristophanes' caricature of the poets and their styles. Why is Aeschylus associated with dark storms, and why does aither become a label of Euripides and his poetry? This article discusses the employment of the 'air imagery' by Aristophanes in *The Frogs* and his other comedies in the light of the fifth-century intellectual currents and their interests in air and wind. This discussion explores how the imagery of air is employed to illuminate the comic criticism of tragic language and style. On the other hand, it also looks into the ways in which the employment of air imagery contributes to a moralized view of contemporary natural philosophy as well as 'natural' concepts like wind and air.

Key words: storm; aither; Aeschylus; Euripides; Aristophanes

Telephus in *Thesmophoriazusae:*
Performance, Image and Theatrical Reception

Wang Ruixue
(School of International Studies, Zhejiang University)

Abstract: Aristophanes' parody of Euripides' *Telephus* in *Thesmophoriazusae* appeared on a Western Greece vase-painting dated in the early fourth century BC. It is generally believed by scholars that the painting represents the actual performance of Aristophanes' plays in that area. Recently, some researchers have also explored the differences between the visual conception of the image and the performance of Aristophanes' play. Detailed study shows that the dramatic representation of the vase-painting contains double references to comedy and tragedy, which hints how the audience's recognition competence is formed in the pan-Hellenic context. This paper attempts to contrast this competence with that of the audience at the premiere of Aristophanes' play in Athens: the similarities and differences, on the one hand, reflect the progress of the canonization of Euripides' tragedy, and on the other hand, point to the interpretative possibilities brough about by the comic performativity of tragedy in the new performance context, and how these possibilities further complicate the realistic intention of the latter's theatrical ethics.

Key words: Aristophanes; Euripides; vase-painting; theatrical reception

Lu's rites of Jiaodi and Regent of Duke Zhou:
Zheng Xuan's View of Monarch-Subject Relationship

Li Mingzhen

(Department of Philosophy and Religious Studies, Peking University)

Abstract: The question of whether Lu could use the rites of Son of Heaven and the question of whether Duke Zhou was king are two sides of the same coin. The core of these two questions lies in the understanding of the relationship between monarchs and ministers. According to Zheng Xuan, Lu could use the rites of Jiaodi for Son of Heaven, but only following the Yin rites as inferior, which were not the same as those of Son of Heaven. For example, Lu followed the Zhou calendar, and Lu was the deputy of Son of Heaven in the rites of Jiaodi. This shows the principle of respecting the superior as superior in the relationship between Zhou and Lu. In the same vein, King Cheng honored Duke Zhou as king, while Duke Zhou's vassalism made him only act as a regent. The identity of the king did not belong exclusively to King Cheng or to

Duke Zhou, but was manifested in the specific relationship between the two. In his understanding of Lu's Jiaodi rites and Duke Zhou's acting as regent, Zheng Xuan presents a "relational" concept of Monarch-Subject and superior-inferior. That is to say, he believes that the distinction between superior and inferior takes on different forms when relationship varies, instead of being expressed in absolute identities as monarch and subject. This concept is radically different from later scholars' understanding of the relationship between monarchs and ministers under the influence of the emperor system.

Key words: Zheng Xuan; Lu's rites; Duke Zhou; Jiaodi; regent

The spread and influence of Zhen Dexiu's Daxue Yanyi in Yuan Dynasty

Zhou Chunjian

(Department of Philosophy, Sun Yat-sen University)

Abstract: Zhen Dexiu, a Confucian official of the Southern Song Dynasty, who praised Zhu Zi's study of *The Four Books*, wrote the forty-three volumes of *Da xue Yan yi*, which was an extension of *The Collected Commentaries on the Four Books* and finally became an influential work in the history of the study of *The Four Books*. *Da xue Yan yi* was written for the purpose of admonishing the emperor Lizong of the Song Dynasty. It focuses on the essentials and their sequence concerning the emperor's rule and on the foundation of the emperor's learning. As a result, it has a distinct characteristic of Jing Yan. With the capture of Zhao Fu, a southern Confucian scholar, to the north and his spreading learning there, northern scholarship of Yuan Dynasty turned to the study of *The Four Books*. The emperors of Yuan Dynasty also attached great importance to *Da xue Yan yi* and listed it as one important textbook for Jing Yan. As a result, *Da xue Yan yi* was widely circulated among educational institutions, including both Duan Ben Tang and other academies, thus generated positive impacts on Chinese society at that time in terms of Confucian education. One of the most pronounced academic impacts of *Da xue Yan yi* during Yuan Dynasty was that it brought about numerous works which mimiced its way of writing, namely Zhen De xiu's annotation of classics. Owing to the significant position of Zhen De xiu and his *Da xue Yan yi*, people of Yuan Dynasty suggested that Zhen De xiu be worshiped in the Confucian Temple. And, with the increasing academic status of Zhu Zi and his scholarly works, this was finally realized in the Ming and Qing dynasties.

Key words: Zhen Dexiu; DaxueYanyi; Yuan Dynasty; Jing Yan; education

The Prayer to Pan
An Interpretation of *Phaedrus* 279b8-c3

Li He

(Institute of Foreign Literature, The Chinese Academy of Social Science)

Abstract: Plato' *Phaedrus* is a dialogue with two parallel themes of eros and rhetoric. The trip of Socrates in this dialogue ends with his prayer to Pan. However, it is still a controversial question concerning the reason why Socrates chooses to pray to Pan, and how to understand the prayer and its meaning in the text. Based on the image of Pan in traditional mythology, Plato relates Pan with rhetoric. Besides, Plato restores Pan, being a combination of divinity and beast, as the crucial character that unifies the two themes of eros and rhetoric. Meanwhile, the prayer to Pan suggests that the philosophical rhetoric is the core theme, in which the unity of *Phaedrus* is manifested. With knowledge as its goal and the dialectics as its content, the philosophical rhetoric aims at guiding one's soul to the pursuit of wisdom by speech. In the end, Phaedrus starts his philosophical trip following the lead of the philosopher.

Key Words: Phaedrus; prayer to Pan; eros; rhetoric; unity

Aristophanes and His Disciple Lucian

Cheng Qianwen
(Centre for Classical Civilization, School of Liberal Arts, Renmin University of China)

Abstract: Wieland, a pioneer of the German Enlightenment, purposefully translated the works of Aristophanes and Lucian into German for the first time. Through his translation, he hoped to resist the spread of metaphysics (philosophy of Immanuel Kant popular then). Why did Wieland choose Aristophanes and Lucian? This was because these two poets shared the same attitude towards philosophy, and worrying that the spread of philosophy would undermine the traditional etiquette of their polis or empire, they adopted a similar approach in their comedy writing to oppose the fanaticism of philosophy as well. From this point of view, Lucian is nothing less than a disciple of Aristophanes, fully an heir to his comic and satirical spirit.

Key Words: Aristophanes; Lucian; old comedy; comic dialogue

The Separation of Wills: Interpretation of Bosch's Garden of Delight

Li Tinghui

(Law School, Beijing Normal University)

Abstract: The triptych of Eden, earthly paradise, and hell depicted by Bosch in *Garden of Delight* is a metaphor for the dual trajectory of the fall of human destiny and the return of divinity. In the earthly scene, God is absent, and a large number of nude men and women immersed in lust constitute the main part of the scene, which in fact proves that desire exists on the earth. With the absence of divine order on the earth, an earthly order based on free will emerges. But the division of wills will eventually lead to the division of human destiny: either the unrestrained desires for the flesh leads human beings to hell, or human beings, pursuing the highest reason, are to be restored to the divine paradise. This free will in pursuit of bodily enjoyment and the highest reason is both the source of evil that led to mankind's wandering journey and the basis on which mankind achieves the highest good and blessing.

Key words: free will; desire; God

Witchcraft, Curiosity, Melancholy
A Review of Münkler's *Narrative Ambiguität*

Wei Ziyang

(Fachbereich Philosophie und Geisteswissenschaften, Freie Universität Berlin)

Abstract: Based on solid philological investigations, Münkler offers a credible and reliable interpretation of the researched primary texts in her book *Narrative Ambiguität*. This book examines Faust-narrations between the 1580s and 1725, fulfilling a major desideratum in the study of the early Fauststoff. It also leads a systematic dialogue with previous research, clarifies latent misconceptions, and draws new conclusions for future research. By sketching the transformation of the Faust image and applying the method of historical semantics, it tells the history of the interaction between the Faust image and three central concepts: witchcraft, curiosity, and melancholy. Furthermore, the author attempts to show how questions of identity, individuality, and subjectivity are differently raised and discussed in pre-modern contexts. To sum up, the book is of great value for our reference, not only because its research subjects are still relatively unfamiliar to us, but also because the author's attention to questions of modernity is shared by us as well.

Key Words: early Fauststoff, early modern, witchcraft, curiosity, melancholy, individuality

作（译）者简介

胡　镓：男，湖南岳阳人，文学博士，扬州大学文学院副教授、硕士生导师，主要从事古典学、古希腊戏剧理论、文学理论等方面研究

叶　然：男，湖北仙桃人，哲学博士，中山大学中文系（珠海）特聘副研究员，主要从事古希腊诗学研究

章丹晨：女，浙江宁波人，英国华威大学古典学与古代历史系博士生，主要研究兴趣为古希腊戏剧中的空间和自然

王瑞雪：女，山东德州人，文学博士，浙江大学外国语学院博士后，主要从事古希腊文学和古典接受研究

段奕如：女，陕西西安人，中国人民大学文学院古典文明研究中心古典学硕士生

李明真：女，山东临沂人，北京大学哲学系博士研究生，主要从事礼学史、汉唐礼制史等研究

周春健：男，山东阳信人，中山大学哲学系教授、博士生导师，主要从事四书学、诗经学、文献学研究，发表论文80余篇，著有《元代四书学研究》《诗经讲义稿》《经史之间》等

李　贺：女，河南濮阳人，哲学博士，中国社会科学院外国文学研究所博士后，主要从事西方古代哲学和美学研究

程茜雯：女，山西长治人，中国人民大学文学院古典文明研究中心博士生，主要从事古希腊文学中的第二代智术师、18世纪德意志文学等研究

李亭慧：女，中国政法大学法学博士，现为北京师范大学法

学院讲师，主要研究领域为法哲学、法律思想史

陈　湛：男，福建人，博士，北京师范大学（珠海）历史文化研究中心 & 北师-港浸会联合国际学院助理教授，主要从事近东文献学、思想史等方面研究

魏子扬：男，广东汕头人，柏林自由大学博士，主要研究文艺复兴与近代早期西方文化、文学与知识关系、浮士德文学母题

征稿启事暨匿名审稿说明

《古典学研究》由中国社会科学院外国文学研究所主办，专致于研究、解读古典文明传世经典，旨在耕耘体现中国文明特色的古典学学术园地，促进我国学界对中西方历代经典的再认识，臻进中西方的古典文明互鉴。

本刊立足于中国文明"伟大复兴"的当下语境，从跨学科的学术视角出发，力求贯通文学、史学、哲学和古典语文学，研究、疏解、诠释古代中国、古希腊罗马、欧洲近代的经典文本，乃至古希伯来和阿拉伯文明的传世经典。

本刊全年公开征稿，欢迎学界同仁（含博士研究生）投稿，来稿须为未经发表之独立研究成果（已见于网络者亦不算首次发表）。来稿注意事项如下：

一、本刊仅刊发论文和书评两类。论文以八千至一万二千字为宜，书评以三千至五千字为宜（编辑部保留学术性修改和删改文稿之权利）。

二、本刊仅接受中文稿件，文稿请使用简体字。

三、投稿请以电子文件方式发至本刊电子邮箱，谢绝纸质稿件。

四、来稿须注明作者真实中英文姓名、电邮联系方式，作者可决定发表时的署名。

五、本刊已许可中国知网等以数字化方式复制、汇编、发行、信息网络传播本刊全文，著作权使用费与审稿费相抵。所有署名作者向本刊提交文章发表，皆视为同意上述声明。如有异议，请附投稿说明,本刊将按作者说明处理。

六、作者文责自负,一切言论,不代表本刊观点。

七、本刊在一个月内对来稿给出评审结果,逾期未获通知者,可自行处理。

八、来稿通过编辑部初审后,将匿去作者姓名,根据所涉论题送交两位本刊编委复审;主编将依据匿名评审书处理稿件。

九、文稿一经刊登,作者将获赠当期刊物一本,不另致稿酬。

十、稿件各项内容顺序及稿件格式:

1. 中英文题名和作者联系方式(中英文姓名、现职及通讯地址、电话、电邮等)。

2. 中英文摘要(中英文均以三百字为限)、中英文关键词(各以五项为限)。

3. 正文。正文及注释格式按"《古典学研究》体例"(见"古典文明研究中心"网站:http://cfcc.ruc.edu.cn/article/?id=148)。

投稿电子邮箱:researchinclassics@163.com

《古典学研究》辑刊

刘小枫　主编

第一辑《古典哲学与礼法》　　　　　林志猛　执行主编
第二辑《荷马的阐释》　　　　　　　彭　磊　执行主编
第三辑《尼采论现代学者》　　　　　林志猛　执行主编
第四辑《近代欧洲的君主与戏剧》　　贺方婴　执行主编
第五辑《赫尔德与历史主义》　　　　贺方婴　执行主编
第六辑《色诺芬笔下的哲人与君王》　彭　磊　执行主编
第七辑《〈论语〉中的死生与教化》　 林志猛　执行主编
第八辑《肃剧中的自然与习俗》　　　贺方婴　执行主编
第九辑《卢梭对现代道德的批判》　　贺方婴　执行主编
第十辑《古典自然法再思考》　　　　贺方婴　执行主编
第十一辑《重读阿里斯托芬》　　　　贺方婴　执行主编

图书在版编目（CIP）数据

重读阿里斯托芬／刘小枫，贺方婴主编．－－北京：华夏出版社有限公司，2023.6

（古典学研究）

ISBN 978－7－5222－0500－7

Ⅰ.①重… Ⅱ.①刘… ②贺… Ⅲ.①阿里斯托芬（前446－前385）－喜剧－文学研究 Ⅳ.①I545.073

中国国家版本馆CIP数据核字（2023）第062248号

重读阿里斯托芬

主　　编	刘小枫
执行主编	贺方婴
责任编辑	马涛红
责任印制	刘　洋
美术编辑	殷丽云
出版发行	华夏出版社有限公司
经　　销	新华书店
印　　装	三河市少明印务有限公司
版　　次	2023年6月北京第1版 2023年6月北京第1次印刷
开　　本	710×1000　1/16
印　　张	15
字　　数	218千字
定　　价	58.00元

华夏出版社有限公司 地址：北京市东直门外香河园北里4号 邮编：100028
网址：www.hxph.com.cn 电话：(010)64663331(转)
若发现本版图书有印装质量问题，请与我社营销中心联系调换。